日本文学的多元化表现研究

李星 著

吉林人民出版社

图书在版编目（CIP）数据

日本文学的多元化表现研究 / 李星著 . -- 长春：吉林人民出版社，2022.5
ISBN 978-7-206-19113-8

Ⅰ . ①日… Ⅱ . ①李… Ⅲ . ①日本文学—文学研究 Ⅳ . ① I313.06

中国版本图书馆 CIP 数据核字（2022）第 201358 号

责任编辑：刘　学
装帧设计：皓　月

日本文学的多元化表现研究
RIBEN WENXUE DE DUOYUANHUA BIAOXIAN YANJIU

著　　者：	李　星
出版发行：	吉林人民出版社（长春市人民大街 7548 号　邮政编码：130022）
咨询电话：	0431-85378007
印　　刷：	廊坊市海涛印刷有限公司
开　　本：	787mm×1092mm　　　　　　1/16
印　　张：	11.75　　　　　　字　　数：178 千字
标准书号：	ISBN 978-7-206-19113-8
版　　次：	2023 年 1 月第 1 版　　印　　次：2023 年 1 月第 1 次印刷
定　　价：	58.00 元

如发现印装质量问题，影响阅读，请与印刷厂联系调换。

前言
PREFACE

  日本文学历史悠久，内容丰富，风格独特。在日本文学漫长的发展历史中，逐渐产生了和歌、物语等日本民族独特的体裁以及各种丰富多彩、风格独特的文学审美状态。明治维新后，日本将学习对象从东方转向西方，在直接模仿、采纳西方文学概念的基础上，对日本传统文学体制进行改革与加工，进入近代文学。从此以后，日本走出了一条既重视传统文化的传承与民族特色的发展，又重视西方现代气质的文学之路，向世界展现了日本文学丰富精彩、多视角、多元素结合的独特魅力。

  本书以"日本文学的多元化表现研究"为题，在内容编排上共设置六章：第一章日本文化与文学，内容涵盖日本文化概述、日本文学的发展过程、日本文学批评的确立与发展、日本文学的季节感与景物观阐释、日本文学的"物哀"审美意识；第二章探讨日本海洋文学中海洋意象的表达，内容涵盖日本海洋文学的渊源与文学内涵、《古事记》中的海洋、三岛由纪夫《潮骚》作品中的海洋；第三章基于日本生态文学及其作品视角，分析日本生态文学、石牟礼道子及其生态文学作品、有吉佐和子及其生态文学作品、日本生态文学的主题与启示；第四章分别对日本女性文学研究对西方文艺理论的移植、文化视角下日本当代文学作品中的女性形象、日本现代女性文学的价值取向与表达、青山七惠作品的主题与女性形象进行全面探究；第五章分析东野圭吾推理小说的叙事、艺术手法与接受美学；第六章探讨大江健三郎文学创作的互文性特征、叙事艺术与早期存在主义文学表现。

  全书内容丰富详尽、逻辑结构清晰，在日本文化视野下解读日本文学的相关内容，既探寻日本文化的实质内涵，又在先进文化的引导下，摆脱了时代和地域的局限，从更广阔的视角寻求解答，追寻文学的意义所在。另外，本书注重理论与实际的紧密结合，对日本文学的研究具有一定的参考价值。

本书的撰写得到了许多专家学者的帮助和指导，在此表示诚挚的谢意。由于笔者水平有限，加之时间仓促，书中所涉及的内容难免有疏漏与不够严谨之处，希望各位读者多提宝贵意见，以待进一步修改，使之更加完善。

目录 CONTENTS

第一章　日本文化与文学 ····················· 001
　第一节　日本文化概述 ························· 001
　第二节　日本文学的发展过程 ··················· 003
　第三节　日本文学批评的确立与发展 ············· 040
　第四节　日本文学的季节感与景物观阐释 ········· 050
　第五节　日本文学的"物哀"审美意识 ············ 052

第二章　日本海洋文学中海洋意象的表达 ········ 055
　第一节　日本海洋文学的渊源与文学内涵 ········· 055
　第二节　《古事记》中的海洋 ····················· 059
　第三节　三岛由纪夫《潮骚》中的海洋 ············ 060

第三章　日本生态文学及其作品研究 ············ 063
　第一节　日本生态文学概述 ····················· 063
　第二节　石牟礼道子及其生态文学作品 ··········· 068
　第三节　有吉佐和子及其生态文学作品 ··········· 076
　第四节　日本生态文学的主题与启示 ············· 078

第四章　日本女性文学研究与表达 ·············· 081
　第一节　日本女性文学研究对西方文艺理论的移植分析 ··· 081
　第二节　文化视角下日本当代文学作品中的女性形象 ····· 083

第三节　日本现代女性文学的价值取向与表达 …………………… 140
　　第四节　青山七惠作品的主题与女性形象研究 …………………… 143

第五章　东野圭吾推理小说及其美学研究 ……………………………… 149
　　第一节　东野圭吾推理小说的叙事探究 …………………………… 149
　　第二节　东野圭吾推理小说的艺术手法 …………………………… 153
　　第三节　东野圭吾推理小说接受美学视角探析 …………………… 156

第六章　大江健三郎文学及其文学表现 ………………………………… 160
　　第一节　大江健三郎文学创作的互文性特征 ……………………… 160
　　第二节　大江健三郎文学的叙事艺术 ……………………………… 161
　　第三节　大江健三郎早期存在主义文学表现 ……………………… 170

结束语 ……………………………………………………………………… 176

参考文献 …………………………………………………………………… 177

第一章　日本文化与文学

第一节　日本文化概述

文化是原生态的，并具有根深蒂固的民族基础，但文明却不同。换言之，文化是一个民族从古到今沉淀出的观念势态及生活习惯。文化的特性比较稳定，不会因为现实情况或民族历史而发生翻天覆地的变化。

一方水土养一方人，虽然文化受多方面因素制约，但是人只要生活在某个地区，便会不自觉地受到当地风土人情的影响。深入剖析人在创造文化时与所处自然环境间的关系，就会发现人的历史其实就是自然中的"内在自然"与当地风土的交汇，甚至是较量的过程。纵观人类历史，不难发现，越久远的人类文明，受到自然和风土的影响越大。在这样的情况下，便可通过民族的历史泉源去发现基础的文化底蕴。

此外，研究一个民族的文化特征时，会发现其历史进程若是在最初时便受自然风土的严重影响，那么就有资格认为这个民族所处的自然环境起到的作用是最基本的，甚至是具有决定性的。以日本民族为例，日本文化在发展过程中，最初就与日本列岛的环境有直接关系。尤其类似日本民众这样在最初便生活在被大海阻隔的日本列岛上，日本文化的发展，同民族性格等的形成，很大程度上受环境影响。

一、日本文化特征

相对于具有自创性的中国文化，日本文化更具有摄取性。这也就注定了日本文化的基本特性中更具主体性与开放性。

中华文明的主体是以汉族为主的中华民族，人类历史发展的历程中，中华民族在东亚大地上与自然界奋力抗争。中华文明在春秋战国时期便已具雏形，中华民族经历了数千年抗争，自主地创建了独具特色的传统文明。中华文明在最初时期就呈现出了巨大的自我主导能力。虽然经历了数千年世界文化要素的碰撞、民族间的纷争，但中华文明的基本特征和主体却从未被撼动，仍然保持着具有自创性、可持续的发展。

日本文化与具有着自创性特征的中国文化大为不同，其主要呈现摄取性。在古中国及其他世界文明古国开始在农业中使用铁器，并以此创建了优秀人类文化时，日本还在旧石器文化与采集文化中摸爬滚打。中华民族拥有了强大的国家，步入了金属文化时代，随后开始注目于周边地区，这为日本传送了农耕技术与金属文化。来自大陆的中国文化为日本的发展起到了推动作用，日本社会由此步入弥生文化时代。

在日本历史发展的长河中，不可忽视弥生文化的重要性。弥生文化作为先进的外来文化，冲击着日本本土文化，因此当大陆文化作为一种先进外来文化猛烈冲击日本文化时，日本充满渴望和惊喜。可以说，是弥生文化和绳纹文化共同孕育了日本民族文化。

善于摄取外来文化的日本文化呈现的是开放性的基本特征。自弥生时代以来，日本一直不断地汲取各国先进文化发展其自身文化。从古至今，日本文化先后吸收了中国文化、朝鲜文化、印度文化、西欧文化、美国文化等。其中，对中国隋唐文化的吸收、对西欧文化的吸收、对美国文化的吸收是日本吸收外来文化的三大高潮时期。

日本文化在吸收外来文化的过程和方式上也体现着"主体性"。日本善于消化性吸收、主动性吸收或改造性地吸收外来文化，并不是被动简单吸收。对外来文化日本也不是简单模仿摄取，而是依据现实的可能性及本国的需求，选择性地吸纳。以下四个方面是日本文化在吸收外来文化时呈现的主体性特征：

首先，日本文化对外来文化的摄取具有主导性。在吸收外来文化的发展长河中，日本总是吸收当时全球最优秀的文化。

其次，日本文化对外来文化的吸收具有选择性。引进外来文化的过程中，日本有着较强的主观选择性。日本从弥生文化开始，便在充分摄取全球优秀的外来文化，然而却从未将外来文化全盘皆收。日本总是有选择性吸纳外来文化，即仅仅吸纳其认为适于本国国情且对本国有利的文化。

再次，日本文化吸收外来文化时具有融合性。日本吸纳外来文化时，表现出强烈的融合性，而不是简单重复地吸纳。日本为了使外来文化日本化，会加工、修饰外来文化。

最后，在吸收外来文化时，日本对原有传统文化具有保守性。日本民众的生活的思想方式一直受其传统文化影响。

日本文化具有主体性和开放性，这也预示着混杂性。日本文化中，外与外、和与外、古与今等诸多文化要素杂糅在一起，并有序发展着。日本民众在平时的生活中，一边享受着洋乐、洋服、洋室及洋食带来的快乐，一边又秉承着邦乐、和服、和室、和食的内在精神。不同国籍的外来文化可以在日本"和平相处"。

除去汉语外，现代日语中还充斥着数十个国家的语言。在节日方面，日本民众不但过日本固有的节日，也过中国和西欧国家的节日，如中国的重阳节、中秋节、七夕、除夕，以及西方的圣诞节、情人节等。综上，日本文化在衣食住等生活层面，体现着明显的"混杂性"。因此，日本文化也被认为是混血文化、混合文化、杂种文化、合金文化、双重文化等。

第二节 日本文学的发展过程

一、日本古代文学的发展过程

（一）上代文学的发展

从太古洪荒时代到奈良时代结束（794年），日本文学史一般称之为"上代"。上代文学是人们在与自然相处中形成的，其中包含了人们对自然的敬畏和祈祷自然恩赐这些心情，同时还包含了人们在生产过程中的悲喜心情，因这些心情都是直截了当地表达出来的，因此，上代文学被人们称为"真诚"的文学。

公元6世纪时，遣隋使及其后的遣唐使将中国的先进文化制度和佛教传入日本的同时，也将汉字带到日本，从此，人们口头传诵的诗歌、神话、祈祷文等均可用文字记载。

1.《古事记》

《古事记》是日本现存最早的书籍，它的诞生与四个人密切相关——天武天皇、稗田阿礼、元明天皇和太安万侣。为了更正流传于诸家的《帝纪》《本辞》（也叫《旧辞》）的错误，天武天皇命令舍人稗田阿礼熟读背诵《帝皇日继》《先代旧辞》，以流传后世。根据《古事记》序文中记载，稗田阿礼"年时二八，为人聪明，度目诵口，拂耳勒心"，是一个记忆力超强的人。但是，此项工作在天武天皇时期并未完成。之后，元明天皇继承其遗志，于和铜四年（711年）九月十八日，命令太安万侣撰录稗田阿礼诵读过的内容。第二年，即和铜五年（712年），太安万侣记录完毕呈给元明天皇的就是三卷本的《古事记》。

《古事记》由上、中、下三卷构成。上卷记录神代之事，也就是神话和传说；中卷记录了从第一代天皇神武天皇到第十五代应神天皇之间发生的事情，既有神话，也有史实，不完全属于帝记；下卷记录了第十六代天皇仁德天皇到第三十三代天皇推古天皇之间发生的事情，基本上属于帝记，其中还穿插了112首歌谣。《古事记》的序文全部用古汉语写成，行文属于骈俪体。正文仿照汉译佛典的手法，采用古汉语、变体汉文和假名注音相杂的"和汉混淆文体"，而书中的古代歌谣全部采用一字一音的方法，用汉字标音，保留了歌谣原有的格律。

《古事记》上卷主要由高天原神话、出云神话、天孙降临神话、筑紫神话组成。根据《古事记》序文的记载："最初混沌世界虽然已经凝结，但尚未出现形成万物的生命及其活动。正如老子、庄子所说的那样，这是一种无名无为的状态，谁也无法知道其形态。但是，不久天与地分开，天之御中主神、高御产巢日神、神产巢日神三位草神作为最初的创造之神出现，产生了阴与阳、男与女的区别，伊邪那歧命和伊邪那美命乃成为万物生成之母。"这两位神的结合直接创造了日本国土和大八洲，伊邪那歧命和伊邪那美命的结合可以说是《古事记》所有传说的开始。

在各国的神话传说中，创世神话是一个非常重要的组成部分，而创世神话的重要形态之一就是人类起源的传说。《古事记》中关于人类起源的传说就是伊邪那歧命和伊邪那美命的结合，他们原本是兄妹，兄妹成婚创造人类子孙的神话在我国也有类似的传说，如伏羲、女娲兄妹结婚神话。不过，伊邪那歧命和伊邪那美命的结合更加富有原始激情和戏剧性。

除了兄妹结婚创造人类的神话之外，《古事记》上卷中还描述了天皇的祖先天照天神的诞生过程。伊邪那歧命从黄泉国回来之后，在洗去身上的秽物时，生下众神。最后生下的"三贵子"，就是太阳神——天照大神、月亮神——月读尊和须佐之男命，其中，天照大神是众神之神，是万能的统治者，是天皇的祖先。不过，这"三贵子"中天照大神和月读尊生活在高天原，唯独脾气暴躁的须佐之男命被伊邪那歧命派去管理大海。后来，在须佐之男命身上又发生了很多故事，如大闹高天原、怒斩八岐大蛇、建立出云国等，这些都是日本家喻户晓的传说。

《古事记》中卷记录了15代天皇的历史传说，包括神武天皇东征；绥靖天皇至开化天皇等八位史无详载的天皇事迹；崇神天皇和垂仁天皇确立祭政一致的制度、修建出云大社、倭建命的西伐熊袭和远征东国的故事；仲哀大皇的神功皇后神魂附体、香坂忍熊二王叛乱，以及神功皇后亲征新罗等故事。

《古事记》下卷记录了18代天皇的事迹，不仅包括历代皇室的宗谱和天皇传，还包括皇后按纪以及皇子皇女的奇闻逸事，如皇后石之日卖的嫉妒、同母兄妹轻太子和轻大郎女之间的爱情悲剧等。

《古事记》是日本最早的一部书籍，因其所包括的古代神话传说、天皇宗谱、古代歌谣丰富多彩，而成为日本文化的源头。《古事记》是研究日本政治、历史、文学、神话等各方面形成和发展的重要文献，如果仅就《古事记》在日本文学史上的意义而言，无论是诗歌、散文、还是小说，后来的文学都明显地受到了《古事记》的影响。

2. 《日本书纪》

《古事记》成书八年之后，也就是养老四年（720年），由天武天皇的第五皇子舍人亲王率领史官编撰而成的史书《日本书纪》问世，该书共30卷，其中两卷是神代卷，其余28卷是神武天皇到持统天皇的帝纪。据史书记载，《日本书纪》最初完成时还有帝王系图一卷，后来散佚。《日本书纪》全部用唐代风格的古汉文书写正文，是一部仿照中国历代正史而编写的编年体史书，被称为日本第一部敕撰正史。

《日本书纪》神代卷的内容与《古事记》有相同之处，同样也记录了神世七代、八洲起源、诸神诞生、天孙降临等神话传说，不过，这些神话传说大多被修改、简化，有的甚至被删除了，这与《日本书纪》的编写目的直接相关，与《古事记》不同，《日本书纪》是天皇为了弘扬日本国威、实现对外宣传目的而编撰的史书。

《日本书纪》不仅在体例上受到中国史书的影响，在史观上也明显地反映出中国儒家文化的影响。《古事记》中关于伊邪那歧命和伊邪那美命的结合写得自然奔放，无拘无束，但在《日本书纪》中，由于受到儒家道德观的约束，言辞表达显得呆板晦涩。

同时，《日本书纪》在强调天皇的正统性和至高无上的权威方面，比《古事记》表现得更加明显。例如，在描写天皇的祖先天照大神诞生的时候，《古事记》的描写是伊邪那歧命和伊邪那美命二神在生完诸岛之后，伊邪那美命因生火神时烫伤而丧命，伊邪那歧命去黄泉寻她但最终弃之而去，在回来的路上，洗左眼秽物之时诞下了天照大神。《日本书纪》则将此曲折的过程简化，直接描写男女二神在生完八洲之后就生下天照大神。

《日本书纪》帝纪28卷，基本上是一代天皇为一卷，也有两代或三代为一卷，还有两卷写一代的，如天武天皇记，还有八代纪，即"欠史八代"的八位天皇归入一卷，一共记载了41代天皇的事迹，对政治、军事、外交等事件都做了详尽的记录。《日本书纪》在编撰时借鉴了很多中国史书和典籍，不仅是体例，甚至很多用典、用词都可以在《史记》《汉书》《后汉书》《昭明文选》等汉籍中找到出处。

和《古事记》相比，《日本书纪》作为正史的特点更加突出，它记载了上古时期日本和朝鲜、中国之间的交流，包括很多重要的人物及事件，这在《古事记》中是没有的。不过，《日本书纪》中记录的128首古代歌谣散发出浓厚的文学气息。

3. 风土记

在《古事记》编撰的第二年，即和铜六年（713年），天明天皇下诏撰修各国的地方志，一方面是为了确立新的政治体制和国家统一，另一方面也是为修纂正史《日本书纪》做准备。当时应该有六十余国的地方志呈上，但大多数已经散佚，目前仅存的只有五国风土记，即《常陆风土记》《播磨风土记》《出云风土计》《肥前风土记》和《丰后风土记》，其中，《出云风土记》保存完好，其他的已经残缺不全。

风土记的文体大多采用古代汉语或变体汉文写作，风土记的内容在天明天皇颁布的诏书中已有明确规定。根据《续日本纪》的记载，天皇诏书中写道："畿内七道诸国，郡乡名著好字。其郡内所生银、铜、彩色、草木、禽兽、鱼虫等物，具录色目，及土地沃瘠，山川原野名号所出，父古老相传旧闻逸事，载史籍言上。"换言之，在编修地方志时必须要记录五项内容，即郡乡地名、郡内物产名录、土地肥沃情况、山川原野名称由来、古老相传的旧闻逸事。风土记中收录的旧闻逸事，也就是当地的神话传说和民间故事，不像《古事记》或《日本书纪》中的神话那样具有强烈的国家意识，其大部分地方色彩浓厚、纯朴而自然。

在现存的五部风土记中，《出云风土记》被认为是保存最完整且艺术价值最高的一部。《出云风土记》从最初受命编撰到最后完成，总共用了20年时间，这部风土记结构完整，记述详略得当，自成一体。在出云的地方神话中最为著名的就是"出云国"神话。传说出云这个地方国土狭小，刚刚建国，八束水臣津野神发布诏书，说出云国太小了，周围土地却有富余，于是他就用三股绳搓成一个结实的网，把石见国和出云国交界处的名佐比买山网了过来，然后反复用这个网把周围的土地网到出云国，最后把这些土地缝在一起，形成了一个很大的国家。出云这个地方的名字由来是如此记载的："所以号出云者，八束水臣津臣命诏，八云立，诏之。故云，八云立出云。"

此外，《常陆风土记》由常陆国司按察使藤原字合和万叶歌人高桥虫麻吕共同编撰，以日本武尊的传说为中心，记录了常陆国人民的生活、劳作和风土人情等。《播磨风土记》所描写的出云国阿菩大神劝大和国的亩傍、香具、耳成三山不要争斗的故事很有名。三山斗的故事在《万叶集》的歌中也有记载，并注明出处来自风土记，可见，风土记中的神话传说在当时具有相当大的影响力。

4. 《万叶集》

就日本诗歌的变革而言，《记·纪》的上古歌谣与传说相结合，两者尚未分离出来，其内涵是歌与文的混合体，集团意识和叙事的成分多，并伴以音乐旋律等要素。经过不断的演化，抒情的成分逐渐增加，并从传说中独立出来，个人意识觉醒，形成富有个性的、艺术性的抒情表现，音乐要素被排除，但含有定型的音律。就歌体的定型而言，《记·纪》的上古原初歌谣的句数、音数都是不定型的，其后统一定型为短歌形态，固定在五七五七七的五句体，这便成为日本传统的民族诗歌体裁，为有别于当时流行于日本的汉诗，故称和歌。和歌是日本各种文学形态中最早完成的一种独立的文学形态，《万叶集》是第一部和歌总集，它集上古诗歌之大成，丰富多彩地展现了日本上古抒情文学的世界。

《万叶集》收入从4世纪到8世纪中叶前后四百五十余年的歌。由于版本不同，万叶歌的整理方法各异，根据较权威的记录，《国歌大观》的总歌数为4516首。万叶歌的体裁多样，内中短歌居多，也有少数长歌。《万叶集》歌人来自所有阶层，包括从天皇、皇后、皇族、王族、朝臣到士兵、农民、乞食者等众多层次。作者的范围由上而下，由贵而贱，以上层者居多，尤以侍奉大和朝廷的大臣和地方官为众，下层者的歌较少。其题材和内容广泛，大致可以分为三大部类，即杂歌、相闻歌、挽歌。杂歌主要是羁旅、行幸、游猎、宴席乘兴作的歌，咏四季自然的歌，对新旧都城的感怀歌；相闻歌以恋爱为主，含广泛的抒情赠答歌，在《万叶集》中这类歌占多数；挽歌主要是悼念死者之歌。

万叶歌的形成还有两个重要的因素——创造了万叶假名、受汉诗的影响。考察《万叶集》的形成，上述两个主要因素不可偏废，万叶歌的诞生是根植于上古大和民族歌谣生成的土壤，吸收和消化中国文化和汉诗文的精神和形式而形成的，这是万叶歌发生的源头，也是和歌定型的始源。因此，万叶歌的纯自然生成论和汉诗影响决定论都存在其偏颇的一面。因为万叶时代重汉诗文而轻用日本语创作的文学，同时编纂《万叶集》的目的是作为教养书，只供皇子、皇女阅读，所以这部总歌集编纂后寂寂无闻，经过一个多世纪后才放射出它应有的光辉。

以主要歌人活动时期、歌风、作品及政治社会情势作为划分的基准，可以将《万叶集》分为四个时期：

第一时期，称为"初期万叶"，这时期的歌大多与皇室的事件和传承故事有关。如舒明天皇时代（629—641）的天皇登香具山望国时御制歌，齐明天皇时代（655—661）的有间皇子被处死时作的自伤结松枝歌和天智天皇时代（662—671）围绕天智、天武天皇争恋额田王的歌，均较具代表性。后以柿本人麻吕等的歌为代表，走向专业化，这是《万叶集》创作歌的孕育和诞生期。

第二时期，从上古歌谣的土壤中汲取养分的同时，受到中国文化的刺激，效仿中国宫廷兴起侍宴从驾、集宴游览的风尚，在新辟的这种贵族教养的抒情场合吟诗作歌，开始树立自我个性的抒情新风。从这里出发，十市皇女的歌、持统天皇的歌、柿本人麻吕的歌群，出现了许多身份低的宫廷歌人的独咏歌，内含不少四季行事的歌，有利于培育个人抒情歌的成长、季节感的表现和美意识的萌芽。这时期最有影响力的宫廷歌人是柿本人麻吕，他既是继承上古歌谣要素的最后一个歌人，又是开辟万叶长歌的首个歌人，他受到汉诗的启迪，整合五七反复音数律，固定末尾五七七句法，并附反歌的新的表现形式，为长歌的成型做出了不可磨灭的贡献。长歌形式在《万叶集》的第二时期处在全盛期，以柿本人麻吕等一批中下层宫廷歌人的创作歌群为标志，进入了确立日本民族诗歌的典型形式——和歌的关键时期。

第三时期，处在贵族文化的成熟期，万叶的新时代也正是从这里开始，歌人辈出，著名歌人有笠金村、高桥虫麻吕、山部赤人、车持千年、大伴旅人、山上忆良、大伴家持等。这一时期的特征是，虽然仍继承前期柿本人麻吕的宫廷赞歌的传统，但是，无论在赞颂天皇方面还是吟咏自然方面，都更多地注入了主观色彩，而且关注颇富人性的生活，比起前期观念性的歌来，这一时期的歌更多趋向主观的感受性，强化歌的抒情性。其中具有代表性的作品，比如笠金村的挽歌，没有因袭前人，而以自己的意趣和技巧，抒发自己的感怀等，都为这一时期树立了与前期不同的新歌风。

这一时期的万叶歌走向多样化，歌人山部赤人叙景歌的优美化、大伴旅人人生颂歌的情趣化、高桥虫麻吕传说咏歌的多彩形象和山上忆良对人生的执着和社会的关心等，都显露出各自的色彩和光芒。这一时期还有一个特点，就是许多贵族知识分子接受汉学的熏陶，对汉诗文造诣颇深，他们受中国典籍的影响，以此作为创作歌的基础，个性更向多样化发展，创作了许多在和歌史上不朽的作品。尤其是在哀歌方面，悼念亡妻的歌更具丰富的个性。这一时期歌人的文学意识觉醒，他们的短歌完成艺术化、个性化进入了多彩的时代，并形成万叶歌的全盛期。

第四时期，正处于奈良时代中期，创作歌数量最丰盛的，当数大伴家持，他的歌日记以及他与笠女郎、坂上大娘等女性的相闻赠答歌，表现了纤细的感受性，创造了非现实的心象风景，达到了颇为圆熟的程度。同时期，女歌人辈出，她们以恋歌为中心，留下了许多秀歌，吟咏人生的哀乐，其中尤以坂上郎女最为活跃，她的歌以相闻歌、宴歌、祭歌居多，还创作了不少与大伴家持的赠答歌。

这时歌作者的范围不仅仅限于皇族和宫廷歌人，已经扩大到近畿地方的庶民，近畿地方以外的东国地方歌和戍边人的戍边歌，它们大多是无名氏歌人创作的，在这一时期占有重要位置。这一时期大伴家持和其周围的歌人，将万叶歌推向极盛的阶段，这是万叶歌的烂熟期，也是古今和歌的过渡期。

《万叶集》确立了民族抒情歌的至高无上的地位，与稍早面世的汉诗集《怀风藻》一起，成为日本上古奈良时代抒情诗的双璧，在日本文学发展史上具有里程碑的意义。以此为契机，从古代到近古，日本诗歌坛产生了《古今和歌集》《新古今和歌集》等著名歌集，极大地丰富了日本古代文学。

（二）中古文学的发展

中古文学指的是平安迁都（794年）到镰仓幕府建立这近四百年期间的文学。由于这一时期政治文化的中心是平安京所在地的京都，而且文学创作的核心是以藤原氏为主的平安京贵族们，所以又将这一时期的文学称作"平安时代文学"。

平安迁都以后，日本的社会、政治发生了很大变化，对于中国文化的学习、模仿变得越发积极。此时，日本不仅建立了中国式的都城，而且连其宫廷内的制度规范都带有强烈的中国色彩。在积极模仿、学习中国文化的风潮之中，汉诗文成为"官方文学"，在日本的宫廷之中占据了正统地位。与此同时，日本的传统诗歌"和歌"的地位逐渐降低，成为"私人空间"的文学。此时所编撰的三部敕撰集《凌云集》《文华秀丽集》《经国集》反映了当时汉诗文兴盛的时代特征，汉诗文的兴盛从另一面又证明了此时日本本土文学的衰落，所以日本文学史上又称这个时期为"国风暗黑时代"。

到9世纪后半期，特别是9世纪末日本中断派遣遣唐使以后，汉诗文兴盛的局面发生变化，贵族社会之中开始出现试图摆脱中国式规范的气氛，"国风文化"在此时得以形成，和歌文学逐渐成为此时的文学主流。10世纪初叶，"假名"应运而生，并且在宫廷贵族文化的发展中得到广泛普及，和歌随之重振雄风，获得了与当年汉诗文同样的文学地位，以假名表记的和歌不仅形成了自己独立的样式，而且在技巧上也发生了极大变化。在贵族社会里，开始频繁举行"和歌比赛"，这对日本本土诗歌的发展起到巨大推动作用。10世纪初编撰的敕撰和歌集《古今和歌集》就是在和歌这种宫廷贵族文学的兴盛之中产生的，并且由此带来了日本和歌的兴盛。《古今和歌集》歌风优美细腻，转达了当时贵族社会风雅情趣的习风，是以平安京温和自然风光为背景的平安文学的出发点。

假名的普及使日常语的自由表现成为可能，带来了色彩斑斓的假名文字散文文学，其主要文学成果就是"物语"文学。物语文学最初有两大形态，即"虚构物语"和"歌物语"。前者以民间古老传承为原型，是一种虚构的故事，这类"物语"有《竹取物语》《宇津保物语》《落洼物语》等；后者是根据贵族社会的"和歌故事"所形成的抒情故事，这类物语的代表有《伊势物语》《大和物语》《平中物语》等。假名的出现也使原来仅用于记录官方事情的汉文日记发生了变化，有人开始用假名日记的形式记录个人的事件，表现个人的内心世界，第一部具有文学意义的日记就是《土佐日记》，《土佐日记》的散文文学形式对以后的女性日记文学产生了不可低估的重要影响。

公元10世纪末至11世纪是日本摄关政治的鼎盛时期，此时女性作者的创作使假名散文文学获得极大发展，其中，"藤原道纲之母"写作的《蜻蛉日记》

表白了自己内心的真实情感，开始摸索自由表达自己内心感受的女性文学方法，这种方法为以后的《和泉式部日记》《紫式部日记》《更级日记》等日记文学代表作所继承。此时，女性文学的最高成就还应是紫式部创作的物语文学作品《源氏物语》，这部传世之作汲取了以往的物语、日记、和歌文学的精华，创造了一个宏大的虚构世界，在虚构的世界之中成功地塑造了一系列以摄关政治为背景的宫廷贵族社会的人物形象，细腻地描写了生活在贵族社会中人物丰富的内心世界，使之成为以后日本物语文学难以超越的物语文学高峰。随笔文学的经典之作《枕草子》也是这一时期无法忽略的重要作品，《枕草子》产生于平安中后期的摄关政治体制之中，与日记文学、物语文学同样，是极具个性的女性文学，其作者清少纳言以华艳的宫廷世界为背景，以随笔这一自由的文学形式、以纤细洗练的文笔为读者打开了一个具有独特美的世界。

《源氏物语》以后，物语文学创作渐渐失去了原有的生气，虽然也有不少作品问世，如长篇《狭衣物语》《滨松中纳言物语》《夜中梦醒》、短篇《堤中纳言物语》等，但是再没有可以与《源氏物语》比肩的物语文学出现。在贵族社会走向衰势之时，对贵族社会辉煌过去的回忆、记述也就成为一种必然，《荣华物语》《大镜》等历史物语产生于这一背景之中。历史物语的出现在一定意义上也标志着物语文学创作的停滞不前。进入院政时期，文学上的一个重要现象，就是各种说话集（就活集）的问世。其中最具代表性的就是《今昔物语集》，这部说话集里收集了贵族社会、庶民阶层以及新兴武士阶级的各种故事、传说，预示以后日本文学的发展可能。《梁尘秘抄》等歌谣集的编撰，也是此时不可忽略的文学现象。

1. 《古今和歌集》

《古今和歌集》由纪贯之、纪友则、凡河内躬恒、壬生忠岑共同编选而成，于905年编成，共20卷，是根据醍醐天皇诏令编写的，是日本最早的敕选诗歌集，该书收录了自《万叶集》以后至编写年为止约150年间共130人左右撰写的一千多首诗歌，绝大部分是关于季节和恋爱的诗。《古今和歌集》里诗的风格与《万叶集》不太一样，《古今和歌集》不是直截了当的感情表达，而是通过一些比喻、双关语等修辞手法表达一种较理智的、观念性的东西。与《万叶集》的雄壮相对应，《古今和歌集》显示出一种柔媚的风格。

在《古今和歌集》的作者中，有六个人是当时颇有盛名的诗人，被称为"六歌仙"亦即"六诗仙"，其中有两位尤其值得一提，一位是在原业平，《伊势物语》就是以他为原型创作的；另一位是小野小町，她是日本家喻户晓的古代美女，在日本有许多与小野小町有关的故事、传说等。

2. 《竹取物语》

《竹取物语》又名《辉夜姬物语》，是创作于10世纪初的日本最古老的物语文学作品之一，同时也是日本第一部以假名书写的文学作品。《竹取物语》作者不详，从当时国民识字率来看，作者应该是上层阶级、能得到贵族生活资讯的平安京近邻，又因其内容谕含反体制的思想，所以应该不是藤原氏的人。精通汉学、佛教、民间传承、能写假名文字，性别应该是男性。

《竹取物语》全书共10回，故事结构由"辉夜姬诞生""求婚难题""升天归月"三部分构成。《竹取物语》开创了"物语"这一新的文学体裁，是"传奇物语"流派的代表作品。《竹取物语》同时也第一次实现了日本语言与文字的统一，对于其后的古代散文文学作品的发展具有重大意义。

3. 《源氏物语》

《源氏物语》完成于1008年左右，作者紫式部通过小说这个虚构的世界，描写了主人公光源氏的一生及其儿子薰的半生，作品以这两个人物为主线，将奢华的宫廷贵族社会的内部矛盾、争权夺利、钩心斗角以及"大情圣"光源氏的爱与苦恼刻画得淋漓尽致，是一部写实主义的长篇巨著。

《源氏物语》涉及4代天皇，历时七十余年，登场人物约四百九十人，场面宏大，结构严谨，构思也很巧妙。《源氏物语》全书共54帖，一般分成三部分。第一部分是前33帖，描写的是光源氏从出生至39岁之间的事情，其间光源氏拈尽人间百花，后被流放，最后又回到宫中，位至准太上天皇，享尽荣华富贵；第二部为其后的8帖，描写光源氏在遭遇了正妻三公主的背叛又失去了最爱的紫上后的苦恼，及至作出出家的决定后光源氏的晚年生活；第三部分是最后的13帖，描写了光源氏死后，他的儿子薰（实为柏木之子）一方面为自己的出身而感到苦恼，试图在佛教里寻求解脱，另一方面却又陷于纠缠不清的爱的旋涡里，表述了一种今生得不到幸福就去来世寻求的佛教的轮回思想。

《源氏物语》整部作品洋溢着一种无常观，可以说是一部贵族社会的盛衰记，它将自然与人事巧妙地融合在一起，贯穿于作品始终的是一种被称为"物哀"的情趣，这种情趣是成熟的王朝贵族文化达到顶点时的一种最高的审美意识。

平安时期，不仅是紫式部，还出现了许多其他的女性作家，如《枕草子》的作者清少纳言、《和泉式部日记》的作者和泉式部、《更级日记》的作者菅原孝标之女等，可以说，平安时代是日本文学史上才女辈出的时代。

4. 《枕草子》

《枕草子》成书于1001年左右，作者清少纳言。《枕草子》是一部随笔集，它和后来的《方丈记》《徒然草》被称为日本文学史上的三大随笔。

当时藤原道隆为了巩固自己的地位，千方百计想把自己的女儿定子嫁给天皇，于是请了清少纳言作为伴读，教定子诗书。很快，定子就被召入宫，并很快被立为皇后。而藤原道隆的弟弟藤原道长，为了不输给哥哥，也千方百计想把自己的女儿障子嫁入宫中，于是聘请紫式部作为其家庭教师，障子也随定子之后嫁给皇帝，并且比定子更快地怀上了皇太子。这是藤原兄弟的明争暗斗，也是两家女儿的争宠之战，更是两位女文豪的较量。人们常常拿紫式部和清少纳言做比较，前者属于稳重内向型，后者属于外向开朗型。

紫式部的《源氏物语》充满了伤感的情调，而清少纳言的《枕草子》却充满了情趣，显示了作者对人世、对自然具有敏锐的感受和观察能力，且具有独到的审美情趣。

（三）中世文学的发展

建久三年（1192年），源赖朝在镰仓开设幕府，成为征夷大将军，庆长八年（1603年），德川家康统一天下，在江户设立幕府。从镰仓幕府设立到德川家康统一天下达四百余年，日本史称之为"中世"，中世时期还可以细分为镰仓时期、南北朝时期、室町时期、安土桃山时期。中世在日本历史上是一个巨大的转折期，这个时期的最大特征就是贵族阶层的没落、武士阶层的兴起、庶民社会的生长。武士阶层所建立的新的秩序，逐渐渗透到政治经济等社会的各个层面，这个时期是封建制社会得以确立的时期。

从文化史的角度看，此时在众多领域里创造出了能够构成日本文化传统的重要文化财产，如"信贵山缘起""伴大纳言绘词"一类的"绘卷物"、雕刻家运庆的"雕刻"、千利休所开创的"茶道"、雪舟的"水墨画"以及"造园术"等，出现了宫廷贵族的"王朝美"与地方、庶民的"超野、卑俗、野性"相对立、相融合的现象。

从文学方面看，中世也同样是一个巨大的转折时期。从总体倾向来看，虽然以宫廷贵族为中心的文学作者及文学的享受者开始逐渐向庶民文学贴近，但是在政治上已经丧失实际权力的贵族阶层，在文学上仍然占据着重要地位，武士阶层、庶民阶层还没有真正拥有属于他们自己的文学，仍然在模仿传统的文学形式。在这个时期里，只有具有相对自由立场的僧侣等"隐考"才可能客观、批判地观察事物，他们的文学创作被认为是这个时期文学的代表，"王朝憧憬主义""尚古主义"仍然是整个时代的文学主流，最能够表现这一特点的，就是此时期和歌传统的延续，其中的重要成果之一就是此时期编撰的《新古今和歌集》，它成为王朝和歌最后的出色敕撰集。以宫廷生活为背景的"女房日记"此时依然还在创作，比较著名的有《建礼门院右京大夫集》《不问自述》。另外需要提及的是，此时还创作了许多模仿平安时期物语的"拟古物语"。以世阿弥为代表的"能"所表现的幻想性"幽玄"的世界，也同样体现着对于王朝美的向往。

在这一时期里，地方社会和民众社会不断变化的"世相"给予人们极为深刻的新鲜印象，于是叙述这些世象变化的故事便成为说话集编选收集的对象，以《宇治拾遗物语》为代表的说话文学就是记录这种"世相"的作品。地方与城市之间的交流日益频繁，催生了"纪行文学"的问世。当时，京都的贵族为避战乱躲到地方，京都的"连歌师"们也会被各地战国大名召去。他们的这些活动促进了地方文化水准的提高，文学题材、文学制作、文学享受等方面，都自上而下地由京都向地方不断扩展开来，连歌形式的最终完成标志着文学地方化、庶民化的进展。

另外，"能狂言"这种普通民众的艺术也得到武将和贵族们的喜爱，"御伽草子"的读者层扩展到了庶民阶层，"小歌"的世界里也有了庶民社会的气息。

这些文学现象都在证明着庶民阶层开始产生巨大影响力,已经影响到当时的文学艺术创作与受众,并将与近世庶民文艺的兴起发生密切的联系。

《平家物语》是在琵琶的伴奏下进行讲述的文学,《曾我物语》《义经记》这些军纪物语也同样留有说书的痕迹。通过"讲述"的形式供人们享用文学,是这个时期文学的另一个特点,这种文艺形式不仅在文章措辞上要考虑听众的喜好,而且在内容上也反映出受众的趣味。在庶民中以舞、说(唱)为主的"幸若舞""释教歌"里的"说"的部分,以后成为近世净琉璃的源头。

1. 《新古今和歌集》

《新古今和歌集》是元久二年(1205年)三月后由鸟羽天皇主持,源通具、藤原有家、藤原定家、藤原家隆、藤原雅经、寂涟6人编纂完成的和歌集。元久二年三月《新古今和歌集》大致完成,时任关白太政大臣的藤原良经为此作了序言;承元四年(1210年)左右基本完成;而后后鸟羽院自行删补、修正,于建保四年(1216年)完成现存版本。

《新古今和歌集》收录和歌1979首,分为12类,即春歌、夏歌、秋歌、冬歌、贺歌、哀伤歌、离别歌、羁旅歌、恋歌、杂歌、神祇歌、释教歌,是日本历史上颇负盛名的和歌集。

2. 《平家物语》

《平家物语》是为日本信浓前司行长创作的长篇小说,成书于13世纪初。

《平家物语》主要讲述以平清盛为首的平氏家族的故事,前六卷描写了平氏家族的荣华鼎盛和骄奢霸道;后七卷着重描述了源平两大武士集团大战的经过,渲染了平氏家族终被消灭的悲惨结局。

《平家物语》全书贯穿了新兴的武士精神,武士、僧兵取代贵族的地位,而成为英姿勃发的英雄人物,这些形象的出现,标志着日本古典文学开创了新的与王朝文学迥然不同的传统,对后世文学有深远的影响。《平家物语》与《源氏物语》并列为日本古典文学双璧,一文一武,一个象征"菊花",一个象征"刀剑"。

3. 《宇治拾遗物语》

《宇治拾遗物语》与平安末期的《今昔物语集》一样,是说话文学的代表作品。《宇治拾遗物语》原意为"《宇治大纳言物语》之拾遗"，《宇治大纳言物语》已经散佚，现已无法比较两者，《宇治大纳言物语》编者不详，一般认为参与编撰者为数人，其最终完成时间大约在13世纪初。

《宇治拾遗物语》的许多素材来自之前的《古本说话集》《古事谈》等说话集，其所收的197个说话中，有143个说话已经出现在《今昔物语集》《古本说话集》《古事谈》等说话集中，其中将近半数的故事与《今昔物语集》相同，它们中的许多素材流入军记物语、历史物语、御伽草子、谣曲等其他文学形式之中。《宇治拾遗物语》所收的说话既有关于破戒僧、盗贼、大力女人的故事等所谓"世俗说话"，也有民间流传的民间故事。

《宇治拾遗物语》的文学魅力不在于题材的新颖，而在于其对文学表现力的重视，一些不需要的细节被省略，叙述方式自由、风趣、稳重，颇有文学韵味，极大提高了其文学表现力，这一点与之前的说话集《今昔物语集》形成鲜明的对比。《今昔物语集》为了转达历史的真实宁可牺牲文学性，而《宇治拾遗物语集》则试图通过文学性的提高来追求与历史的神似，它具有《今昔物语集》所没有的独特的轻松气氛，在民话式说话的创作上获得成功。同时，《宇治拾遗物语》还将古代物语的和文表现大量引入说话的口语文脉之中，从而改变了《今昔物语集》翻译式的汉文表现。

4.《徒然草》

吉田兼好的《徒然草》与《枕草子》《方丈记》并称为日本文学史上三大随笔文学。从内容来说，《徒然草》大致可分无常感、求道说、人生谈、艺术论、自然观、生活训、青春颂、仪式法制、自颂自赞等项；从形式来说，《徒然草》有随想、说话、艺谈、回忆等，这些项目所涉内容和形式广泛、多彩而又驳杂，各段相对独立，又不时转换主题，涉及古今许多大大小小的方面，而通篇兴、归于情，志在自娱自乐，不在发表的写作态度，也反映了作者对随笔特性的基本看法。

第一，吉田兼好有一股强烈的求道之心，表明"吾生已蹉跎，当放下诸缘之时也"，于是专心求道，叙说无常，成为其《徒然草》最重要的内容。吉田兼好的无常感，最早是用咏叹的方式表现出来，带有浓重的感伤性。他经过隐居求道生活的历练，才从不自觉到自觉，理性地认识人的生存欲望和物质欲望，这是《徒然草》的一个重要思想特质，它支撑着随笔集的整个结构。

第二，这种自觉的无常观，反映到对人生的态度上，作者用以论说自然与人的生命转化之理，即生死的辩证关系，自然与人的本质，以及社交、处事等方面。作者对自然的观察十分仔细，他从一株新芽的茁壮，看到了新生命的成长、新生命的主导力量，试图辩证地把握人的生命的流转规律，通过季节的推移、自然风物的转换，来表达对生死轮回的无常观，而且在这里透露出日本文学传统的敏锐的四季感，并从中发现审美意识的源泉。

第三，《徒然草》的另一显著特色，是从四季的自然中发现美，将自然与审美意识密切相连。这种"物哀以秋为胜"的观察令人想起中国唐代名家刘禹锡的诗："自古逢秋悲寂寥，我言秋日胜春朝。"作者扬秋抑春，慨叹时序的推移给人带来美感的同时，也带来了哀感，将古代的"哀""物哀"与近古的"空寂""闲寂"无间相融，创造了吉田兼好式的随笔文学之美。他的"哀""物哀"的美感是与无常感相连的。他特设一段论述"美与无常"，描写了雪月花的美，特别是写了对雨恋月、花散月倾、月辉叶影、月冷凄清等之美而有所省悟，正如其所云："秋月者，至佳之物也。"他从秋月中获得了美的感动，从这种美中获得了寂福，并联系到人生与自然的"空寂""闲寂"，悲叹世间的盛衰无常。川端康成说过："以'雪、月、花'几个字来表现四季时令变化的美，在日本这是包含着山川草木，宇宙万物，大自然的一切，以至人的感情之美，是有其传统的。"对照吉田兼好的这段描写来看，其"物哀"与美根植于无常观的基础上，这是近古日本文学美的传统，与古代《源氏物语》的"物哀"精神存在着某种差异，它也从一个侧面反映了作为日本民族美学上的"物哀"，是具有其多义性的。

第四，在《徒然草》有关艺术论的章段中，通过感性与知性的思考，将古今典籍娓娓道来，表现出作者对文学、音乐、艺能的丰富知识和高深造诣。这类段落的许多典故或用语出自从汉诗集、和歌集《怀风藻》《万叶集》《古今和歌集》，到物语文学《源氏物语》《平家物语》，到说话集《今昔物语》、历史物语《大镜》、文集《本朝文粹》、歌谣集《梁尘秘抄》等日本古典，论述涉及物语、和歌、连歌、和汉朗咏、神乐、催马乐、雅乐、舞乐、郑曲、百拍子、吕律、种种乐器、艺能以及古今歌人等传统文学艺术的广泛领域，其中许多论说随感今天读来还能引起种种联想与思考。

二、日本近世文学的发展过程

日本文学史一般把历史上的江户时期称为"近世"，近世文学主要指江户时期的文学。江户时期开始于"关原之战"德川家康取胜、于庆长八年（1603年）在江户设立幕府，结束于德川幕府第十五代将军德川庆喜于庆应三年（1867年）进行的"大政奉还"，其间共265年。江户时期确立了"幕藩体制"，在幕藩体制中，对内施行严格的"士农工商"的"身份制度"，对外则采取严密的锁国政策。在这种体制的建立、政策的实施过程中，日本获得了较长时间的和平稳定，经济得到发展，促成货币经济时代的到来，使社会地位低下的从事商业的町人阶级掌握了经济上的实权，也为町人文化的形成提供了条件。同时，多数人具备了读写能力，这使更多的人可以参与文学的创作或者享受文学。

近世出版文化的普及对近世文学的影响同样重大，如果说中世以前是"写本时代"，那么近世就是"出版文化"的时代。16世纪传教士把印刷机械带到九州，丰臣秀吉率兵侵略朝鲜又带回铜活字，这使日本掌握了活字印刷、整版印刷技术。进入近世后，本阿弥光悦和角仓素庵等出版了"嵯峨版式"的书籍；在德川家康的命令下，骏河版的书籍也得以印刷。这些版本的书籍都是用铜活字或木活字来排版印刷的，木版印刷得到普及，大量印刷的实现使书籍可以传递到众多读者手中。由此形成的商业出版事业使文学成为商品，形成了文学的大众传播，读者人口也出现了飞跃性的增长。随着出版业的发展，文章与绘画的结合也变得更加紧密。

对于日本近世文学的特征，人们多以"庶民文学"或"町人文学"概括之。虽然武士、农民、町人的社会地位低下，但是其经济实力却在日益增强，他们需要能够反映自己的生存状态、思想方式、兴趣爱好的文学，同时他们也开始积极参与文学创作，再加之新的印刷技术的发展以及庶民教育的普及，使町人文学能够顺理成章地得以确立。町人文学的确立促成了"假名草子""浮世草子""俳谐""净琉璃""歌舞伎"等一些新的文学样式的出现，这些作品中所显露的"町人性""庶民性"是区别中世文学与近世文学的最为显著的特点。当然，由町人创作的文学并不是近世文学的全部。在具有町人性、庶民性特点的文学的创作者里，也有不少像近松门左卫门、松尾芭蕉那样出身于武士阶级的作家。而且，和歌、和文、汉诗文等主要由武士阶级从事创作的传统、古典的文学，在近世文学整体中同样占有很大的比重。

18世纪中期，文学创作的场所由"上方"转移到"江户"，由此形成了近世文学史上两个重要文学时期，一个是以"上方"为中心的上方文学期，一个是以"江户"为中心的江户文学期。上方文学又取其最昌盛年代"元禄"的年号，称之为"元禄文学"。江户文学期又被分为两个具有各自特征的时期，一个为"天明文学"，一个叫"化政文学"。

进入元禄时期（1688—1704年），日本近世文学的特色得以充分显现，这一特色首先表现在以井原西鹤的创作为代表的"浮世草子"的出现。"浮世草子"之前，叙事文学主要有与室町时期"御伽草子"一脉相承的"假名草子"以及其后的"草双纸"。"假名草子""草双纸"的写作目的主要在于启蒙教育、大众娱乐，可以说是通俗的大众读物，而"浮世草子"则有所不同，这类作品既写实性地表现了町人的现实世界，对个人欲望给予肯定，同时也尖锐地剖析了以钱欲为核心的町人社会，反映了町人文化现实性、享乐性的特点。

日本近世文学的特色还表现在俳谐的创作上，江户初期出现的俳谐建立在室町末期的俳谐连歌基础之上，作为町人文学在当时颇为流行。但是，无论是最早的贞门派俳谐，还是以后的谈林派俳谐，都具有强烈的游戏味道。松尾芭蕉在他的《猿蓑》等俳谐集里形成了"蕉风"的创作风，使色彩浓厚的俳谐在艺术品位上得以提升，具有极高的文学性。

净琉璃的创作也是江户时期重要的文学现象，净琉璃是一种人偶剧，其源头可以追溯至中世戏剧能乐、狂言、幸若舞。作为大众娱乐形式，净琉璃获得此时观众的普遍欢迎，净琉璃的最终完成与近松门左卫门有着不可分的联系。近松门左卫门对传统的古净琉璃进行改造，以哀怨的笔调描写了近世的义理人情以及两者之间的尖锐冲突，《出世景清》《曾根崎情死》《情死天网岛》等就是其成功之作。这些作品体现了作者对人性的深刻洞察，极大提高了人形净琉璃的艺术性，为人形净琉璃的繁荣打下了坚实基础。"歌舞伎"发生于日本江户初期，与净琉璃问世的时间相差不多。歌舞伎的产生与中世以来的各类艺能、戏剧的影响有关，这种戏剧形式最初为"游女歌舞伎"，后为"若众歌舞伎"，一时成为新时代的大众性娱乐，受到民众的欢迎，给当时的社会风俗带来极大影响。后幕府当局禁止其演出，取而代之出现在观众面前的是"野郎歌舞伎"，这成为以后歌舞伎发展的基础。歌舞伎的黄金时期出现在江户中期至后期阶段，此时净琉璃渐渐衰退，使歌舞伎成为大众戏剧演出的中心存在。

井原西鹤之后，随着文学中心向江户转移，"浮世草子"的作者逐渐转向"读本""洒落本"的创作。安永、天明时期，由于采取了积极的财政政策，商业繁荣，江户充满自由享乐的气氛，在这一背景下，洒落本、黄表纸、狂歌等一类"戏作文学"出现在武士阶层知识分子业余写作者的笔下，这种文学吸引了町人阶级，促使洗练观察与表现的文学兴盛起来。在宽政改革中，戏作文学创作遭到当局的干预，文学的通俗化倾向更为加剧，宣扬"劝善惩恶"的读本、看重感情的滑稽本、人情本、合卷成为当时文学创作的主流，这种倾向意味着文学本质上的低俗化，同时也标志日本近世文学大众化的实现。在这段时期中，幕府日落西山，武士阶级也走向衰势，随之，社会呈现颓废倾向，文化趋于烂熟，町人生活重视享乐游戏，这一大的背景可以说是江户晚期小说变化的重要因素。

读本是针对以插图为主的"草双纸"而言的，意为以阅读为主的作品。读本受中国白话小说的影响较大，多以日本历史事实为素材，具有较强的传奇性，强调扬善惩恶、因果报应的思想。读本的代表之作有上田秋成的《雨月初语》、泷泽马琴的《南总里见八犬传》等。洒落本来源于"浮世草子"中的"好色物"，是专门描写青楼人物故事的通俗消遣小说，其代表作家为水春水，后因受到幕府的处罚，转向"人情本""滑稽本"的创作。为水春水的"人情本"所表现的是江户四人颓废的恋情，"滑稽本"《东海道中膝栗毛》的作者十返舍一九则在他的作品里将庶民的日常生活表现得十分滑稽可笑；山东京传的"黄表纸"创作表现的是风越的风俗世界；后来柳亭种彦等人所写的"合卷"是将歌舞伎题材小说化的作品。

江户后期与谢芜村的艺术性俳谐，江户末期小林一茶贴近人生的俳谐创作，同样在俳谐成熟发展过程中发挥了重要作用，他们的俳谐创作促使俳谐广泛传播，成为受到日本近世民众欢迎的文学形式。近世的和歌创作显然没有中世以前和歌创作那样繁荣，只是在江户后期经过贺茂真渊等的努力才略显有些生气；相反，在江户后期，将和歌世界卑俗化的"狂歌"反而流行开来。由此也可见庶民化、世俗化的近世文学的一端。

江户时期也是日本国学研究得以发展的时期，江户中期出现的试图探讨日本古代思想精神的国学，到了江户后期兴盛起来，显现出其强势。贺茂真渊、本居宣长等撰写了《万叶考》《古事记传》《源氏物语王石小梳》等著述，试图在古典名著之中发现所谓"古道"，这些著述，日后成为日本学术研究的源头，对后世的学术研究、思想产生了巨大影响。

（一）俳句

松尾芭蕉将日本诗歌中的一种称为"俳谐"的诗体提高为"俳句"，因此，松尾芭蕉是俳句的始祖，以他为首形成的宗派称为"蕉门"。他创作的俳句的艺术风格主要表现为恬静、古雅等，这种诗风被称作"蕉风"，也出于这些缘故，原来诙谐的俳谐才上升到高雅艺术的层面，并被称作"俳句"。

松尾芭蕉不喜欢都市的喧闹，因此在郊区结庵独居，庵前有芭蕉树，据说这是他名字的由来。在日本文学史上，有许多诗人把旅行当成了自己的生存方式，乐此不疲，芭蕉就是其中之一。1684年，芭蕉开始在关西一带旅行，这种"旅行"与现在的"旅行"含义不完全一样，对有些人而言，"旅行"是他主动的选择，而对另一些人而言，除了旅行似乎别无选择，这种意义上的"旅行"或许该叫作"漂泊"或者"放浪"更合适，芭蕉的"旅行"也类似于"漂泊"这种状态。对芭蕉而言，人生就是一程旅途，从另外的意义上来理解，这句话适用于所有人，芭蕉把旅途中的所见所闻、所思所想全部记在日记本上，有的浓缩成精练的俳句。他曾出版了许多本游记，其中尤以在东北地区旅行时写就的《奥州小路》最有名。通过长期旅行生活的历练，芭蕉的诗心日益得到磨炼，1691年，体现蕉风中之幽玄、闲寂等理念的俳句集《猿蓑》问世，这本俳句集标志着蕉风的成熟，芭蕉本人也达到了超凡脱俗、风雅闲定的境界。

（二）歌舞伎艺术

平安时代已出现了以舞蹈为主的演艺，到了中世以后，这种舞蹈加上了故事情节，在跳这种舞蹈时身体动作等较夸张，这种行为在日语里叫 kabuku，这就是歌舞伎（kabuki）的词源。

1603年左右，出云大社的巫女出云阿国在京都表演了歌舞伎，她女扮男装，穿着华丽的衣裳，给人们以深刻的印象，之后，"游女歌舞伎"流行了起来。但幕府以其扰乱社会秩序为理由，禁止演出，后来，演员换成了美少年，这时的歌舞伎被称为"少年歌舞伎"，它渐渐地开始聚集人气，但却遭遇了游女歌舞伎同样的命运。后由于商人们的反对，在禁止女人和少年男子演出的前提条件下，幕府允许歌舞伎继续演出，这样就只有成年男子可以演出，这种歌舞伎被称为"野郎歌舞伎"。"野郎歌舞伎"与"女歌""少歌"不同，不靠姿容吸引人，只靠对白和动作，到后来又在内容上下功夫，由原来的独幕剧发展到多幕剧。后在京都和江户都有专用剧场，这时还出现了两位有名的演员——京都的坂田藤十郎和江户的市川团十郎。坂田藤十郎请进松门左卫门作为他的专用作家，演出的剧目符合京都一带柔和的文化环境。而市川团十郎是自写自演，他的剧目内容一般都是勇敢的主人公帮助弱者的故事。

歌舞伎至今仍在上演着，东京的银座就有歌舞伎的专门剧院，市川一门仍然活跃在演艺界，但仍然是只有男演员而没有女演员，剧目中的女性角色都是男子扮演的。

三、日本近现代文学的发展过程

（一）近代文学的发展

1. 明治时期

明治维新后的政府在文明开化的呼声下，迅速地推进以西方各国国家体制为蓝本的近代化改革。到了明治二十二年（即1889年），日本颁布了新宪法，开设了议会，新的国家体制终于建立起来了。从明治维新开始之后的大约二十年间是一个过渡期，在文学方面较引人注目的是一些启蒙读物，具有文学价值的读物不多。

明治维新后，对以后文学创作产生巨大影响的要属明治六年成立的"明六社"的思想启蒙活动。明六社的主要成员有福泽谕吉、加藤弘之、西周、中村正直等，他们的著述、译作《西国立志篇》《西洋概况》《物理图鉴》《劝学篇》《文明论之概略》在当时产生了不可低估的影响，特别是福泽谕吉所著《劝学篇》对于平等思想、合理主义精神、"立身出世"观念的传播影响更为巨大，对以后近代文学的创作产生了不可忽视的作用。与此同时，沿袭近世文学传统的"戏作文学"作家，将自己写作的背景从江户变为明治初期的东京，明治维新后"文明开化"的世象成为他们戏谑表现的对象，其中假名垣鲁文的代表作品《西洋道中膝栗毛》《安愚乐锅》，在江户文学向明治文学的过渡期中发挥了重要作用。1896年以后，在日本出版传媒业发生重大变化之际，戏作文学迎来了明治维新后的繁盛期。

1886年后，西方翻译小说数量明显增加，吸引了众多读者，比起戏作文学，西方小说更为引人注目。西方小说的翻译介绍主要集中在两类题材上——一种是空想科学小说，另一种是当时被称作"西洋人情小说"的恋爱小说，科幻小说主要有《八十日世界一周》《海底两万里》《月球世界》，恋爱小说则有《花柳春话》等描写才子佳人的恋爱作品。当时的翻译作品往往是节译，有时也会迎合读者将两部作品编译为一部作品，这种翻译方法反映了译者对西方文化的选择，对于以后近代小说的创作产生了一定的影响。这两类题材集中了能够引起日本读者阅读兴趣的异国文化、人情，满足了当时读者的阅读需要。

在翻译小说盛行期间，政治小说也开始流行。政治小说指的是流行于1883—1892年、以自由民权运动为背景，以宣传民权思想为目的、由自由民权运动的参与者所撰写的小说，其中的代表作品有矢野龙溪的《经国美谈》、东海散士的《佳人之奇遇》、末广铁肠的《雪中梅》等。这类政治小说大都采用"汉文训读体"，这与当时盛行的翻译小说关系密切，同时也有以戏作小说文体书写的政治小说，《雪中梅》就是其中的代表。

在这20年间，由于人们摆脱了封建社会的束缚，迎来了一个新的时代，尊重人权、尊重个性的人文主义在年轻人中渐渐得到培育。明治二十年后，文坛上出现了一本翻译诗集——《面影》，它将欧洲的浪漫主义传到了日本，在和歌的世界，出现了诗社"浅香社"和与谢野铁干等优秀的诗人。在俳句方面，正冈子规开始着手进行改革；在小说方面，以尾崎红叶为中心的"砚友社"发展壮大起来；幸田露伴、森鸥外、北村透谷等也开始登上了文坛。

明治二十七年（1894年）后，日本经济飞速发展，资本主义体制得以确立，在此过程中，个人主义、自由主义思想得到强化，在文学方面，表现自我解放思想的浪漫主义文学盛行。岛崎藤村的诗集《嫩菜集》就是在这样的氛围下诞生的，这部散发出清新气息的诗集一出版即受到了青年人的喜爱。同时，与谢野铁干及其妻与谢野晶子一起创办的诗刊《明星》也受到了人们的欢迎，一时间，诗歌界盛况空前。同时，也出现了一些批判社会各种矛盾的"悲惨小说"，但它作为一种文艺运动力量太过微弱，没能引起人们的注意。

随着日本加入世界列强的行列，日本的有识之士们也开始对现实进行重新审视。在这种风潮下，19世纪欧洲文学的主流——自然主义以独特的方式被引入日本，开其先河的是岛崎藤村的长篇小说《破戒》。在散文界，自然主义得以盛行；在诗歌界，受到自由主义的影响后，人们开始尝试创作口语体自由诗，出现了以讴歌日常生活为主的诗人石川啄木；俳句方面也出现了自由律俳句。

当时的文坛几乎被自然主义思潮所淹没，在这样的环境里，仍有一些保持清醒头脑而不是一味跟风的作家——夏目漱石和森鸥外，这两人被称为近代文学的双峰，也只有这两人，至今仍被人们称为"文豪"。在日本文学史上，川端康成与大江健三郎获得过诺贝尔文学奖，但这两人都未被称"文豪"，因为人们认为只有夏目漱石和森鸥外才能担当得起"文豪"这个称号。纵观日本的文学史，每个时期都有许多优秀作家涌现，但真正出现许多优秀文学作品的时代，还是以夏目漱石和森鸥外为双璧的近代文学时期。

（1）坪内逍遥与二叶亭四迷。一般认为，真正意义上的日本近代文学开始于1885年坪内逍遥的文学论《小说神髓》的问世，在这部论著中，坪内逍遥将西方的"novel"译作"小说"，日本近代小说的形式由此逐渐形成并固定下来，为人们所接受。"小说"不再是日本近世文学者、戏作者所戏称的"游戏之作"，而成为具有启蒙意义、表现人的内心世界、内涵丰富、可登大雅之堂的文学作品。

如果说《小说神髓》是日本近代文学理论上的开端，那么二叶亭四迷在1887年至1889年之间发表的《浮云》，则可以说是日本近代文学的开山之作。《浮云》是一部未完成的长篇小说，仅仅完成其中三编。目前可以看到的三编在文体、描写上都颇为不同，由此也可以看出日本近代小说形成过程之艰难。尽管艰难，但是日本近代现实主义文学已经初露端倪。

在《浮云》之后，又有一篇小说惊动了日本文学界，这就是森鸥外所写的《舞姬》。他的早期创作具有强烈的浪漫主义色彩，对以后的年轻作家的创作产生了巨大影响。

（2）尾崎红叶与幸田露伴。继坪内逍遥、二叶亭四迷之后，出现在明治文坛上的是以尾崎红叶为首的"砚友社"的作家群体。砚友社成立于1885年（明治十八年），其核心人物是尾崎红叶、山田美妙等人。砚友社的成立标志着日本近代文坛开始形成，一批近代著名作家的创作都与砚友社的推波助澜关系密切，砚友社创办的刊物《我乐多文库》可以说是日本近代文学最早的同人刊物。

尾崎红叶1889年发表成名作《二人比丘尼色忏悔》后，又发表了《伽罗枕》，成为当时深受读者欢迎的小说作家。尾崎红叶的创作强调"美文意识"，注意构思的奇妙与文章的技巧，努力在小说描写中表现"情"。尾崎红叶的小说创作既实践坪内逍遥所提出的写实主义的一面，同时也深受江户时期作家井原西鹤的影响。因此，尾崎红叶的文学创作与二叶亭四迷截然不同，他多描写旧时代的人物情感，而很少着墨于现实人物的心理矛盾冲突。尾崎红叶后面创作的《金色夜叉》在现实描写上更为深入，对于现实的批判也更为深刻，赢得了很多读者。砚友社的同人作家之一山田美妙没有像尾崎红叶那样模仿井原西鹤，而是以"言文一致"的文体创作了一系列作品，在文坛上赢得一席之地。在日本近代的"言文一致"的文体试验上，他发挥了与二叶亭四迷相同的先驱性作用。

砚友社时期也被称作"红露时代"，"红"指的是尾崎红叶，"露"指的是幸田露伴，这两位作家可以说是明治二十年至明治三十年文学创作的顶级作家。幸田露伴1889年发表《露团团》，由此登上文坛，同年又以《风流佛》在文坛上名声大振。之后，接连发表其代表作《一口剑》《五重塔》，成为日本近代文学史上的重要作家之一。与尾崎红叶擅长表现人情、风俗的写实性描写比较，幸田露伴精于塑造具有执着倔强的匠人气质、追求艺道、富于理性主义色彩的男性形象。

（3）岛崎藤村。在日本近代文学史上，自然主义文学占有十分重要的地位，它是继现实主义和浪漫主义之后形成的一股强大的文艺思潮，曾席卷日本文坛，称雄一时，对日本近代文学的发展产生了深远影响。1890年前后至1906年可以说是日本自然主义文学的孕育时期，一般称其为"前期自然主义"，在这个时期里，欧洲左拉自然主义得以广泛传播，并且发表了一批重要的日本自然主义文学评论文章和模仿左拉自然主义的作品。自然主义文学在日本成为一种文学思潮，并形成一场自觉的文学运动，是从1906年开始的。1906年到1912年是日本自然主义文学的成熟时期。

1906年，岛崎藤村发表的长篇小说《破戒》在文坛引起轰动，受到文坛各派的一致赞誉。《破戒》的出现标志着日本近代文学进入了一个新的发展时期。日本自然主义文学的真正奠基之作被认为是田山花袋于1907年发表的中篇小说《棉被》，《棉被》的出现从根本上决定了日本自然主义文学的发展方向。从1912年开始，日本自然主义文学进入了分化时期。自然主义文学的代表作家还有德田秋声、正宗白鸟、岩野泡鸣等人。与此同时，唯美派、白桦派等以反自然主义为目标的文学流派形成，成为对抗自然主义文学的强大文学力量，并且为大正时期文坛添加了夺目的色彩。

2. 大正时期

明治末期大正初期（即20世纪初期），以唯美为最高追求目标的艺术至上主义流行了起来，这时出现了享乐性、颓废性的"唯美派"。小说方面，永井荷风和谷崎润一郎是其代表，诗歌方面的代表是北原白秋。

大正初期，日本国内的理想主义思潮开始兴起，尊重个性、尊重生命的想法得以重新被审视。在这种风气下，杂志《白桦》应运而生，办刊同人有武者小路实笃、志贺直哉、有岛武郎等，这批人被称为"白桦派"，其中武者小路实笃处在思想领导者的地位。

1918年后，日本社会开始陷入萧条状态，白桦派所倡导的观念上的理想主义失去了社会基础，人们又将目光转到现实社会上来，这时被称为"新现实主义"的文学诞生了,这个运动是围绕杂志《新思潮》展开的,因此也被称为"新思潮派",主力军是《新思潮》杂志的同仁们,代表作家有芥川龙之介等。

无产阶级文学实际上是大正末期出现的,与此相对应的"新感觉派"也是同时期登场的。

(1)唯美派。唯美派(耽美派)也被称为"新浪漫主义",它的形成与明治末年森鸥外、上田敏等人对波德莱尔、王尔德等欧洲唯美主义创作的介绍、杂志《昴星》《三田文学》《新思潮》的创刊以及永井荷风、谷崎润一郎的文学创作有着密不可分的关系。唯美派的代表作家主要有永井荷风、谷崎润一郎、上田敏、佐藤春夫等,他们深受西方唯美主义思潮、世纪末思潮的影响,主张艺术至上,为艺术而艺术,强调文学应以享乐为目的,并以官能的解放作为小说创作的一个重要主题,在虚构的世界中追求妖艳怪异、非现实的"美"。他们追求西方的异国情调,欣赏城市情趣、江户传统,远离现实,逃避现实,营造着他们个人向往的小说世界。在"大逆事件"后明治政府的思想镇压背景下,他们的小说创作被认为是"逃避的文学",他们的文学与自然主义文学比较,虽然可以说是"享受文明的都市派文学",但是在反抗传统道德、因袭的层面与自然主义文学有着相同的一面。

永井荷风出生于东京,是唯美派的代表人物,其又是当时一流实业家知识分子。可以说是自然主义文学的先驱式人物,永井荷风对唯美派的形成起到了至关重要的作用,他曾在1902年发表了左拉自然主义色彩浓厚的作品《地狱之花》。24岁到29岁的五年间,他曾游学美国与法国,1908年7月回国之后不久担任了庆应义塾大学文学部的教授,并且创办、主编了同人杂志《三田文学》。他不仅是一个成功的小说家,同时在文学批评、文明批评等方面也有不凡的建树。在变化激烈的历史发展过程之中,他不为时代变化所动,竭力保持自己的创作个性,在小说、随笔、日记的写作以及翻译方面,显示出其独特的才能。永井荷风的文学建立在"西方与日本""文明与传统""近代与反近代"等诸多矛盾之上,他喜爱汉诗写作,在江户艺术方面的造诣也很高,同时接近西方文学,对西方文学有独到的理解。作为当时熟知西方文化的知识分子,永井荷风回国之后便对日本"近代化"展开激烈的批评。在这点上,他时常被与森鸥外、夏目漱石相提并论。

归国之后,他根据自己的留学体验写作了《美国物语》《法国物语》,之后又写下《隅田川》《新归国者日记》《冷笑》等一系列作品。在《冷笑》等作品中,永井荷风对文明开化后逐渐西方化的日本现实进行了激烈的批评,同时对江户传统文化显示出强烈的兴趣。1910年5月"大逆事件"发生之后,他和多数文学家一样,未能以社会正义的名义向社会专制进行抗议,因此他痛感自己的软弱与怯懦。他在小说《火花》之中表达了"大逆事件"对自身的极大冲击,表示"自此以来,我觉得只有将自己的艺术品位降到江户戏作家的那种程度了"。1916年辞去大学教职后,他将自己的创作关注点放在了花街柳巷的风俗之中,他所创作的以《隅田川》开端的"花柳小说",颇为引人注目。永井荷风的创作经过一段低迷时期后,在昭和年代再次迸发出新的火花。

永井荷风的主要作品还有《较量》《梅雨前后》《墨东奇谭》等,他的日记《断肠亭日记》贯穿着他一贯的反俗、反战、非妥协的态度。

谷崎润一郎也是唯美派的著名代表,谷崎润一郎出生于东京日本桥,家境不佳,但其学习勤勉,小学时期在老师的影响下开始关注文学,13岁时开始英语学习,接受古典汉文的阅读训练。中学在东京府立第一中学学习,1906年自第一高等学校毕业,进入东京帝国大学学习。大学期间,谷崎润一郎与小山内熏、和辻哲郎等人创刊第二次《新思潮》。1910年(明治四十三年),谷崎润一郎携《刺青》《麒麟》等短篇登上文坛。

谷崎润一郎能够登上文坛,与永井荷风有着密切关系。谷崎润一郎的创作以非同凡响的文体表现了"官能"的主题,为此得到永井荷风的赞赏与褒奖。永井荷风认为谷崎润一郎是一个开拓了明治现代文坛至今未有人触及的艺术领域的成功者,永井荷风的赞赏使谷崎润一郎一跃而入文坛,成为唯美派的代表人物、著名的新作家。

1910—1965年,谷崎润一郎的文学创作在日本文学史上留下了重要的一页。谷崎润一郎的文学创作大致可以分为五个时期:第一个时期是唯美主义时期,这段时期指他登上文坛后最初的三年;第二个时期是摩登主义时期,也就是大正时期的十年时间,在这段时期里,他发表了代表作《痴人之爱》,并且写了《异端者的悲哀》等自传体作品；第三个时期是古典回归时期，这段时期为1926—1935年左右，这十余年的时间可以说是谷崎润一郎的创作盛期，他的代表作《各有所好》《盲人物语》《春琴抄》等都创作于这一时期；第四个时期是指谷崎润一郎在1939—1945年的创作，在这段时期里他主要进行了两项工作，一是将日本古典名著《源氏物语》翻译为现代日语，一是写作长篇小说《细雪》，这两项工作的最终完成都在1945年后，它们显现出谷崎润一郎文学回归日本传统美的创作特点。谷崎润一郎在"二战"结束后的创作被称为"老熟期"的创作，其代表作有《钥匙》《一个疯癫老人的日记》等。

谷崎润一郎创作早期正值明治末年、大正时期，是"摩登主义"盛行的时期。此时，谷崎以其内心深层的"被虐"的感觉，将他头脑之中酝酿的怪异噩梦作为材料，创造出甘美酷烈的艺术。《痴人之爱》等作品可以说就是这类创作的代表，这类作品以美国化的社会风俗为背景，以扭曲的心理为表现对象，展现了普通人难以接受的社会现象。进入昭和时期以后，谷崎润一郎移居日本关西地区，在那里他结识了他的妻子根津松子，并且深入接触关西文化风土，这使他对日本古典文学的感受性得到新的磨炼，使他摆脱了东京都市文化的束缚，发现了新的文学天地，由此，进入了他文学创作上的古典回归时期。他的代表作《细雪》正是建立在这一基础之上，与《源氏物语》的现代日语翻译有着密不可分的联系。

《春琴抄》是谷崎润一郎移居关西后发表的重要作品，小说塑造了一个叫作"春琴"的古筝师傅，以她与她的徒弟、在她家做学徒的佐助之间发生的种种事件为主线，描写了貌美、技高、聪慧的女性春琴性格的乖戾，艺术的专注与执着，同时也塑造了出于对春琴的崇拜而甘受折磨、最终以刺瞎自己双眼来表达对春琴真心爱慕的佐助这一人物形象。小说以关西地区的风情、传统的艺术为背景，营造了一个唯美的世界，描写了倒错的爱恋和扭曲的心理。在这部作品里，谷崎润一郎文学出发时期的女性崇拜、男性受虐的主题仍然被延续，只不过被掩藏在传统的艺术氛围和关西地区的风情之中。

（2）白桦派。白桦派的形成与同人杂志《白桦》有关，白桦派的成员大都是《白桦》的同人或者志同道合者。他们多出生于名门望族，是日本近代培育出来的新一代上流阶层家庭的公子哥儿，他们在生活上不为衣食所苦，在思想上不受传统道德的束缚，在文学上有着文学创作的充分物质保障，同时也有着充分的思想自由。白桦派的作家们大都曾经为托尔斯泰、基督教以及否定阶级压迫、强调平等的思想所吸引，并因此而苦恼。他们相信无论采用何种形式，无论是小说、戏剧、论文还是感想，只要能够自由地表现，就是真的文学，真的艺术。他们不满自然主义文学家的痛苦呻吟、无力反抗、灰暗的表现，他们强调生命的力量、自我的追求，充满理想与自信。他们的小说或表现执着的自我追求，或展现理想的至高境界，或描写自我追求中的波折，或流露个人的平和心境等，个人、自我、家庭等多是他们小说创作的主要题材。白桦派的代表作家有武者小路实笃、有岛武郎、志贺直哉等，其中武者小路实笃是白桦派思想上、文学上的领军人物。他们大胆肯定自我，强调文体的自然，芥川龙之介后来评价他们的创作为"打开文坛的天窗，引入了清新的空气"。如果说自然主义文学是灰暗、颓丧、无奈的，那么白桦派的文学则是光明、向上、自信的。但是，白桦派文学与自然主义文学绝不是毫无相通之处的，他们都注重表现个人、家庭，都远离社会、政治，都关注个人的内心世界，都在寻求自我的真实。在一定意义上，可以说这也构成了日本近代小说的一个重要特点。

白桦派文学艺术运动是关系极为密切的朋友相互影响下自然而然形成的运动，武者小路实笃是这场运动的核心人物，他出生在一个代代公卿的家庭之中，性格开朗，具有强烈的自我精神，是一个乐观的理想主义者。《天真的人》《不谙世事》是武者小路实笃早期的两个短篇，都是以青年恋爱为主要内容。在《天真的人》中，作者通过主人公单相思的恋爱事件表现了自我的强大与纯粹；在《不谙世事》中，作者描写了自己与第一个夫人走向婚姻的过程，同样传达了作者本身的自我确信和自我贯彻的内在精神世界。武者小路实笃自1914年（大正三年）开始对外部社会表示关注，表现出人道主义的关怀，1915年发表的剧作《其妹》描写了一位在战争中失明的画家的悲剧，在这一悲剧的描写之中透露出作者的反战意识。武者小路实笃的人道主义理想的具体实践体现在1918年他所建立的"新村"，在这个乌托邦式的村落里，他和与他志同道合的伙伴一同耕作，一同进行文学创作，寻求自由平等的生活，在八年的时间里，他创作了一系列作品，其中的《幸福者》《友情》等都是他的代表作品。

有岛武郎（1878—1923年）同多数白桦派作家一样，毕业于贵族学校"学习院"，在札幌农业学校学习期间，他深受内村鉴三及森本厚吉的影响。1903年入美国哈佛大学专攻历史和经济学，深深受到以惠特曼及易卜生为代表的西欧文学社会主义，以及柏格森和尼采等人的西欧哲学所影响。完成学业后，有岛武郎离开美国，经过欧洲再于1907年回日本。

有岛武郎与其他白桦派作家的最大不同就在于，他不仅仅关心个人的自我实现，而且密切关注阶级、社会的矛盾，自我的存在与外部社会紧密联系在一起，试图使二者达成统一，并为之而苦恼，因此，他在《阿末之死》这部作品中表现出作者对于下层劳动者的关注与同情；《该隐的后裔》是他的另一代表作，同样也表达了对于生活在社会底层的人物的关注；长篇小说《一个女人》是有岛武郎的一部重要力作，在白桦派文学创作中与志贺直哉的《暗夜行路》具有同样无法忽略的地位，这部作品以一个强烈主张自我的新女性为主人公，描写了主人公争取自我过程中的努力、挫折、失败、悲哀与痛苦，揭示了近代人争取自我的艰辛与挫折，寄托着作者对于处于弱势地位的女性的同情，也曲折地表达出作者自身争取近代自我过程的痛苦内心。

志贺直哉是白桦派的重要代表作家，与其他白桦派作家相比较，他在文学创作上所取得的成果最为丰硕。志贺直哉的创作忠实自我，情感真实，文字平实简洁，文笔凝练，毫无矫揉造作之风，赢得了读者和评论家的高度赞扬，成为许多作家学习模仿的对象，享有"小说之神"的美称。他的文学创作大致可以分为两大时期：前期为明治四十三年至大正三年（1910—1914年）之间，前期的创作特点在于他竭力在作品中表现自我、贯彻自我，与外部自然、社会、他者呈对抗姿态；后期为1917年之后的创作，后期的创作发生了根本性变化，他在作品中试图表现与外部自然、社会、他者的调和姿态，寻求和谐、平和的人生表达。同其他白桦派作家一样，志贺直哉在思想上受日本基督教人士内村鉴三、俄国作家托尔斯泰的影响巨大，形成了好恶鲜明的性格以及憎恶虚伪、邪恶的正义感。

在早期创作中，志贺直哉坚信自我感觉，竭力从个人的角度表现其强烈的自我与他者之间的紧张关系。其早期创作的主题多与他和父亲的矛盾冲突有关，志贺直哉父亲作为实业家的功利性、保守性的生存态度与志贺直哉非功利性、坚持自我的生存态度在此时产生了激烈冲突，这种激烈的矛盾冲突可以说促成了其早期文学的创作。他的代表作《大津顺吉》集中表现了这一创作特点，其成名作《到网走去》《清兵卫与葫芦》等短篇都是其早期创作的优秀代表。志贺直哉的小说多数以表现个人的情感世界为主，他的小说十分关心个人的自我以及与自我相关的人。

志贺直哉的后期创作与大正六年与父亲达成的和解有着密切的关系，和解的喜悦以及和解后形成的平和心态促成了中篇小说《和解》的创作，而大正二年发生的撞车受伤所引发的对于生与死的思考促成了短篇作品《在城崎》的发表，险些遇难的个人体验使他注意到三个小生物的死亡，通过对三个小生命的死亡与个人心境变化的描写，志贺直哉表达了其东方式的生死观。在以后的创作中，他越发注意在小说中表现个人的心境变化。《暗夜行路》是志贺直哉唯一的一部长篇小说，其前篇完成于大正十年（1921年），后篇的一半完成于1922—1923年，另一半完成于1926—1928年间，最后的部分完成于1937年。这部写作时间长达16年的作品描写了主人公时任谦作的种种人生苦恼，以及在解决这种种苦恼之中成长过程的内心世界的变化。作品所描写的世界尽管并非志贺直哉个人的世界，但是这部作品往往被认为是作者本人的个人精神成长史，小说主人公的成长变化和作者本人的成长变化有着相同的一面，主人公性格和作者的性格也十分相似。

与自我破灭型的"私小说"比较起来，志贺直哉以个人内心世界为题材的小说被认为是"自我调和型"的，这类小说称之为"心境小说"。"心境小说"是由志贺直哉开辟的一块新的天地，它成为"私小说"的一个重要组成部分。志贺直哉往往通过创作来解决自己个人的生活危机，一旦危机消除，他就会断然搁笔。当然，他的作品也不仅仅是以其个人生活为主题，也有一些非私小说的作品，如早期作品《剃刀》《清兵卫与葫芦》《赤西蛎太》等。

（3）新思潮派。

芥川龙之介是新思潮派的主要作家，原姓新原，随母家姓。芥川龙之介自幼身体孱弱，性格怯懦孤独，但他聪颖过人，广泛地涉猎和汉文学和历史书籍。在恋爱失意之时，他更耽于书海，企图忘记自己的痛苦，这一时期，芥川对社会科学，特别是社会主义和无政府主义抱有很大的兴趣，他更加如饥似渴地阅读西方文学，并动手翻译西方小说。他从古今东西（方）、和汉和洋典籍中的众多事件和人物中受到启发和刺激，这些都在他其后的小说创作中展示了极其多彩的变化。

大学期间，芥川龙之介参加了新思潮派的文学运动。新思潮派同人追求西方世纪末的艺术方向，刺激了芥川对文学创作的热情，那时发表的作品《老年》《青年与死》等习作，都与这一唯美颓唐的世纪末思潮有着不可忽视的联系。接着他发表了《罗生门》《芋粥》，尤其是《鼻子》之后，由于受到夏目漱石的赏识，促使他下决心当个作家，从事专业创作，并创造自己独特的艺术世界。也许是他所处的时代，是艺术最兴隆的时代，他在这个时代的艺术氛围中，通过自己的奋斗，短短 11 年的创作生涯，就给后世留下了 166 篇作品，出色地丰富了近代日本文学的历史。

芥川龙之介年轻时诸事不顺，母亲的发疯、父亲的事业失败和自己的初恋失意，都给他带来精神上的极大痛苦，在他的人生观上留下了阴影，他对生活、艺术和时代的未来，都产生一种"漠然的不安"。他踏足文坛时，正是早期无产阶级文学和"民众艺术论"席卷日本文坛，自然主义盛极而衰，各种反自然主义文学蓬勃兴起的时期。

在种种文艺思潮的冲击下，芥川以冷静的旁观者的眼光，审视各种文学观，从而作出自己的选择。他发现作为艺术上的最高理想，不是"无产阶级文艺的呼声"，而是他所倾听的两种"呼声"——"野性的呼声"和"西洋的呼声"。芥川的"西方的呼声"与"野性的呼声"两者是既对立又统一的，即融合了东方与西方对立的文艺精神和技法，来营造自己独有的新的艺术世界。他一方面探寻日本的古典世界，着力发掘《今昔物语》等古典文献的艺术生命，从中获得力量，以重建自己的人生和艺术；一方面倾听"西方的呼声"，通过西方的造型美术和文艺，加深对西方文学艺术的理解。因此他在理解西方文艺的基础上，学习西方近代小说的技法，并在日本文学的土壤上进行革新。

在这种文艺观的支配下，芥川龙之介的历史小说主要通过历史的传说和故事来反映现实，解释人生，他的历史题材之所以先取自《今昔物语》，原因也在这里，这部日本从古代文学到中世纪文学转折期诞生的说话集，利用从天皇、武士、平民直到盗贼、乞丐的种种故事，以及有关狐狸、天狗、鬼怪等妖怪谈的集录形式，描绘出众多的跃动的人物形象，并摸索出担负下一时代历史使命的新的人物形象，这不仅与芥川龙之介喜欢表现平民、喜欢妖怪谈的兴趣相投缘，而且与芥川龙之介要在追求精神的革命和新的艺术中发现人与生命的目的是相契合的。芥川龙之介十分关注物语中"修罗、饿鬼、地狱、畜生的世界"，是"描写他们在最野蛮——几乎是最残酷中的痛苦"，从他们那里发现"野性的美"的存在。《罗生门》和《鼻子》是芥川龙之介的主要代表作，芥川龙之介在相同或近似的命题下，还写了《酒虫》《芋粥》《猿》《香烟与恶魔》等小说。作为成功之作的《地狱变》，描述王朝的一个画匠，为了把握真实的美，竟不惜残酷地牺牲自己的女儿，完成了一幅妖血斑斑的"地狱图屏风"。作者通过画匠这种浪漫主义的作风，来揭示艺术和道德的矛盾和冲突，暗喻这一时代文明背后的人性纠葛，并表达了作家本身在艺术上精励勇进的精神。这部作品颇具传统绘卷的色调，开辟了一个独特的艺术世界，达到了前人所未达到的意境，在日本近代文学史上大放异彩。

后期的芥川龙之介改变了创作历史小说的路径，以现实生活为主要题材，描写自传性的或自己身边发生的故事。《大导寺信辅的半生》《点鬼簿》《河童》等都是有代表性的自传性作品。《河童》实际上就是作家本人所经历过的故事。他笔下所塑造的各个河童的形象，都是作家自己的分身，一个个分身的统合体，就是一个实实在在的芥川龙之介。但作品不是一般的自传体小说，而是通过河童这一创意，自由地打开心扉，尽情地倾吐自己苦楚的人生。这样的艺术构思是继承物语的结构模式，各章节既有联系又可相互独立，一个个河童在独立的章节中展现各自的形象，在相互联系中又共同形成一个整体的人间世相，奏出一曲诗魂悲怆的旋律。

芥川龙之介最后还留下随笔《侏儒的话》《一个傻子的一生》，其中对生存不安、对时代不安的心路历程，表露无遗，这是作家自身的精神史。这时候，芥川龙之介本人虽然也想暗示在那个世界里新时代的某些事情，但他已自觉到这时候自己已经没有与新时代拥抱的热情。事实上，在这些后期的作品里，充分反映出他在时代的压抑下沉重的精神负荷，已经极大地超过了他衰弱的肉体所能支撑的程度。

芥川龙之介于1927年35岁时，服下致命的安眠药，结束风华正茂的年轻生命。芥川龙之介以其不朽的业绩，为近代日本文学画上了浓墨重彩的一笔。

大众文学产生的重要条件离不开出版业的进步和媒体的发展，口头文学的"讲谈"之所以能够成为大众阅读读物，其根本就在于速记技术的开发和出版技术的迅速发展。报刊连载小说这种文学形式的产生也同样与报纸媒体的发达有关。大正时期是通俗杂志（妇女杂志、儿童杂志、故事杂志等）不断创刊的"杂志的时代"，铅字媒体的不断发展促成了日本大正文学的形成。

大约在大正十三年（1924年），日本的新闻媒体上开始出现"大众文艺"这个词汇。1926年，通俗小说作家白井乔二等人组成的"二十一日会"，创办了会刊《大众文艺》。翌年，"二十一日会"的成员们参与策划的、白井乔二花费很大气力出版的《现代大众文学全集》公开发行。由此，日本现代大众文学成为现代日本文坛的重要一隅。追根溯源，村上浪六、场原涩柿园等创作的"时代小说"，黑岩泪香等人创作的侦探小说等，都对日本大众文学的形成产生了重要影响。但是，一般认为日本大众文学的发展得力于以下四方面的文学：

第一，口头文学"讲谈"，三过亭圆朝的讲谈"速记本"以及讲谈师的口述笔记早在明治前期就已存在、流行，到明治中期，又出现了为大众所欢迎的"讲谈本"。"讲谈本"原本是记录"讲谈"的文艺形式，到明治末年至大正初年的这段时期里，这种文艺形式发生了本质性变化。讲谈本从讲谈的记录整理，发展为以书写者创作为主的讲谈作品。真正使之系统化的是明治末年发行的"立川文库"，大正初年，"立川文库"成为最吸引少年读者的大众文学丛书。1911年，日本讲谈社（当时名为"日本雄辩会讲谈社"）创刊《讲谈俱乐部》，刊载新讲谈、新落语，开始普及"书写的讲谈"，并因此获得成功。

第二，由"新讲谈"派生出的"历史小说"，当时在读者群中产生巨大影响的主要有中里介山的《大菩萨岭》和白井乔二的《富士山上的影子》，这些小说作品长期在报刊上连载，赢得了许多读者。《大菩萨岭》曾得到谷崎润一郎的高度评价，小说主人公"机龙之助"的形象影响到以后"时代小说"人物的塑造。

第三，侦探小说。1920年创刊的《新青年》开始仅以翻译介绍外国推理小说为主，自1923年江户川乱步携《二钱铜》登上文坛之后，该刊除发表推理小说以外，还开始刊登含有怪诞、幻想色彩的独特"探侦小说"。以后，横沟正史担任《新青年》的总编，培育了一些有影响力的侦探小说作家，这些作品对日本大众文学发展过程都起着推波助澜的作用。

第四，通俗小说。这类小说作品多以现代家庭为描写对象。明治时期德富芦花的《不如归》、尾崎红叶的《金色夜叉》等是这类小说的先河之作，报刊文艺栏的连载小说栏目是此类小说作品发表的主要园地。大正时期，最具影响力的通俗小说作品是新思潮派代表作家菊池宽创作的《珍珠夫人》，这部作品获得的成功，使纯文学作家菊池宽走向长篇通俗小说的写作。与此同时，从纯文学创作转向通俗小说创作的还有新思潮派作家久米正雄等人。他们的通俗小说作品往往以妇女杂志为背景，表现因丈夫的利己、社会因袭而痛苦的妇女走向自立这样的主题，从结果上看，这些作品所描写的往往是以男性为主人公的纯文学所忽略的一些问题。

菊池宽在《新思潮》的同人作家中出名比较晚，他的剧作《屋顶上的狂人》《父归》《藤十郎的恋爱》以及私小说作品《无名作家的日记》、历史小说《忠直卿行状记》等奠定了其在日本文坛的地位。相较而言，菊池宽的创作成就主要在于他所开辟的通俗小说领域，1920年，他在报纸上发表了长篇通俗小说作品《珍珠夫人》，这部以资产阶级妇女为读者对象的通俗作品为日本文坛通俗小说的创作提供了范例，也使菊池宽在文坛上获得了稳固的地位。1923年，他联合一批年轻有为的文学家创办了杂志《文艺春秋》，并且推出了横光利一、川端康成等一批文学新人。今天最具影响力的纯文学大奖"芥川文学奖"、大众文学大奖"直木文学奖"都是由菊池宽创办的文艺春秋社所创立的。正是有了菊池宽的存在，日本文学家才会成为具有经济实力的社会名士，得到社会的承认，日本文坛才能奠定牢固的基础。他与日本大众文学的关系十分密切。

（二）现代文学的发展

1. 井上靖的文学

井上靖生于北海道上川郡旭川町的三代医学世家，其父从军后辗转各地，三四岁的井上靖便离开父母，被送回原籍静冈县风景绮丽的伊豆汤岛乡间，由艺伎出身、备受村里人冷眼的庶祖母抚育。井上靖与这样一个老人相依，过早地体味人生的另一面，在其幼小的心灵上留下浓重的阴影，自幼既养成一种孤独的性格，又孕育了他对大自然的敏锐的感觉。这对于井上靖早期文学的本质——诗人的直观和感觉的特质的形成起着重要的作用。

井上靖以诗为文学起点构筑了审美的基础，于1949年以发表《斗牛》和《猎枪》为契机，以小说家立足于文坛，这两篇作品反映了井上靖文学的表与里——孤独的内心与积极地参与，两者互为作用而形成井上靖小说的基本特色，后来井上靖又发表了中篇代表作《暗潮》。继这三部小说之后，井上靖探索在纯文学与大众之间构建一种新的小说模式——中间小说，使之兼具纯文学的艺术性和大众文学的趣味性，先后发表了《射程》《冰壁》《夜声》等题材多样的中间小说，无论在主题上还是在形式上都达到了圆熟的程度，从而确立了井上靖小说的定式，将中间小说创作推向了最高峰，为迎来日本中间小说的全盛期做出了历史性的贡献，同时也进一步巩固了他在日本文学史上不可动摇的地位。

如果说诗歌创作和以反映社会世相为主的小说创作是井上靖第一创作期，那么他的第二创作期则以历史小说创作为其基本特征，并占据着不可忽视的位置。

井上靖正确处理了历史科学与小说艺术的关系，以史实为基础，插上了文学想象力的翅膀，用小说的想象填补历史的间隙，使两者很好地统一起来。就创作手法而论，井上靖运用了现实主义与浪漫主义相结合的创作方法，使真实中包含着丰富的想象，虚构中不失历史的真实，虚与实没有泾渭之分，融为一体，构成一幅完整的历史画卷，从而开辟了历史小说创作的新道路。他不仅在日本现代文学史上留下明显而踏实的足迹，也充实了世界文学的宝库。

2. 三岛由纪夫的文学

三岛由纪夫出生在东京高级官僚家庭，原名平冈公威，出生不久他的祖父就卷进了政治斗争的旋涡中，丢了官职，从商又遭失败，从此家道中落。祖母自幼受到娘家武家家风的教养，又曾接受有柄川宫家的皇家家风的熏陶，养成了一种武士的骄矜和皇族的孤高的气质。三岛由纪夫出生不久直至13岁离开母亲身边，直接受到祖母的严格管理，"被锁在三重隔离的状态下"，即与母亲隔离、与户外自然的隔离、与同年代游玩伙伴的隔离，他自己试图另外寻找一种"自我保护"的生活天地，那就是对绘画、童谣、童话产生了一种普通幼童难有的极其强烈的兴趣，仿佛企图从这些东西里寻求某种在现实世界中得不到的东西，他每每沉溺于无边的梦幻，久而久之便无意识地躲避到非现实的世界里。

上学时，三岛由纪夫对古典文学情有独钟，他在16岁时发表了第一篇正式的小说《鲜花盛时的森林》。后面，三岛由纪夫在精神上处于一种混沌与清醒、绝望与希望参半的状态中，开始了他的生活和创作，写就《中世》《香烟》等，经川端康成推荐在《人间》刊出，为日后创作长篇小说做好了准备。后来的长篇小说《假面自白》获得成功，确立了他在日本文坛上的牢固地位。1951年以第一次出访欧洲，特别是希腊的体验为契机，三岛由纪夫写下了故事纯粹发生在日本的《潮骚》《金阁寺》等优秀作品，将三岛由纪夫文学推向一个新的高峰。1960后，逐渐形成了他自己的文化概念的新的天皇观，创作了《忧国》《太阳与铁》《文化防卫论》等评论文章，并构建了新的文学模式。三岛由纪夫绝笔的超长篇巨作《丰饶之海》由《春雪》《奔马》《晓寺》《天人五衰》四部组成，《丰饶之海》是三岛由纪夫文学、美学的集大成者，也是三岛由纪夫"文武两道"的艺术作品化的典范。

三岛由纪夫的古典主义的形成，主要来自日本的古典主义和希腊的古典主义的影响以及两者审美传统的交流。他为完成这两个美的方程式，经常超越常规，带着反抗和冒险的精神，采用逆构成的方法论进行演绎，在虚构的世界中寻求一种虚无的美，将观念性的东西推到绝对的方向，他的作品群就是这样由他个人这种逆思想方法来构筑一种永恒的观念性的美的世界。

第三节　日本文学批评的确立与发展

一、日本文学批评的确立

对于日本近代文学，乃至于近代思想，其中最大的问题之一便是东西如何调和或者说交融的，即如何把民族主义与世界主义作为自己的思想，在自身何种程度体现出来，这是研究20世纪日本文学批评的症结。同时，日本文学（文化）在全面接受西方文化后如何对待中国文化及在世界文化背景下寻找坐标，发展自身文化，这是迄今为止百多年来日本文学研究的核心所在。这一症结犹如网络的关节点，它与"传统与近代""文化身份""外来文化如何本土化""文化上的中、日、西"三角关系、"文学与相关学科"等都密切相关，纠葛在一起。

19世纪50年代前，日本是在与西洋国际政治发展隔绝的环境下成长起来的。"佩里叩关"事件无论从哪个意义上讲都是重大的、标志性事件，这是日本从闭关锁国到被形势逼迫转向开放的关键。这一外力加速了日本追逐西方，把"航船"驶向"近代"，日后的明治维新作为新的起始，使日本在亚洲率先走上资本主义道路。

在近代历史上，西方、东方都是硬实力与软实力并重的。日本在以西方为标准兴办产业、提升经济实力的同时也狠抓软实力。当年明治时代的精神领袖们对此做了认真、深入的思考。如果把日本近代文学从建构到基本确立这一阶段的反复杂沓的历程置于这一背景下，会理解得更为清楚。尽管作为这一过程指导者的日本当局清楚地意识到西方文明与东方（具体到日本）文明的差异，必须经选择而吸收，然而，一旦形成一种追逐西方的时代潮流，社会之船就不会沿着预定的航标行驶。

（一）近代文学理论的先驱

对于日本近代文学、文化发展而言影响非常巨大的事件是中日甲午战争和日俄战争。甲午战争对于日本思想史具有特殊的意味。

日俄战争既膨胀了国家主义，同时也造成了知识分子的幻灭感。昔日的知识分子由国家的指导者、启蒙者的身份转化为政府的雇员，这一时期的日本文学家、理论家就是在这一大的环境下生存的。作为反映人的生存状态的文学必然全面地折射出他们的人生百态。

明治二十年至大正中期，许多日本文学家都认为明治二十年至明治三十年日本开始确立"近代""文学"的概念。当时的日本青年知识分子"焦虑""苦闷"。究其原因，大概是处在大的文化转型期中，在东、西文化激烈碰撞下，重新寻找、认定文化身份的苦恼和他们在这一过程中的"苦斗"使然。

一千多年来对中华文化的接受，从平安时代至江户时代对中华文化的消化、融合的成熟，中华文化的营养仍然是这一时代日本知识分子的精神支柱。但是，时代驱使他们性急地吞食西方文化，这就会使他们在精神上引发各种难以承受的压抑感。虽然学贯东西的森鸥外、夏目漱石敏感地抵制、反拨这种倾向，但是，激流所至，泥沙俱下。在大的转型期很难"中庸"，矫枉过正，忽左忽右，这是历史上的常态。今天，我们回顾这段历史，那一时代所取得的成就与遗留的问题是并存的。

日本在文化上的摄取属于"外力"型，源于自身的原因往往是处在弱势的地位，"实用性"非常突出。明治以前中国的影响与明治以后的西洋影响是完全不同的。对于来不及消化的东西，日本往往采取"变通"的方式，先"拿过来"，来不及充分理解就使用。由于追逐西洋，非西洋不学，学的又是不完全的知识，导致从意识上与过去想断绝的人很多，但是，作为实际教养还是相当具有生命力的。这是我们今天在分析明治时代乃至大正时代文学理念、主张时看得很清楚的。

在以往的日本文学史里，许多史家认为坪内逍遥作为日本近代文学理论的先驱，代表那一阶段"启蒙"的特色，他的《小说神髓》占有重要的地位。但是，把他和二叶亭四迷相比较之后，则又简单地认为他的理论具有不彻底性。坪内逍遥在日本文学史上率先将"美术"导入，并将难登大雅之堂的小说提升到这一崇高的行列当中。近代启蒙主义思想对人进行"智、德、体、美"四育，是打造"国民""近代人"的启蒙范式的产物。在明治十六年的时候，音乐、诗歌、舞蹈已经开始显现出被列为美术范畴之内的迹象，而到了明治二十一年，不仅音乐、诗歌、舞蹈，小说、戏曲也走入美术的行列之中。我国的日本文学史书籍中一般都突出《小说神髓》的最重要之处是"小说的主要目的，是写人情，其次是写事态、风俗"，指出"小说强调写人情为主，批评马琴的劝惩主义，这是最重要的论点"。如果从西方批评范式来看的话，当然会得出这一结论。

坪内逍遥的《小说神髓》揭开了日本近代文学的序幕，奠定了日本近代小说论的基础。他以批评马琴为代表的江户文学观为出发点，但他没有完全否定马琴文学的历史价值，而且对其绝对价值给予高度评价，他认为马琴的文学水平可以说是在西方的莎士比亚古典剧，易卜生、斯特林堡的近代剧之上，这反映了在转型期对待传统和近代结合的矛盾心理和探求两者结合的强烈欲求。这一看法涉及了问题的一部分。

但是，借鉴日本学者近年研究成果而言，坪内逍遥的矛盾首先在于他接受西方的"进化论"，研究"进化论"的影响是理解这一时期文艺理论的关节点。他把日本文学先按西方范式置于一个"落后"的位置，然后向"近代"的目标实行超越，这当中无论在学理上、实践上都必然产生很多矛盾。他想完全割断"传统"也难以奏效，他的教养、学识仍然以强力拉拽他与传统文化不完全断裂。他和他的后继者的矛盾与苦恼，由此而发，绵绵不绝。

（二）明治时期比较文学的引进与开展

研究日本明治时代文学批评理论是离不开对"国民国家""世界史""文化身份"这些概念的深入思考的。在日本近代文学发展历程中，产生于西方19世纪的"世界史""国民国家"概念起到十分重要的作用。美国学者安德森认为民族国家是一个"想象共同体"，抛开这一说法可能产生的民族虚无主义，也反映了文化（语言文学）在塑造国家形象中的独特作用，并且它与文化身份密切相关。

日本从明治初期开始的"言文一致"运动、"文学史撰写"都应该从这一视点思考。如果把"言文一致"简单地理解为"言"（口语）直接转换为"文"而使大众得以启蒙，从而推进"近代化"，这无疑是片面的。"言文一致"的实质是为建设近代国家从语言、文字上树立规范。

日本的"言文一致"运动一般认为起始于1868年，今天回过头看，日本"言文一致"运动是明治时代日本文学追逐西方，急欲加入其行列的举措之一。它是福泽谕吉的"脱亚论"在言语这一根本问题上的选择。当时的文相森有礼干脆主张日本人采用"英文"就是在这一思想上的过激主张。可以说日本从近代（宽泛的概念）以来最核心、深层的文化身份问题和如何确定（寻找）坐标的深层仍是语言问题，而且这一问题至今仍在继续和深化。

在明治时代，国文学的复兴是由于植根于文学的自觉和日本的自觉起了巨大的作用。文学的自觉从坪内逍遥的《小说神髓》清晰可见；日本的自觉则由明治二十一年《日本人》杂志问世，日本学的名称亦出现，进而有国史的编撰于明治二十一年开始。这就使国文学上又产生了国文学史。到了明治二十三年，对醉心于西欧开始反省，日本的自觉与文学自觉结为一体。"教育救语"发挥了真正的威力，在这一年随着上田万年国文学（卷一）的发表，芳贺矢一、立花铣三的国文学读本问世，接着出现了作为近代日本文学史嚆矢的三上参次、高津锹三郎的《日本文学史》，可以看出这一潮流的动向。日本明治时代比较文学的引进与开展也处于与这相同的思考，而且开创者之一就是坪内逍遥。

（三）近代文学理论模仿西方文化

日本近代的文学理论与批评还应该格外重视对翻译的研究。明治时代翻译所起到的作用是决定性的，在一定意义上讲，它规定了日本"近代"文学的方向性。翻译在促进日本文学发展变化中立下了赫赫之功，同时不断留下必须解决的问题，正如世间一切事物都有两面性，翻译也必然具有这一宿命。

从这一时期具体文学批评而言，无论是政治小说、启蒙主义理论、浪漫主义、自然主义等均与翻译有不解之缘。当年二叶亭四迷翻译的屠格涅夫的《约会》《邂逅》等作品产生的巨大影响是一般创作所无法比拟的。在那个时代许多作家、理论家同时也是翻译家，他们的译作就是创作。

日本近代文学理论的建立是在全面模仿西方文化这一大的层面上形成的。如何把握近代的特点，作为精神构造的自我的觉醒要先行。同时作为社会结构的市民社会的形成和使之运作的经济机制的近代资本主义的成立，这是必然的要素。重西欧的主知、合理的精神深渊于此。这就充分地说明了为什么日本（包括我国）在"近代"伊始引进的都是广义的"文化"著述，"文学"只是包含其中。文学理论"批评术语"问题是日本近年颇为重视的问题之一。这些术语源自西方，横向移入日本，并成为本土的理论资源是一个非常复杂、有趣的问题。这些术语为何存活，所指涉的对象发生了怎样的变化，它所要解决的问题与原所在国度有何异同，在这一过程中犹如"万花筒"般地让人眼花缭乱。应该强调的是批评术语是一个阐释的过程，是意义不断生成的场，在这复杂的网络之中，充满张力。它既有特定的历史语境，也有话语阐释主体的生命体验，术语原地的内涵与接受者与之对话的变奏永远生生不息。

（四）近代文艺批评需关注文学身份

日本近代文艺批评需要关注的另一个重要问题是身份，它的含义是指个人与某一特定社会文化的认同。它包括三个层面的问题，即：①传统的固定认同，它来自西方哲学的主体论；②受相对主义的影响，出现一种时髦的后现代认同，它反对单一僵硬，提倡变动多样；③另有一种折中认同，它秉承现代性批判理念，倡导一种相对本质主义。同时，在更广阔的含义上，身份认同主要指某一文化主体在强势与弱势文化之间进行的集体身份的选择，由此产生了强烈的思想震荡和巨大的精神磨难。我们探讨这一阶段的日本作家、理论家的文化身份问题的着眼点更集中在这一方面。

在这一时期的每一位理论家、作家几乎都处于这一状态之中。无论是文学巨星森鸥外、夏目漱石，还是后来占据主流的自然主义作家、理论家们。在这里以夏目漱石为个案作深入剖析。夏目漱石在身份认同上无论是从个人角度还是从文化大层面而言都是最具有典型性的。这里的个中原因在于夏目漱石幼年时代有盐原家养子的经历，他有被作为"物"一样来回"置换"的切身体验，又有去伦敦，身处西方文化中心地在东西文化交融中的感受。他在追逐西方的大潮中固守主体性，拒斥"欧洲中心主义"，想努力构建新的文学论实现他的一种超越。近年日本学者指出，夏目漱石通过《文学论》意欲建构的是超越东西的文化理论。从宏观上而言，在《文学论》中虽然频频出现"汉文学"，但这是这里的"汉文学"，不是中国文学，夏目漱石于"汉文学"探究到的既不是英文学、汉文学，也不是国文学之类的，同样也不是声音的东西。由此导出夏目漱石的身份是"拒绝任何身份的身份"。

后现代主义理论讲"身份"当然是相对的。夏目漱石的身份绝非一成不变之物。后现代文学话语之一的"文本间性",提示我们夏目漱石的身份也绝非纯粹的存在,即或日本的"汉文学"有本土化的过程,但其中的中国文化底蕴乃是不争的事实。对夏目漱石文化身份的研究不仅是对这位经典作家的再阐释,而且通过夏目漱石这位学贯东西的人物在当时对自己文化身份焦灼的确认里可以看出其既有对抗西欧中心主义的苦斗,也含有对已成精神支柱的中国文化(即或经过选择、消化)取舍的焦虑。把这种复杂的情况说成"拒绝任何身份的身份",恐怕只能产生既排斥欧美文化也与中国文化断裂的思考。而"纯日本文化"只能是一种很随意的虚构。

日本近代对封建主义文化的批判,学习、效法西方的政治自由、精神自由,争取个性解放是一以贯之的主流。为此,无论是浪漫主义、写实主义,还是当时占据霸主地位的自然主义理论,其总体目标是一致的。日本对西方不同时期的文学流派及其理论是一并"拿来的",它显示突出的"杂糅性"。为反拨封建时代的"劝善惩恶"而倡"写实",把人情表达放在第一位;而浪漫主义的深入内心又是对"写实"局限的突破。正如日本学者泊功所说:"浪漫主义指的是个人的人的需要,强烈要求解放的个我,必然与横亘在面前的中世的封建桎梏进行激烈的斗争。"无论是胜利的欢乐,失败的悲哀,都是那一时代人生存状态的真实表征。"男女""情爱"是永恒主题,说"恋爱"的发现是浪漫主义的基石也不为过。日本浪漫主义出现在"现实主义"(写实主义)之后又显示了接受西方文论的特殊性,细察这里的微妙是很有意味的。

坪内逍遥的《小说精髓》力倡写实主义,对日本文学以西方文学为缘起到不可低估的作用,同时也抑压了日本传统的"物语",将"小说"请到文化殿堂,也将有"浪漫"情趣的"物语"挤到等而下之的地位,这是付出的代价。森鸥外大力提倡浪漫主义,与坪内逍遥的"没理想论争"显示了对"现实主义的警惕"(小西甚一语),很有见地。但是,自然主义、私小说的盛极一时,终于结下了杂糅西方各流派的果实,即或它在今天看来有很多弊端,但是,在这一流派理论里仍然保存了日本传统文化的很多因子,文学融合的复杂性可见一斑。

二、日本文学批评的发展

在把握日本文学批评时,如果侧重东西文化交融,进而把它置于世界文化背景下来考虑的话,有以下个问题应该予以关注。

(一)日本文学批评的阶段性反思

在"前进"与"回归"中寻找坐标,总结"试行错误",可以使日本文学理论界的探讨更加深入。自然主义文学,特别是私小说,虽然能满足当时受到封建道德束缚的读者需求,作者通过"告白"形式进行反抗内心要求,但同时它也在破坏"小说"的艺术规律(虚构性)。在大正后期越来越显现出日本小说的局限性。

进入昭和时期一种反思意识更为强烈。"试行错误"是日语中常用的词语,或者可称作"前进中的错误",在昭和时期忽左忽右,摇摆不定,甚至有时混乱是批评界常见的现象。

昭和时期也是各种创作手法纷纷亮相、登场,大显身手之时。在某种意义上而言,没有一种完全孤立的创作手法。这里数百年来的传统与数十年的外来影响被看作无意识的调和。实现这一调和的乃是年轻人,这并非偶然,青年人将偶然达成之物当作无意中得来之美。但是,受下一时代冲击,这种调和又很脆弱地崩溃了,这是对西方文化未及消化的必然结果。

当然,力图努力消化西方文化,立足本民族文化传统的追求在一些作家(亦是理论家)身上也得到强劲的体现。新感觉派的代表人物,也是理论中坚的川端康成即是其中一位。川端康成曾作为新感觉派的中坚作家而存在,他曾一度完全否定传统,盲目地追求西方现代派文学,无论在其文体上还是在内容上都很少找到日本作家的传统气质,但他并没有放弃艺术上的新追求,且不断总结经验,重新回归到传统艺术进行探究。他的《伊豆的舞女》在吸收西方文学优点的基础上,力图保持日本文学的传统色彩。而《雪国》则使两者的综合达到了炉火纯青的地步,这一现象是值得深思的。

由于日本的各种条件和原因,那种过于模仿、追随西方现代派的潮流只能结下并不丰硕的果实,在文坛上也只是一现的昙花。相反,坚持了本民族文学的传统,又很好地融合了西方文学特点的作家终于走出自己的道路。

横光利一也好，中河与一也好，他们都早早地放弃了新感觉派的技巧，另走他途。只有川端一直到晚年，仍在执着地使用这一手法，并不断赋予它新的生命。抛开别的方面不谈，不断地赋予新感觉派以新的生命这一点是至关重要的。从这个意义上讲，欲使外来的文学（大至文化）扎根，就必须不断赋予其新的生命，毫无疑问川端康成是个成功者。

（二）文学批评理论的根本性、关联性与矛盾性

划分阶段研究文学是为了具有可操作性，既有合理的一面，但也会带来人为割裂的负面效果。明治、大正时代，确实特点迥异，但是其界限却很暧昧。这一时期各种文学流派聚集，众声喧哗，与西方的不同之处在于它不是一种流派衰退另一种流派或理论取而代之，而是互相"对立"的流派同时涌现，而且出现的先后顺序也与原产地不同。如在明治四十年至明治五十年自然主义与反自然主义的同时性即如此。为此，我们研究这一阶段的文学批评理论更应注意它的根本性、关联性，包括矛盾性。虽然不同流派的艺术家思维迥异，但是，他们超凡脱俗，是艺术家，是特别的人这一意识是共通的。这一共通乃是自然主义与反自然主义能共存的根据所在。我们不妨将白桦派文学与自然主义、私小说联系起来作一简略比较，从另一个视点理解这一复杂现象。

白桦派成员都是一些富家子弟、特权阶层的后代，他们只相信自己的感受性，笃信自己信仰的思想，真挚的生活是其信念，不仅思而且行，对于他们而言，这是他们的生存本色，思考是人生之根本，文学、艺术都是要把思考反映出来的手段。他们与自然主义、私小说作家的内心必然相通，白桦派的作家，把自然主义作家的所见、私小说的体验不与谎话混淆地写出小说的方法，也作为自己工作的中心原因即在于此。

（三）"个我"问题的思考

继续深入思考近代"个我"问题，追求理想社会与个人精神和谐使这一阶段作家、理论家的探讨更为执着与痛苦，我们可从各流派的理论来窥探这一问题。论及这一时期的文学理论必须提及的是"新现实主义"。"新现实主义"产生于1914年，既是对自然主义的对抗，也是对唯美主义的反驳。它的活动舞台是《新思潮》杂志。芥川龙之介为其中佼佼者，他也被称作"大正文学的代表"。总体而言，新现实主义排斥自然主义低劣庸俗地追逐日常的琐碎、单调乏味，也讨厌唯美主义的追求官能享乐的颓废，也不同意理想派无视现实的盲目自娱。他们主张以新的认识来把握现实，其根底在于西欧近代个人主义、自由主义，以极具自我意识的理性和感性来认识、解剖、判断、阐释复杂的心理、社会现象。芥川龙之介在文学创作上的成就是辉煌的，在文学理论上的贡献也是巨大的。他在大正年间对"旁观者的利己主义""偶像破坏"的深入思考，究其实质是对西方"个人主义"乃至人类心理的"利己主义"的判断。他不拘于西方文化模式，在《僻见》中深刻地揭示了民族文化传统的伟力已成为现代人的血肉。他重视以希腊艺术为代表的"西方的呼声"，同时始终植根于东方文化沃土。他和谷崎润一郎围绕《饶舌录》的论争（1924年），更多地是阐述自己的美学观。

谷崎润一郎强调小说中情节的有趣。情节的有趣，或者说是物的构建方式；结构的有趣，乃是建筑的美。虽然不能说具有唯一的艺术价值，但是，这种文学上的结构美在小说中体现得最多。芥川龙之介在《改造》发表《文艺的，更像文艺的》中指出，所有的小说当中不像平常说话那样的小说，是最接近诗的小说，被称作散文诗的作品是更接近小说的。他主张以诗的精神来创作小说。结合芥川龙之介的创作更能深入理解他的文艺理论，如《草丛中》这一作品无论从思想内容上、形式上都很有创新。

白桦派文学的主张与理论是在日本接受西方文化半个世纪以后沉淀的产物，它也被称作"个我"的文学。自己对自己真正的爱，唯有自己相信自己的伟大。自己就是应该最爱自己，以己为美、以己为伟大而生存。

在白桦派活动期间，他们与其他理论家开展过多次争论，除文学理论还包括绘画理论。在当时生田长江把武者小路等看作"自然主义前期"的一个变种，武者小路在大正七年七月创办《新村》杂志，围绕"新村"的创设在社会上引起轩然大波，招来许多嘲笑，谩骂。社会主义者认为这是脱离现实的尝试，不能接受这份厚意。

这里显示的强烈的自我肯定、自我主张是日本近代首先出现的时代品格，这也是白桦派的特征。由于白桦派成员的出身、教养，他们将这种主张推向了极致。

白桦派的文学主张也是西方各种文艺思潮混融的产物。如无产阶级思想、空想社会主义思想、基督教、弗洛伊德、本格森等都给予这些年轻人巨大影响,如有岛武郎,他在《作家爱读的书和受到影响的书籍》一文中列举了惠特曼、易卜生、托尔斯泰的作品,在思想上受《圣经》、克鲁泡特金的无政府主义著作的影响是十分强烈的,同时还接受西方现代派画家如罗丹、米勒的影响。

(四) 大众文学理论的深入

大众文学理论的深入也是这一时期文学批评界的一个亮点。在日本文学中"大众文学"是颇为难以准确定义的用语。

"大众文艺"一词在大正十三年(1924年)开始流行于日本新闻界。这时正值关东大地震的第二年。当时《讲谈杂志》上设立了"大众文艺"特别栏目。接着白井乔二等在大正十五年(1926年)创刊《大众文艺》,于是一种"新形式的品牌固定化了",白井乔二还写有《富士山上的影子》。大众文学是打破所有的因习、体裁、形式,与大众结合、融合在一起的国民文学。直木三十五则界定"大众文学"为时代小说、少年小说、科学小说、爱欲小说、怪奇小说,目的在于宣传的小说。桑原武夫则以登山作比喻说,纯文学以登山作比喻的话是初次攀登,即有单路褴褛之意,而与之相对"大众小说"是远足,而且它在精神上非常温存,特点是非常观念化。

另一位文学史家、昭和文学研究家木村毅追溯历史认为"讲谈"作品是大众文学先驱,因为所有阶级、阶层的人都为有趣而取之,高兴地品读它。

研究大众文学理论,不能不提及横光利一的《纯粹小说论》。1935年正值日本无产阶级文学衰退以后。日本文坛又出现了新的形势,甚至把它称作"文艺复兴"。但是,在"复兴"的荫蔽下潜藏着"纯文学"的危机。横光利一敏锐地察觉到了这一点,推出《纯粹小说论》。"纯文学"这一术语最早是由法国作家纪德提出的。横光利一受纪德的《伪币犯》的影响,开始写作《寝园》等报纸连载小说,他认为创作小说应吸收"通俗小说"要素,针对当时不少问题提出了独特看法,引发了关于"纯文学"的争论。在当时连他的挚友川端康成都觉得此论有许多不明了之处。

在这一时期日本文学批评理论是多彩的，或者说是多元的。无论是强调主题先行的，以菊池宽为代表的"新技巧派"的主题小说理论，还是追逐西方而显得很时尚的"新感觉派""唯美主义"，它们纷纷登场。无产阶级文学理论也是在俄苏无产阶级文学理论影响下产生，并引发多次争论。在这一过程中，有的理论家显示了他们的个性，小林秀雄、石川淳的文艺批评理论被认为"孤立""独特"，在当时没有得到很好的理解，经过半个世纪以后，人们惊讶地发现他们的理论中有那么多前瞻的内涵，在今天得到重新认识。

第四节 日本文学的季节感与景物观阐释

日本地理位置较为特殊，一年四季的变化十分明显，也正是因为这一原因，才使得日本当地居民对于大自然有着一种特殊的认知和感悟，日本人对于自然有着深深的敬畏，不仅仅是敬畏大自然的鬼斧神工，更是敬畏大自然的神秘。日本一些文学者对于大自然的描写和刻画已经远远超过了其他的国家，久而久之，也形成了一个鲜明的文学特征。在一些日本作家的作品中，有很多作品都是与大自然有关系的，而季节感就是一个重要的创作素材。季节感和景物观已经成为日本文学发展史中的主要内容。在日本曾经有很多著名作家创作与季节感有关的文学作品。例如日本著名作家川端康成的作品就时常蕴含着季节感这一内容。较为常见的就是山川、草木、宇宙以及大自然中的一些景物，这些景物能够更加充分地彰显出季节感的特殊性和日本文学的魅力。

一、日本文学中的季节感与景物观

（一）日本散文中的季节感与景物观

在日本散文中，季节感和景物观的体现十分重要，如在 10 世纪末期，清少纳言的《枕草子》，就真切地表现出了自身的感受，在描写的过程中随处可见作者对大自然的感悟，该作品在创作初期就将自身的情感与世间的百态融合到一起，然后真正地体现出人情世态的魅力。在《四季的美》当中，无论是任何的季节变化都有着自身的特点。只有选择合适的季节美感，才能够更好地彰显出日本文学与景物观的融合。在中世纪之后的《方丈记》当中，曾经描写过一些隐居山林的生活，描写的景物中有着人们悠然自得的情境，也有着田园间的美景，随处可见闲居山野的安逸与快乐，这些都是日本文学中较为常见的美感。

到了20世纪的时候，比较具有代表性的就是德富芦花的《自然与人生》这部作品，其将大自然与人们本身的情感阐述得淋漓尽致，不仅如此，其还以图画的形式来向人们表达最终的色彩。

（二）日本小说中的季节感与景物观

在日本文学作品中，季节感和景物观对于一些小说作品，更具有深远的影响。小说与诗歌还有着很大的差异性，小说比较容易理解，人们在赏读小说作品的时候可以更好地感受到小说当中所讲述的内容。

例如，《源氏物语》是日本小说当中的一部经典之作，其讲述的内容时常围绕着自然，通过大自然中的各种景物联系到了人物内心的性格，进而对人物的命运进行象征性的比喻。因为大自然也有自身的枯荣兴衰，大自然的这种变化与人类自身的情绪变化有着很多相似之处。作者可以将四季的景物融入文学作品当中，让人们在品读作品的时候感受到大自然的独特魅力。

在《源氏物语》中，景物是重要内容，更是一个有机整体，日本人通过对作品中景色的表述来更好地彰显出季节感与景物观之间的联系。大自然是具有神秘色彩的，有很多作品在创作的时候是以季节变化为背景，通过巧妙的表述形式来渲染季节的美丽。

在日本的小说中，作者要想表述一些画面或者是人物性格，总是喜欢运用委婉的形式来表达，将日常生活中的景物作为参考，来间接地表现出自身的情感，这也是日本文学中季节感和景物观表现的最佳之处。

第五节 日本文学的"物哀"审美意识

一、日本"物哀"思想的美学内涵

基于美学框架的日本"物哀"思想是指外在的客观事物呈现在眼前,在接收到这种信号后,情感上会有波动和感触,内心也会有波澜,这些细微渺小的意识往往会让人对世界的宏大有更深刻的体会。这种美学内涵与日本俳句所讲的"一明一灭一尺间,寂寞何以堪"有异曲同工之妙,换言之,人世间的世事变化、沧海桑田均能够给人以内心情感的触动。

从地域特征和审美观念的关系而言,地域物质世界的发展往往会形成地域性的美学思想。日本四周环海,自然灾害发生频率较高。因此,日本国民普遍具有浓厚的忧患意识和内心压抑情绪,这也是日本民族对生命的矛盾心理由来。受到魏晋玄学和晚唐悲怆文学审美观念的影响,以及禅宗"五蕴皆空"的普及,日本表现出了精细柔和之美,这些综合因素同时作用,也为日本"物哀"思想的萌芽和深入发展奠定了深厚的民族心理基础。具体而言,日本的"物哀"思想是审美主体与客观存在客体的一种情感共振,如残月、花落等意象,在日本国民看来具有一定美感,但更多的是无限哀愁,以及对生死的淡泊,这种情绪体现在日本文学作品中,就是在永恒的痛苦中拼命挣扎,希望寻得丝毫欢愉的审美志趣。"物哀"思想在本居宣长看来是"心中装着万事万物,对这些事物的情致进行分辨,就是懂得,懂得事物之哀"。这里的"物"并不是对具象的特指,"哀"也不仅仅局限在哀愁,而是多种复杂情愫的综合体。触景生情、由景而发,在获得对客观世界感知的同时,实现个人情感和外部世界的融合,大抵就是"物哀"思想的美学内涵。

二、日本古典文学中的"物哀"思想

"物哀"思想在日本古典文学创作中常作为一种审美追求存在,尤其在和歌、物语、随笔和俳句中，特别注重创造一种"物哀"的美学境界。分析日本古典文学作品中的"物哀"审美追求，主要包括以下两方面内容。

（一）感情上的纤细体验

以体验论来看待日本古典文学的"物哀"之境，其本质是主体在接收到客观事物传达信号后，在情感和心灵上作出的反应，是一种基于主体本身经验形成的对自然与生活的感悟，或是生活的某个瞬间，由此刻引发主体脑海中浮现的某一瞬间的印象，以及对人生百态的感伤、对神奇自然的心灵震撼等，或是那些时常为人忽视的独到观察，内心对自然、社会等一切客观存在的情感和人文关怀；又或是那些能够动人心弦、萌发感动和透过人心所感受到的真实。例如，曾经在日本镰仓、室町、江户等时期出现的"幽玄""闲寂""余韵""余情""淡雅趣味"等，这些都是主体拥抱生活与自然、透视世事、品尝人生百味、体验无常人生等的过程中所产生的哀伤、伤感等情绪在文学作品中的体现。

（二）空灵朦胧的幽玄美之境

以表现论的观点来看待日本古典文学独有的"物哀"幽玄之境，给人营造了一种朦胧的内心感受，仿佛能够感觉到，但却无法用具体的语言来描绘，仿佛能够知晓其中的道理，却又觉得捉摸不透、模棱两可。

"物哀"幽玄之境的基本表现形态是一种不确定性的空灵性。"空"就是诗要朝着"无"的境界靠拢，减少直接表达的方式，去除一切影响诗歌意境的冗余；而"灵"侧重指诗歌境界的灵动性，是诗歌至美意境存在的基础和重要条件。在创作日本古典和歌、俳句等艺术作品时，诗人往往极力营造一种"空寂的幽玄之美"，是一种摒弃传统客观、直接、具体描写的表现方式，很好地规避完整叙述某事件或思想的短板，因而在表达爱情或抒发对四季花鸟和山川风月的情感时，更具艺术美。

"物哀"幽玄之境的另一种表现形态是朦胧美，与空灵性相同，同样具有不确定性。自带朦胧美的景象或事物在现实生活中非常普遍，如烟雾缭绕的山峰、炊烟袅袅的渔村、月色撩人的良辰、轻纱曼妙的少女等，这些客观存在都具有不可描述的审美意趣。但在日本古典文学艺术创作中，这种朦胧美不再单纯停留在自带朦胧美属性的客观存在的再现，而是以此为基础的再创造，是对客观存在朦胧美的艺术化处理。

具体而言,日本古典文学"朦胧的幽玄美"的境界创作在和歌、俳句等艺术形式中都有明确体现,如"若问心灵为何物,恰如墨画风涛声"(一休作)中表现的朦胧意境,心灵没有明确的定义,没有具象化的特征,更无法直接感受,就好像是水墨画中展现的风涛声,是朦胧的。由此可见,日本和歌、俳句等实现的对朦胧模糊的幽玄美再创造是艺术化审美创造过程,既激发了读者的审美再创造,又给读者的审美想象预留了足够宽广的艺术空间。

第二章　日本海洋文学中海洋意象的表达

第一节　日本海洋文学的渊源与文学内涵

一、日本海洋文学的渊源

海洋和陆地共同构成了地球这个有机整体，作为拥有地球总面积3/4的部分，海洋与人们的生存、生活和生产保持着紧密的联系，是生命得以生存的重要保障和源泉。因此，人类对海洋爱得深沉，在众多文学作品中都见到了各式各样的海洋，海洋已经成为文学家文学创作必备的重要元素，不仅成为文学作品发生的环境和背景，更是推动故事情节走向、塑造人物形象、表达文学内涵的重要媒介。此外，在海洋文学作品的影响下，海洋已经与人类政治、历史等之间建立了紧密联系。纵观中外文学发展，海洋文学都在中外文学史上留下了浓墨重彩的一笔，风光旖旎的海洋景象、波云诡谲的海洋秘密，或是蛮荒原始的海域风情等，不管是哪种，海洋文学作品的出现和发展都是人类与海洋、与自然关系发展的结果，都通过表现人在海洋中的英勇奋斗，彰显出了人性的伟大。与此同时，在探析海洋对人类生产生活的作用方面，海洋文学作品同样发挥着重要作用，这不仅是海洋文学的内容体现，更是海洋对人类性格塑造的重要影响力。

某一类文学作品之所以被冠以海洋文学的称谓，是因为它们的起点是海洋环境的叙述或以其为背景或对象，终点是完成精神层面的升华，即反映人类社会生产与生活，揭示人与自然的关系，或呈现海洋文化特质。

地域性是几乎所有文学作品的共性，这种共性的由来大多与创作者所生活的特殊环境或所拥有的特殊经历有关，因为创作者往往会将自身的体验融入作品创作中。而日本之所以被称为海洋民族，大抵也与文学创作中悠久的海洋意识有关。

大海意味着永恒、幸福、和平等，因此，飞鸟奈良时期的日本海洋文学作品，主要侧重展现人们对长生不老的内心渴望，在这种主题类型的经典代表作中，如《浦岛子传》，就是将故事与大海融合，背景、细节、人物心理变化等都和大海保持着源远流长的紧密联系。主人公浦岛子机缘巧合下救了岸上的乌龟，尽管付出了沉重的代价，但却换来了做客乌龟海底之家的机会。在海底皇宫世界，浦岛子见到了很多新奇的事物和景象，拥有了富可敌国的巨额财富和倾城美人乙姬，生活无忧无虑。大海总是宽广的，海底总是充满着和平、平等、自由而又神秘的力量，对于浦岛子而言，这种难能可贵的生活终究抵不过对母亲的思念，因此在苦苦请求后，他还是回到了陆地。只不过物是人非，海底三天人间百年，母亲已然离世，后悔不已的浦岛子最后也因没有听从乙姬的劝告，偏执地打开了匣子，变成了一位白发苍苍的老者。这个作品起源于日本的一个民间故事，但读者从中可以形象地感受到日本民族的心理和行为方式的变化，对日本向往海洋有更深刻的体会。作为一个极具民族风格的文学作品，《浦岛子传》的民族特色是海洋曾对日本的恩惠。

到了平安时期，日本最早的日记文学（也称游记）——纪贯之的《土佐日记》出现，这部海洋文学作品同样将故事放置在海洋背景下，记载主人公解甲归田过程中的经历。而海洋故事背景就是与其他游记区别的根本，在这部文学作品中，海洋不再象征着和平、平等和自由，而是隐喻着黑暗、蛮荒和死亡。

在日本文学作品中，充满劫数的苦海象征意义出现在镰仓和室町时期，例如，长篇历史战争小说《平家物语》中对英雄形象的塑造，大海就成为作品中人物的归途。小说分为两部分，前半部分侧重讲平氏家族的繁荣景象，后半部分侧重讲家族的衰败和落寞，在源平两大集团的争斗中，败落的皇族和流亡的贵族最终都葬身于大海中。

上田秋成的《雨月物语》是日本江户时期海洋文学的经典代表作，该时期的主旋律是对物质和感官享受的追求，因此，整部小说的构成也为九部怪异短篇小说。改编自明代冯梦龙创作的白话小说集《警世通言》第28卷白娘子被镇压在雷峰塔故事的《蛇性之淫》，将原故事中白娘子和许仙相遇的西湖换成了海洋，意寓欲望之源。主人公丰雄出生在一个渔业家庭，父亲靠打鱼为生，一天，丰雄外出偶遇大雨，就近寻了一户渔家躲雨，遇到了同来躲雨的真女儿和她的丫鬟，丰雄将自己借来的雨伞给了真女儿，二人在良好的第一印象中就此别过。后来，丰雄几经奔波终于再次和真女儿相遇，并聆听了真女儿的过往经历，真女儿也将前夫的遗物转赠给丰雄作为二人的定情之物。但这信物其实是赃物，丰雄被赦免后，在姐姐处再次见到了真女儿，并与其共结连理。终于有一天，神官揭晓秘密，原来真女儿竟然是妖孽化身。丰雄为了给儿子化解这段孽缘，决定让儿子与相亲的女子富子成亲，然而不幸的是，富子被真女儿杀害。最终，在被法海降服后，真女儿的原形显现，被法海收入钵内。在这个故事中，大海是欲望的化身，与这一时期日本海洋文学的基本特征相契合。

明治时期，受到明治维新的影响，海洋象征着磨炼人的意志，对激发年轻人奋发图强、振兴国家海洋事业发挥着重要影响。这一时期的典型作品有押川春浪的《海底战舰》、小林多喜二的《蟹工船》、米窪满亮的《海的罗曼史》等。其中，《蟹工船》讲述了社会下层劳动力，乃至儿童被骗到船上，一边海上漂流，一边从事辛苦的捕蟹劳动，一边经历反抗、镇压、再反抗重复活动的故事，以极其批判的视角揭露了资本主义的残暴凶残；米窪满亮曾任职日本海员工会副会长，他的《海的罗曼史》是一部航海日记，记录了为期一年零三个月的环球航海训练。

当代社会环境污染、海洋污染问题严峻，因此日本当代海洋文学也将目光聚焦于海洋污染，此时期作品大多也以爱护自然、保护生态平衡的呼吁为主，同时也存在部分作品侧重展现人们面对文明时内心的惶恐与迷茫。例如，高桥治创作的《波太郎流浪记》，作品讲述了一位钓鱼名人为了迎娶心爱的姑娘，接受了女孩父亲的挑战，从而开始漫长的拜师求学的故事，塑造了一个热爱钓鱼、眷恋大海的男主人公形象；田岛伸二的《大龟高德的海》讲述了在海洋污染现象严峻的情况下，一只想要逃离海洋馆的乌龟对人类的污染行为很心痛、无奈的寓言故事。

通过分析日本民族历史和发展，不难发现，海洋是贯穿其整个民族发展阶段的重要元素，这也就是日本被誉为海洋民族的由来。

二、日本海洋文学的内涵

在日本大部分的海洋文学作品中，大海或近海是故事发生的主要背景，但这并不意味着大海只是一个抽象符号或异域风情、英雄行为的载体，更重要的一点在于大海本身承载的深层文学内涵。从叙事的角度而言，大海也是一个叙事主体，也具有自身的独立"性格"——或阳刚，或阴柔，同样也处于一种永恒运动的状态中，而其特有的神秘、变幻莫测的美学属性也使大海被赋予了顽强的生命力和创造力等文化内涵。在这种鲜明性格特征影响下，文学作品对人性、平等、生存还是毁灭，甚至是罪恶等的映射显得更为深刻，也引起了人们深刻的反思。

批评和赏析日本海洋文学作品的主要任务和核心在于分析和阐释构成作品内容的五大要素——大海、岛屿、水手、舰船、陆地之间的关系。具体而言，这五大要素之间相互联系、相互作用，任意两者之间都会相互影响，而诸如水手—岛屿、水手—船只、水手—陆地等之间的关系同样处于不断变化中，这种动态变化产生的主要原因就在于故事叙事进程的变化，而这也在潜移默化中造就了日本海洋文学的艺术张力，提升了作品的文学价值和深层韵味。之所以具有独特审美意蕴的海洋文学作品能称为经典，就在于作品站在了与海洋文学基本要素紧密相关的审美维度（如意象、文体、隐喻、讽喻等）。从象征意义的层面而言，大海的惊涛骇浪、狂暴肆虐、神秘莫测、广阔无垠等都具有深层意蕴，而海上船难往往也被文学家用来展现海洋不可抗拒的破坏力量，对海难的描绘用以表现人类在海洋面前的渺小，以至于透过涌动的大海会联想到它惊世骇俗的杀伤力和对人类社会的强大破坏力。但大海的破坏力并不是文学作品描述大海力量所传达的唯一含义，大海力量的另一层面体现就是创造力。

第二节 《古事记》中的海洋

在文学理论中,神话是某种永恒的人类真理的故事或象征,这种象征或原型具有跨文化的意义。日本的创世神话《古事记》体现出早期日本先民对自然界、人类世界的各种现象,如日本国国土、大和王权起源、氏族间征战的神格化,反映出古代日本人的宇宙观、生死观等思想意识。

公元8世纪,日本确立了律令制国家。和铜四年(711年)九月十八日,元明天皇命太安万侣着手编撰日本历史。和铜五年(712年)一月二十八日,《古事记》这部日本最早的神话故事诞生,其中记载了稗田阿礼口诵的《帝纪》与《旧辞》,以及一些历代口述相传的故事,很多故事与中国上古神话极其类似。

一、创世神话——"天与海"

《古事记》上卷始自世界的诞生。高天原(神界)化生出天之御中主神、高御产巢日神、神产巢日神三位主神,寓意生命诞生之意的宇摩志阿斯诃备比古迟神与天之常立神分列第四位与第五位,这五尊神被称为别天津神。其共同特点为,未婚、无性别,不问世事的隐身之神。天之御中主神位于天庭中央,主宰万物。

"これが初めての国土、オノゴロ島",此段描写的故事如下:哥哥伊邪那岐命与妹妹伊邪那美奉命站在飘浮在空中的"天之浮桥"上,将主神赐予的"天之沼矛"插入海水中使劲儿搅,拿起长矛时,长矛尖上滴落下来的盐堆积凝结成岛屿,成为最初的国土"オノゴロ島",第二代神伊耶那岐与伊耶那美兄妹降临在日本最初国土"オノゴロ島"上后,立刻修建"天の御柱"与"八寻殿",并结为夫妇共同创造日本国。两位兄妹神在西日本地区先后创造了"大八岛"等14个岛屿,完成了日本国土的创造。

可以看出,由于地理特征,日本的创世神话具有强烈的海洋国土意识。

二、水生神话——"火与海"

完成日本国土创造的伊耶那岐与伊耶那美兄妹,又先后化生出"七柱の神"及被誉为"八百万神"(表示数量众多之意)的众神,构造出《古事记》的神话世界。最先产生的是"岩巣、大戸、大屋、風に耐える力など、住居に関わる神がみ"(岩巢、大户、大屋、耐风等与居住有关的众神)。

接下来,生成"オホワタツミら海、河など水に関わる三柱の神"(大绵津见神海神、速秋津日子神河口神等与水有关的众神),随后,"風、木、山、野の四柱の神"(风神、木神、山神、地神四神)产生,最后生成"船の神、食べ物の神、火の神など生産に関わる神々"(船神、食物之神、火神等与生产有关的众神)。

最后,伊耶那美神在生火神"カグツチ"时阴部受伤死去。孕育着火种的伊耶那美神是火神之母,她孕育了火神,最终却死于火神的诞生,即"火神潜入海水中,孕育混沌、创造万物"。

第三节 三岛由纪夫《潮骚》中的海洋

一、三岛由纪夫与《潮骚》

三岛由纪夫于1951年12月开始为期五个月的欧美艺术之旅,他陶醉于希腊艺术,受此启发,开始走出早期作品中通过二元对立来建构作品的固有模式,而寻求克服二元性的创作模式,并将其作为自己毕生创作的美学目标。三岛由纪夫并没有完全拜倒在西方艺术面前,他的成长经历使他的文学创作不能继承欧洲或别的国家的文学传统,他的思想意识发生了变化,但他的表达情感方式仍处于孤立状态,他对于文化的接受与价值观的选择都变得迥然不同,进而使得从精神层面到心灵都退入了自己的灵魂"孤岛"中。也可以这样理解,三岛由纪夫的作品开始更多地关注了人们的心态与精神面貌。

在《潮骚》这部作品中,三岛由纪夫深受希腊美学的影响,男女爱情的结合就是心灵美上的一种结合,他们的爱情中没有任何的杂质,秉持的是最纯朴的爱情观。以大自然为背景来烘托他们美好的爱情,这是自然、肉体、爱情三者完美的结合,对于这种美的创造正是希腊美学中所推崇的希腊雕像一般的和谐美。这部作品和三岛由纪夫以前作品中坚持的残酷美学大不相同,在以往的作品中三岛由纪夫喜欢赋予"死"这种最惨烈的东西以美学形象,来构成他的残酷美学结构,这是日本文学所特有的民族性审美倾向,通过对极端残酷场面的描写,来增加作品的力度,给人一种壮烈的美感。三岛由纪夫不仅仅对死有强烈的追求,对生也有无限的渴望,他是一个走两个极端的作家,因此"生"也是他文学作品中必不可少的内容。健康肉体的美感、青春的朝气活力、纯洁美好的爱情世界同样是三岛由纪夫所推崇和追寻的。

二、《潮骚》中的海洋审美

在《潮骚》中,海洋情结已经深深渗透到生活在那里的每一个人的内在情感以及外在的性格表达中。在这部作品里,读者看不到普希金所向往的自由,也看不到海明威的不屈与征服。海洋是自然的一部分,生活在岛上的人们是这海洋大背景的一部分。海洋环境对人性格及习性的影响在这里是世代相传的,即环境对人的影响是世袭着的。人们沿袭着岛上的传统,传承着美好而纯洁的性情。和很多作家对海洋的观念不同,三岛由纪夫在该作品里倡导的是返璞归真的美,而非海洋民族所钟情的海外扩张的勃勃野心,也没有自由奔放的激情,有的只是对生活的执着以及对纯真感情的歌颂与向往。千代子的个案与岛上居民的一贯民风形成了鲜明的对比,其格格不入的性格,以及最终黯淡的收场,更加彰显了海洋环境那博大的感化力。如果说海洋民族始终带有一种浮躁的漂泊感,那么《潮骚》就是一个不可多得的例外。这里的人民没有对城市的幻想,也没有对大陆的占有欲望,他们的船不是商船,更不是战船。他们的生活方式比较原始,但并不蒙昧,安逸、平静与纯朴是他们所钟爱的性情,同时也是作者三岛由纪夫所秉持的观念。

三、《潮骚》中的海洋意象

三岛由纪夫给我们呈现的是自然意象大海和主人公在与海有关的生活中表现出的主体精神相结合的场面，在《潮骚》中，可以发现其"自然"已不是单纯的含义，而是赋予了它更高层面的含义。在作家笔下自然的含义被升华了，变成了一种意象载体，凝聚着作家的生命情感，其本身也成为一个个具有象征意义的符号化的东西，成为生命内核的外化物象；或者更准确地说成为此岸与彼岸的融合体，作者理想中的神圣王国。在《潮骚》中，大海的意象表现在两个方面：一方面是代表"自由和勇敢"；另一方面是代表"爱情和命运"。而在自然意象和人的主观情感达到完美结合以后，表现出的就是作家独特的审美意识。

《潮骚》这部作品就是借最原始的身体讴歌了在海边发生的最纯真的爱情，整个故事发生的背景是大海，在故事进展过程中大海代表的意象也在不断变换。描写新治和安夫出海劳动，以劳动竞赛来决定谁要娶初江的场面上，作者刻画了一个坚强、强壮的新治，代表了具有人类最朴素本质的理想人物。在《潮骚》中，三岛由纪夫是这样表达自己的美学理想的：对于新治的外表描述是身材魁梧，体格健壮，在接受救船重任时也是用爽朗而明快的声音喊叫出来的，在黑暗中还能看见他洁白而美丽的牙齿，他是在微笑。身穿一件白色圆领衬衫的新治，英姿飒爽地浮现在暴风雨的黑暗中，表现了他在困难面前勇往直前的乐观态度。而且作品中对于他健硕身躯的描写就是一种最原始的生命之美。在三岛由纪夫的眼里，生即为自然之生，尘世追求美的境界，最佳状态即为自然。唯有在自然而生中，人类才是本我，内在生命才能获得最佳凸显。

第三章 日本生态文学及其作品研究

第一节 日本生态文学概述

一、生态与生态意识

（一）生态

人类自从在地球出现以来，就已经与自然有机地联系在一起以求生存。但是，随着人类文明的不断发展，科学技术不断涌现，人类正在从农业文明转变为发展工业文明。人类的思想从敬畏自然、顺从自然慢慢转变为开发自然、征服自然。很难去悉数一个文明的特征，文明具有复杂深层的含义。人类在自然科学领域取得长足进步，是在数代人的努力下完成的，因为科学技术水平的提高，人们慢慢建立了对自然的控制。工业文明除带给人类物质财富外，还存在着负面效应，工业文明也导致了生态环境的破坏。

早在20世纪以前，生态破坏就开始了，在20世纪时，生态破坏逐渐加深。20世纪50年代后，随着社会经济的飞速发展，一系列环境污染和生态破坏问题在世界范围内变得越来越严重。越来越多的环境问题于世人眼前涌现并不断加深，全球开始变暖，海水不断污染，地下水陷入枯竭，垃圾泛滥等问题使环境恶化。人类不科学、无止境的经济发展活动是环境恶化的主要原因，人类的生存条件已陷入危险境地。在这样的背景下，学者讨论的焦点是自然科学领域中的"生态"概念。

我国历史上将"生态"解释为"显露美好的姿态"或"生动的意态"。而"生物的生理特性和生活习性"意义上的使用却是近代的事情。生态一词原本为生物学用语，源于古希腊字，意为家、住宅、家园、住处或我们的环境。在西方科技文明传入亚洲之后，我们方从生物学角度重新领悟了"生态"的另一内涵。在自然科学领域，生态指一切生物的生存状态，以及它们之间或它们与环境之间密切相关的关系。

"生态"原义仅限定在自然科学领域，"生态学"亦如此。"生态学"是由德国医生，比较解剖学家、生物学家恩斯特·海克尔于1866年首次在《有机体的一般生态学》中提出的，是作为"研究生物体同外部环境之间关系的全部科学"的称谓。"生态学"最初被视为生物学的分科。中国的生态学主要是在中华人民共和国成立后发展起来的，1979年中国生态学会成立。

19世纪末到20世纪初，生态学得到了发展。随着生态问题日益突出，"生态"一词涉及的范畴越来越广，"生态学"术语的意义也愈发宽泛，以致成为涵盖了地球上所有生命的学科。"生态学"指的是在个人生存方式上保护环境的生活态度和积极保护自然环境的运动。如今，生态学已经渗透到自然科学与社会科学各个领域，如生态伦理学、生态政治学、生态美学、生态文学、生态哲学、生态神学、生态社会学、生态人类学等。人与自然关系的研究与探讨，已不仅限于自然科学的生态学领域，亦开始涉足社会学、文学等人文社会科学领域。

（二）生态意识

在"生态"和"生态学"中，还潜藏着反映人类与自然环境协调发展的新观念——"生态意识"。作为人类思想的先进概念，生态意识于20世纪后期产生，这也标志着现代社会人类文明的进步。

生态意识是反映人与自然和谐发展的新价值观念，是人与自然关系的哲学反思，这种关系的变化是现代科学发展成就的总结。在生态意识的概念中，人类和所有其他生命都是自然世界的普通成员，人类与自然不是主仆的关系，自然也不应该成为人类的消费对象。人与自然应该协调发展，互利共生，这样的关系才能促使双方长远存在。生态意识强调必须充分了解每项人类活动对自然造成的影响。由于自然是由多个子系统组成的大系统，因此子系统是相互依存和相互联系的关系。某些系统的破坏不可避免地影响生态系统整体运行的协调，给人类和人类生产生活带来不幸。因此，人类必须关注人类社会的持续和包容性发展，具有长远眼光，有意识地限制经济生产活动。

人类生活的生态环境日益恶化，要求提高人们的生态意识。为了保护自然的可持续发展，人与自然应该和谐相处，倡导生态文明。人文学者与文学研究者，都着眼于生态视角，开始研究文学作品中的生态意识，生态文学就是由此而诞生的。

文学的产生得益于语言和写作，文学既是一门艺术，也是对传统的延续，具有思考现实和世界的特征。文学与社会、历史息息相关，文学既是复杂社会的缩影，又是历史发展的见证。但是，在很长一段时间，文学不再是鼓舞人心和保存思想的灯塔，文学逐渐从人们的视线中消失了。《寂静的春天》的出现唤醒了一些人沉睡的思想，并使他们意识到文学的重要价值。生态不是文学的焦点，但与文学有着千丝万缕的联系。关于古代和现代景观的著作数不胜数，但在传统文学中，对自然景观的描述不能被称为"生态文学"。生态文学是反映危机的文学作品，它是一种文学形式，讨论了生态危机、精神危机及生态环境、人与自然之间的关系等意识形态危机，它的产生具有深厚的社会原因。

目前，反映生态环境危机或人与自然关系的文学作品，其术语界定较为混乱，存在"自然书写"（或"自然写作"）、"自然文学""环境文学""公害文学""生态文学"等多种称谓。自然书写是关于自然的非虚构形式的随笔。其主要特征是"以自然为主题"，具有"非虚构性"特点，包括以下三个基本要素：

（1）关于自然的科学信息：即关于自然的客观、正确的信息。

（2）作者对自然的个人反映：自然书写作品更重视主观性，所以属于文学范畴，而非科普读物或论著。自然书写重视"自我"的实际感受和个人视角。

（3）关于自然的思想、哲学研究：指在客观知识和主观反映的基础上，探讨"自然是什么"的问题。

在日本，也有将"自然书写"译成"自然文学"的。但"文学"不含"非虚构"表现的意义，因此在日语中"自然书写"这个词多用片假名标记。"自然文学"术语的使用不太多。我国文学界一般认为"自然文学"偏重写实类作品，其在体裁上的非虚构性限定，将小说、戏剧、诗歌等领域内反映生态环境危机的作品排斥在外，这就无法涵盖新时期文学创作的现状；同时也有将这一文学思潮引向写实类报告文学的危险，这将导致对作品艺术深度的消解。

环境文学是一种关于自然环境与人之间关系的文学。尽管自然写作仅限于非小说论文的形式，但环境文学是一个宽泛的概念，可以应用于所有形式的文学作品，戏剧、小说和散文都可用；可以出现于任何文学体裁，只要它具有自然环境主题，那么就可以称为"环境文学"。但是，"环境"是人类中心主义和二元论的术语，这意味着世界包围着我们，而我们处于世界的中心。因此，从这个角度出发，"环境文学"的逻辑起点是一种以人为中心的趋势的文学，并非生态整体观也不是生态整体主义。

"公害文学"是一个复合词，既包括了"公害"的含义，也包括"文学"的意义。在日本，"公害文学"被广泛使用。日本《环境基本法》被《公害对策基本法》取代后，随着时代的发展，由于这个名称视野相对偏狭，正在逐渐被不同的名称代替。

中国学术界喜欢使用"生态文学"一词。生态文学不仅是描述自然的文学，而且从根本上而言，与描述自然的传统文学不同。在生态文学中，作者探索和揭示了人与自然之间的关系，如在自然界人的地位、自然与人的关系、大自然对人的影响、自然万事万物与人之间的联系等内容。有些作品根本没有描述自然景观，但它们是出色的生态文学作品，因为深入探讨了导致自然破坏的社会原因。生态文学着力于自然与人的关系的探讨，探讨了自然生态危机与精神生态学的问题。

二、生态文学的主要特征

各种文学体裁，含义应具有与其他文学体裁不同的特征。生态文学显示了"生态责任、文明批评、生态理想和生态预警"的突出特点。生态文学是表现自然的文学，依赖自然的风格，具有绿色意识，从三维视角展现了多元文化主义，具有可持续发展的绿色效应。生态文学具有永恒性和全球化特征。当现代人在焦虑和恶化的生态环境中观看文学作品时，"生态文学"是一种新的表达形式，是文学作品的一种新型创作方式。文学具有难以言喻的功能，能够警醒人们，唤醒人们的意识。虽然有些生态意识是无意识的，但也有主动意识。生态文学包括简单的生态文学和现代的生态文学。古代的生态文学与现代的生态文学有相似之处，也存在不同。古代的生态文学从农业文明的角度无探讨人与自然的关系，而现代生态文学则是在工业文明发展中反思人与自然的关系。简言之，生态文学应具有以下四个特征：

第一，批判人类中心主义和生态主义。生态文学强调不应该以人类中心主义为中心，在人类中心主义中，突出以人为中心，仅考虑人类和自身的生活环境，自然是人类可以随意消费的对象。同时，生态文学也不赞同以生态中心主义为中心。生态中心主义将生物圈的完整性放在重要位置，虽然强调生物平等，人与自然平等，但是，由于过分强调自然，弱化了人的作用，因此忽略了人类的主动性和主观性。

第二，追求生态整体主义，遵循生态人文主义精神。生态整体主义将生态系统的整体利益作为最高关注点，要求人们认识和尊重自然的内在价值。"生态人文主义"融合了人类中心主义与生态主义的内容。在日益严重的生态危机背景下，现代激进的生态学家过分强调自然的作用，完全不赞许传统的人文主义者的观点。"生态人文主义"能够克服这两种理论倾向的偏见并将两者结合。同时，生态文学也重视建立人类精神生态系统，如果要想从根本上解决生态危机，那么人与人之间的关系、人与社会的关系就是解决这一问题的关键。

第三，强调"场所"，强调"场所意识"。从小到大，从生活住所到地球和太空，"场所"各不相同，但是某些意义上，这都是人类在精神和心理意义上的地方。在生态文学中建立场所感，并观察人与自然之间的完整性与和谐，表明了人类对自己所处地方的关心和亲密，并将其视为灵性存在并承担责任。

第四，既要具有"科学性"，又要具有"文学性"。生态文学不同于许多具有"虚构"成分的传统文学，也不同于"现实主义"倡导的文学写作。它是一种特殊的文学形式，在某种程度上将"科学"和"文学"结合在一起。

第二节　石牟礼道子及其生态文学作品

一、石牟礼道子生态文学简析

在全球生态危机日益加剧的时代，透过石牟礼道子的《苦海净土——我们的水俣病》等作品，反思人与自然的关系，也许更具有时代意义。石牟礼道子生于日本熊本县天草郡河浦町。1925年，日本氮肥公司在熊本县的水俣小镇建厂。两年后石牟礼道子出生，那年恰是日本氮肥水俣工厂把未经任何处理的含有水银的废水排放到水俣湾中的开始之年。石牟礼道子是长女，还有三个弟弟和一个妹妹。她童年家境贫寒，与外婆同住。外婆失明，石牟礼道子的母亲和妹妹又体弱多病。对童年的石牟礼道子而言，红烧海带是奢侈的零食，"无盐鱼"是上乘佳肴。母亲临终前最后的一顿饭就是石牟礼道子的妹妹做的无盐寿司。石牟礼道子自小成绩优秀，小学毕业后进入三年制的水俣实务学校读书，毕业后入教师培训班，16岁就做了田浦小学的代课教师。1947年，她辞去小学教师的工作与中学教师石牟礼弘结婚，次年生子。

石牟礼道子自任教时起即开始诗歌创作，1951年左右开始向报纸、杂志投稿，得到诗人蒲池正纪的赏识，成为其主编的和歌杂志《南风》的会员，由此在文学道路上开始崭露头角。那个时候，日本氮肥公司年轻的工会会员就常常聚到石牟礼道子的家，做一些文学同好会。1954年，石牟礼道子与回家乡水俣疗养的日本诗人、评论家谷川雁相识，1958年，石牟礼道子参加了谷川雁的"文学同好村"，受其影响，石牟礼道子也开始关注社会底层民众的凄苦生活。1960年1月发表于"文学同好村"上的《奇病》，就是后来的《苦海净土——我们的水俣病》的开头部分。发表《苦海净土——我们的水俣病》之后，石牟礼道子便投入水俣病的反抗运动中，并于1968年创建了民间团体"水俣病反抗运动市民代表大会"，积极要求日本氮肥公司赔偿受害者，协助受害者提出诉讼。该行动逐渐扩大到全国，动员了社会不同阶层人士参加，其中包括学生和科学工作者。

1965年12月，小说《海空之间》在《熊本风土记》上始刊，1966年末连载完毕，这就是后来更名为《苦海净土——我们的水俣病》的惊世之作。该小说描写了水俣病患者的苦痛及其发自灵魂深处的呐喊，在社会上引起巨大反响。石牟礼道子本人也因《苦海净土——我们的水俣病》及此类小说的创作，成为生态文学作家的代表，在日本文坛上获得了很高的美誉度。《苦海净土——我们的水俣病》后被政府授予熊日文学奖、首届大宅壮一写实作品奖等，但均被作者拒绝。《苦海净土——我们的水俣病》之后，石牟礼道子又于1974年发表了"苦海净土"三部曲之三《天之鱼》。三部曲之二《神灵的村庄》虽于1970年9月至1989年在井上光晴编辑的季刊《边境》连载，但出于种种原因，直至2004年，即石牟礼道子全集出版之时才完稿，2006年10月才发行了单行本。所以，一直等到《神灵的村庄》与读者见面，"苦海净土"三部曲的创作才算真正结束。

此外，石牟礼道子还创作了《山茶花海记》《翻花鼓记》《魂之岛》，能剧《不知火》《十六夜桥》《羞怯之国石牟礼道子全诗集》等作品。1993年，《十六夜桥》获紫式部文学奖。2003年，《羞怯之国石牟礼道子全诗集》获2002年度艺术选奖文部科学大臣奖。石牟礼道子虽然作为主妇一直生活在闭锁的水俣，但却拥有纵观大局的思维。她向人们展示了文学家的才气和哲人的思辨能力。儿时的生活经历和成年后作为水俣人历经的苦楚，都是她文学创作的宝贵素材。她有着与众不同的视角，对幼小的生命如何萎缩、年轻的生命如何凋零、年老的生命如何结束描写独特，诗一般的作品在现代文坛独具异彩。她的作品始终关注的是社会边缘人、弱势群体的生存状况，读罢令人痛心疾首。

房间的角落就是石牟礼道子读书研究的"书房"，面积约为垂直切割的榻榻米的一半。当人坐下时，人的身体会暴露在外。毫无疑问，一个简单的书架几乎可以覆盖整个窗户，可以看到的光线被最小化，在照明环境如此差的地方，会损害视力。然而，在这个简陋的地方，却有着让人惊叹的精彩。石牟礼道子在此写下了她的杰作——《苦海净土——我们的水俣病》，给日本和世界带来了惊喜。在水俣病重灾区生活，周围的悲剧影响了她的思想，使她深思。在这样的情况下,她依旧拿起笔书写。

日本氮肥公司虽然为日本作出巨大贡献,促进了当时经济复苏,但它存在着严重的环境危害,同时给日本带来了严重的空气污染和水污染,造成了日本有史以来最大的劳动事故,让从事相关工作的人员患上了职业病。这也是日本人急于追求经济利益,忽视生态环境的后果,是非常不可取的行为。

"苦海净土"三部曲之一的《苦海净土——我们的水俣病》内容涉及从公害认定到结成水俣病市民会议组织这一时期的事件,基本属于水俣病未社会化、政治问题化之前被害者默默忍受痛苦那一阶段的描述。三部曲之二的《神灵的村庄》,描写的是1969年9个患者家庭提起诉讼到第二年出席日本氮肥公司股东大会,即"诉讼派"运动最终受到社会关注的时期。而三部曲之三的《天之鱼》主要反映的是1973年诉讼判决之后所发生的事件。

三部作品的部分章节,如《苦海净土——我们的水俣病》第7章"昭和四十三年"写实性地描述了水俣病对策市民会议、公害诉讼等情况,但并不能由此断定这部小说是写实性的报告文学。由于患者家庭对采访怀有敌视甚至憎恶,作者实际上仅去过患者家寥寥几次。三部作品都是写实与虚构交织、具有文学艺术特点的生态小说。在石牟礼道子的作品中,"水俣"是一个小的、有界限的、具有传统意义的场所,水俣人不同程度地对这个场所抱有依附感,与这里有某种情感联系。作为土生土长的水俣人,石牟礼道子也不例外。她的心灵深处经历了与患者及其家属同样的苦楚,所以即便没能做大量的采访,也同样可以准确、深刻地把握患者的心理活动,透彻地了解他们的痛苦和绝望的心境。

石牟礼道子的作品有小说、有诗歌,还有能剧。但作为生态文学作品,"苦海净土"三部曲的《苦海净土——我们的水俣病》《神灵的村庄》和《天之鱼》堪称最具代表性的作品。作为生态问题的忧患者和思索者,石牟礼道子在岁月的煎熬下,将关注点放在因生态环境恶化而受尽磨难的水俣人身上。她用方言或意义浓缩性很强的文学符号代表水俣人表达了对家园的爱与怕,依恋与疏离。

二、《苦海净土——我们的水俣病》

（一）"苦海净土"意象构建

《苦海净土——我们的水俣病》写于1965年12月至1966年底，可称为《悲惨世界》的现代版本。标题是总结文章的简短句子，可以概括文章的主旨和中心思想。词的选择与组合以及标题的修辞用法对一篇文章都很重要。从标题，可以看出作者的创作意图，以引起读者的注意。从符号学来看，文学作品的标题是一个复杂的文学符号，由表面意义和文学意义组成。这个符号是执行标题功能的语言标志，作者通过这些符号表达文学含义。相同符号类型的标题具有不同的符号含义。换言之，单个"符号"可以具有多个"引用"。文学归属于艺术领域，如果艺术符号具有动态结构的多层系统，则文学符号也有此性质，它们具有表层含义、引申含义、内在含义，各种层次的含义组成了这个多层系统。

除了被用作小说的标题之外，"苦海净土"并未出现在文章的副标题中。小说的标题是"苦海净土"，这是由两个语言符号组成的小说名称。"苦海净土"是一种文学符号，隐喻和象征意义赋予了标题多种含义。标题传达了作者的无奈和对环境能改变的期望，人类对真实生存的需求、对生活的尊重、对精神家园的渴望，以及其他隐藏得更深远的信息。

题名"苦海净土"源于弘法大师的日译偈文：

沧海弃舟无宿，

生死苦海无边。[1]

"此岸即碌碌苦海，彼岸即极乐净土。""苦海"指苦难烦恼的世间、困苦的处境。苦海甚深无底，广阔无涯。寻不到苦海之边，故难出苦海。在作者的环境想象中，"苦海"与"水俣"有了必然联系。虽然客观上因地狭人少、位置偏远，没有多少人知道还有水俣这个地方，但水俣生水俣长的水俣人，却对这片土地怀有深深的眷恋，记忆深处有一份场所情结。水俣虽小，却是水俣人生存的环境，是他们心目中最大的世界，所以一旦这个家园被无视甚至轻视，他们就会被激怒。

---

[1] 石牟礼道子. 苦海净土——我们的水俣病 [M]. 东京：讲谈社，2007.

水俣人意识到，即便身处水深火热之中，也没有人关注在这里苦苦挣扎的自己。"水俣"的生存空间地位开始被质疑，在他们的心目中，曾经其乐融融的小镇，失去了生命力。无期的萧索，使水俣成为一片生死苦海。水俣人如同一叶叶弃舟，在无边的苦海之中奄奄一息，为生存而苦苦挣扎。这里的苦海大多是指精神的苦海。一旦现实世界被人类恶意破坏，成为不宜居住之地的时候，眼前的场所就成了活生生的"苦海"。水俣之所以成为能指"苦海"的外延所指，源于这里爆发了水俣病，这是水俣人不曾料到的。"苦海"的另一所指可以理解为"生死"。将生死作为一种自然现象去理解的时候，生也好，死也罢，人们大多会坦然接受。人生最大的恐惧是死亡的不期而至，让我们在不知所措之中，失去至亲至爱，甚至自己的生命。我们无法逃避现实，生死是关乎生活问题的主要方面。

在"苦海"中，人们找不到存在的根源，但可以更好地理解生与死的深层含义。作为一个重建的地方，"苦海"具有"水俣"的扩展含义，但同时也具有"生与死"的新含义。

上述分析方法也可以用来解释标题"净土"另一半的含义。"净土"是"纯净"，指"干净"。这指的是一个没有污染、污秽和邪恶的世界，一个充满庄严，人人平等，人们可以自由和幸福生活的世界，一个人可以看到希望，愿意追求的世界。这里是人与自然共存的世界，人与自然非常和谐，人们感到幸福与和平。"净土"作为文学符号，表面意思有"极乐世界"的含义，希望能够进到极乐净土世界。人们希望世界充满着高尚的道德和精神，是赖以生存的净土。在人们的向往和想象中，文明、团结与和谐转变为"和谐社会"的美丽天堂的意义。

（二）人物意象构建

人物是小说的组成部分。这部小说极具现实意义，通过体现人物形象来反映现实生活，并通过不同的人物形象展现每个人物的独特魅力，从而揭示人物背后的深层现实意义。《苦海净土——我们的水俣病》的作者通过选择材料成功创建了一组各有特色的悲剧人物。男孩、妇女、少年、老人等具有不同年龄和背景，每个人物都有多重意义，并使用各种描写方法来增强角色的含义。人物的名字不再只是名字的象征，而是具有典型社会背景和时代特征的象征。通过创作这些角色，艺术家隐喻了角色悲惨命运背后的原因，这部著作相当于日本的《悲惨世界》。

作者在文中的描写属于半纪实，通过这种记录手法描述了水俣地区挣扎于生活底层人民的悲惨生活。角色的悲惨命运似乎是由于疾病，但是实际上，在原始资本积累的过程中，社会的边缘化阶级被资本家们抛弃了。漠不关心人民的权力阶层只是追求利润，追求最大化利益，而忽视工人的人权，这都是这些悲剧事件的根本原因。

山中九平与母亲生活在一起，相依相伴，互为依靠。以往阳光明媚、生机盎然的温馨生活，从山中九平6岁开始，便慢慢被破败荒芜、满目疮痍的景象一点点地代替。棒球是这位16岁少年的唯一乐趣。从6岁到16岁的十年间，他失去了父亲、姐姐，也失去了成长为一个健康男人的所有可能。

山中九平（16号患者）、并崎仙助（86号患者）、釜鹤松（82号患者）、江津野空太郎（胎儿性水俣病患者，9岁）都是这个村落的"男性"人物符号代表，男性，是村落里每户人家的主劳力或未来的主事人。有强壮的男人，也是家里的体面和尊严。男性成为一个社会符号，具有了多重意义。这也是作者要通过这些男性人物表达的悲情思绪。

山中九平6岁患病，如今16岁的他双目失明、动作不稳，只从下半身判断，会误把他当作一位老人。只有从他的脖颈处散发出来的气息中，才能感受到些许青春的味道。山中九平每日用棒球和收音机来打发悲哀与寂寞，作为一个年轻人，本应拥有充满幻想的人生，但这个少年身上散射的却是对未来的绝望。山中九平至少度过了六年快乐的时光，而对于江津野空太郎（胎儿性水俣病患者，9岁）而言，快乐与健康却可望而不可即。胎儿性水俣病远比非胎儿性水俣病症状多、病情严重。原因在于甲基汞对胎儿的侵犯几乎遍及全脑。江津野空太郎的母亲终于不堪生活重负，抛下患病的丈夫、孩子、公婆离家而去。他少年在爷爷奶奶的照顾下勉强"长大"。而"长大"是指他从出生开始活到了9岁。不会走路、不会说话、大小便失禁等胎儿性水俣病患者的病症，无一例外地体现在他身上。

釜鹤松是一位标准的渔民，曾经拥有一个成年男性该有的身体。在那时，他充满活力，眼睛明亮，身骨结实。但是，让人悲伤的是，他目前正躺在病房里，身患水俣病的他非常瘦弱，身体萎缩，整个人像是遭受了酷刑，承受着巨大的精神痛苦。一本旧的儿童漫画书放在肋骨上，可以清晰看到他的肋骨。"这本漫画书就像是我和他之间的屏障。站在病房门口的我，对于他而言是一个不速之客，我看到他的时候，他的眼睛充满敌意和仇恨。但是，后来，他眼睛里的敌对情绪消失了，他的眼睛就像小鹿或山羊的眼睛一样，显得那么无助和可怜。"

釜鹤松感到愤怒和厌恶，无法接受病成这样的自己。他的视力在经历长时间的折磨后，随着病情的恶化正在慢慢消失。为了保留一点尊严，釜鹤松挣扎着撑起自己的生命，想证明自己作为一个人的尊严和属于他存在过的证明。但是，隐藏在这背后的，是那个男人深深的绝望。

并崎仙助是一位老人。在生活中，人们依靠手表来跟踪自己的时间。并崎仙助的存在就像一个每天都在准时运转的小镇钟。村民们根据他的工作和休息时间来组织日常生活。村民最依赖的并崎仙助消失了，在他生活的村庄里，人们感到悲伤。从未成年男孩到年轻人再到老人，这些男人都是自己生活之地的支柱，是未来的支撑，但他们因为疾病接连消失，让生活在一起的人们无不绝望。人们不禁想这个地方的未来在哪里，到底哪里才是他们的家。在作者的文章中，"男性"的隐含意义已变成"绝望"。他们既是"支柱"，也暗含着"绝望"。

《苦海净土——我们的水俣病》中除了一些男人形象之外，还有山中皐月（44号患者）、坂上雪（37号患者）、杉原百合（41号患者，17岁）等女人形象。如果说男人是支柱的话，女人就是灵魂。

山中九平的姐姐山中皐月，继父亲之后也撒手人寰。

40多岁的坂上雪生不如死。强烈的痉挛让她感到天在晃、地在摇，床、天棚、地板、门窗，所有的一切都因震颤和晃动，从她的视线和身体中剥离开去，之后又一点点接近而来。这个善良的女人，经历了三次婚姻，好不容易找到了能相濡以沫的好丈夫，病魔却悄然伸出魔爪。她怀孕了，但子宫却成了培育胎儿性水俣病的温床。政府不允许水俣病患者生孩子，制定了强制措施，她被剥夺了做母亲的权利。

17岁的杉原百合每天如婴儿一般由母亲换尿布，喂饭。曾经聪明伶俐的杉原百合在 6 岁的时候出现了水俣病症状。这个女孩最美丽的年华，最绚烂的青春都是在黑暗中、在病床上、在母亲的呼唤中度过的。小说中有关杉原百合的描述，是以母亲对杉原百合的父亲，用哀鸣似的诉说形式展开的。话语中透出的痛苦足以震撼读者的内心，令人为杉原百合的悲惨而愤怒，为母爱的伟大而感动。母亲的耳畔，至今还能响起杉原百合 4 岁时唱的儿歌《小乌鸦为什么哭》。"我们百合，将来会是一个多才多艺的女孩吧"，母亲时常会高兴地对丈夫讲。可是，两年后噩梦开始了，杉原百合的身体和精神不断被风化、侵蚀，曾经伶俐的小女孩就像被人掏走了灵魂一般，看不到了，听不见了，不能唱歌，不会采花，连飞到眼前的苍蝇也不知道打。母亲绝望了，草木有灵魂，鱼儿、蚯蚓也有灵魂，可唯独自己的女儿成了没有灵魂的人偶。母亲想不通，出生时还健健康康的孩子，现在却只剩躯壳。不是女孩了，更不能成为人妻、成为母亲。

《苦海净土——我们的水俣病》中的妇女不是死了就是残疾了。作者描述下的"女人"形象，结合她们身处的环境，凸显了她们的悲哀。妇女创造了生命，"女性"这一词有着更深远的意义，它的扩展含义可以解释为"生命"，给人们带来希望。从这个意义上而言，"女人"可以意味着"未来"。但是，由于疾病，文中的女人无法再做母亲，不再能够创造生命，她们的权利被剥夺了。在文中，杉原百合的母亲还质疑她作为母亲的身份，因为她每天都必须面对自己身体不健康的女儿。

《苦海净土——我们的水俣病》具有很强的实际意义，在这部作品中，这些悲剧人物的出现与"水俣"密不可分。当国家被破坏时，人与自然之间不再和谐发展，人类生存的悲剧开始发生。通过角色创作，艺术家探索了人物存在之难的地方，分析了角色的悲剧命运，并深入分析了这背后的必然性以及问题根源。在当今日益严重的生态危机中，重新阅读《苦海净土——我们的水俣病》这部杰作，仍然具有很强的现实意义，可以帮助人们反思人与自然应该如何相处。

第三节　有吉佐和子及其生态文学作品

一、有吉佐和子生态文学简析

有吉佐和子作为日本著名小说家、剧作家、导演，与曾野绫子、山崎丰子并称日本当代文坛"三大才女"，是畅销作品最多的女性作家之一。1937年，6岁时随父亲去了印度尼西亚，她生于和歌山县和歌山市，自幼与家人在海外生活。10岁回国定居于东京。童年的国外生活经历对她的影响很大。

有吉佐和子1949年考入东京女子大学英文科，在校时对日本古典艺能和戏剧活动产生了浓厚兴趣，1956年发表成名作《地歌》，入选文学界新人奖，继而成为芥川龙之介奖候选人。1961年，有吉佐和子与龟井胜一郎、井上靖、平野谦一起访问中国，受到周恩来总理的接见，之后又屡次到中国，1965年在中国住了半年。其以中国为题材的小说有《墨》、报告文学《年轻的母亲劳动模范罗淑珍》《孟姜女考》《有吉佐和子的中国报道》等。此外她还创作了《并非因为肤色》《暖流》《恍惚的人》《复合污染》以及历史小说《出云的阿国》等作品。

有吉佐和子的作品题材广泛。长篇小说《并非因为肤色》深刻揭露了种族歧视的严重性；《暖流》描写了御藏岛人民反对美军在当地修建投弹演习场的故事；《恍惚的人》以老人为题材，描述了日本部分老人晚年的不幸生活；《复合污染》描写了危害日本的公害问题。这些作品都具有明显的时代特征，在读者中影响较大。她在作品中敢于提出重大社会问题，由此"社会派"的印象也被固定下来。儿时的海外生活体验，以及成为作家后到美国、中国、欧洲等国家、地区访问的经历，使她的视野超出了一般的女性。对时代和社会的强烈责任感，促使她创作了多部细腻缜密、犀利深刻的优秀作品。她以敏锐的目光，注视着历史时代的大方向、强化深邃的社会底蕴和作品的思想内容。

二、《复合污染》生态思想

1964年，日译本《寂静的春天》的出版强烈地刺激了有吉佐和子的创作神经。于是她花费了大量心血和精力调查研究环境污染问题，阅读了三百本以上的书籍，十年中会见了几十名专家。她铤而走险，搬出自己并非内行的科学技术问题，发表了不介入传统小说范畴的打破常规的文学作品。除了查阅大量资料和进行实地调查之外，她还于1974年11月参加了在巴黎召开的"有机农业世界大会"。同年10月14日始，《复合污染》在朝日新闻上连载，历时8个月，直至1975年6月30日。在1975年4月，新潮社出版了《复合污染》单行版上卷，后与7月出版的下卷合为单行本，小说问世后，很快成为畅销书。这部小说因关注化肥和农药的毒性对日本民族的危害，被誉为日本版的《寂静的春天》。

《复合污染》语言平实，没有完整的故事情节，由255个小章节构成。因起初以连载小说形式发表，故无章名。小说以支持市川房枝参选参议院议员的演讲开篇，初读会误当作一篇政治小说。但之后话题慢慢转向大气污染、化肥、农药等方面，开始描写危害日本民族生存的公害问题。开篇提及的参议院议员选举成了有始无终的话题。《复合污染》是一部打破常规的小说，没有俊男美女出场，没有恋爱，没有故事情节，没有主人公，是一部打破小说创作常识的作品。但它确确实实是一部文学作品。《复合污染》以作者的调查活动为线索，用准确的科学数据，讲述了"复合污染"的严重性，如使用农药、化肥对农产品及生态系统带来的不良影响，使用含有表面活性剂的洗涤剂对人体及生态系统造成的不良影响，使用合成保鲜剂或合成染色剂等食品添加剂的危险性，汽车尾气所含氮氧化物的危险性，尤其是多种农药或化学物质等污染物相互作用对环境造成的综合影响等。作品中还一一提及了震惊世界的公害，如哮喘病、水俣病（水银中毒）、痛痛病（镉中毒）、米糠油事件（多氯联苯污染事件）以及由于食用污染食品而发生的畸形儿、流产、死产、生育能力下降、贫血症等问题。

有吉佐和子不是关注某一个具体现象，而是在生态环境破坏这一大的前提下，用煽情且通俗的笔触去描写应该思考的一些相关联事件，这也是作品引人入胜之处。有吉佐和子很坦然地承认，《复合污染》是自己在阅读《寂静的春天》

的过程中受启发而作的。虽然作为仿作，不可避免地隐现着《寂静的春天》的影子，两部作品中透射的是似曾相识的气息，但有吉佐和子却不袭陈言，未停留在简单的模仿上，而是从《寂静的春天》之中汲取养料，丰富自己的想象力，运用不同的表达主题的方式和技巧，转换了主题，创新性地完成了自己的作品。透过《复合污染》，我们可以看到承袭互有、推陈出新的基本属性。

第四节 日本生态文学的主题与启示

一、日本生态文学的主题

（一）人与自然的和谐

第二次世界大战以后，日本开始注重经济发展速度，在重工业和化学工业领域投入了大量的国力，从而实现了突飞猛进的发展。然而，当时民众的生态资源保护意识薄弱，不够重视产业公害问题，在短短十几年内，造成了生态环境急剧恶化的社会问题，在一定程度上影响了民众的日常生活，因此，一大批当时的学者、作家开始重视社会问题，通过创作文学作品向社会揭露忽视生态资源保护带来的问题，以及不及时采取措施缓解生态环境恶化可能造成的不可挽回的后果，以此来警示民众和国家机构，重建生态环境保护意识，建立起相关的保护机制和监管条例。典型的代表作品有水上勉的《大海獠牙》、西村京太郎的《污染海域》、石牟礼道子的"苦海净土"三部曲等作品。这些作品均传达了人与自然和谐共生的和谐生态发展观理念，且通过长时间的努力，取得了一定成效，大批读者群体通过阅读，逐渐在意识形态层面树立起生态保护意识，逐渐改变了整个社会经济发展模式、日常生活习惯。

（二）人与人的和谐

人是国家和社会发展的主要推动力，和谐的人际关系是最核心的发展基础。当经济发展的重要性超越了人与自然之间的和谐共生，必然会导致人与人之间和谐关系的破裂。不同阶层、职业、年龄阶段、性别、经济能力的社会群体在这个观念的影响下，会由于价值取向不同，追求经济利益的最大化，而忽视每个人的基本权力，出现强势群体违背伦理道德，钻法律漏洞来欺压弱势群体的现象。以文学作品《苦海净土——我们的水俣病》为例，作者石牟礼道子用文字生动地向读者全面展现了日本水俣病事件的全过程：企业为了追求高的经济收益，不顾周边民众的身体健康，长时间将含汞的工业废水排入临近的水俣湾内，民众由于食用了受污染海域里的海产品，患上水俣病，导致很多家庭因此饱受煎熬和苦痛，无法正常生活。因此，很多作家通过以这一主题为核心创作文学作品，来激发人们对生态的忧患意识和深层思考。

二、日本生态文学的发展与启示

（一）日本生态文学的发展

20世纪60年代后期，生态文学在一大批关注生态环境问题的作家的推动下，逐渐兴起发展，揭露和批判了当时社会存在的恶劣生态破坏事件，带来了一定社会影响。一直到20世纪70年代后期，日本的公害和污染问题才逐步得到控制，前期出现的产业污染问题得到一定程度的遏制，但其带来的长期存在的后遗症仍然影响着部分民众的正常生活，有更多具有生态意识的作家开始创作生态文学，揭示现代文明、新的经济生产方式，以及人类活动带来的生态问题，旨在重新构建读者群体的思维方式，让人与自然和谐共生的价值观念成为一种社会共识。

进入21世纪后，无论是在国家行政层面、还是民间努力层面，在解决环境问题上，日本实施了一系列颇有成效的措施。例如，颁布和实施相关的环境法律条文，建立环境监管部门，以及环境协会和民间环境保护组织积极组织活动等。因此，日本的生态文学关注的环境问题范围逐渐扩大，创作的角度也更加多样。

不过，2011年3月的福岛核泄漏事件却再次触动了作家的神经。《日本原发小说集》、竹本贤三的作品集《原发小说集——苏铁风景》等都是在"3·11"事件之后再版的。编者无一例外地提到，再版是源于福岛核泄漏事故，期望读者重读这些作品，重新思考核电站问题。高桥源一郎的《恋爱核电站》和岩井俊二的《看家狗守护庭院》就是在"3·11"事件之后创作的,随着反核电站运动的高涨,想必今后还会有类似作品的问世。

（二）对中国生态文学的启示

中国的生态文学出现在 20 世纪 80 年代中期,最早由一批科学家、文学家和新闻工作者关注到了当时中国出现的生态问题,以"人与自然和谐共生"为主题,创作出了多部具有影响力的生态文学作品,代表性的作家有沙青、黄宗英、徐刚、徐迟等。这些作品一方面以纪实的角度揭露和批判了人们无节制的生态破坏行为,另一方面,他们还提出了有关生态思想理论的新观点,以及对原有生态观念的质疑。

从 20 世纪 90 年代发展至今,中国的生态文学实现了进一步繁荣发展,其中,日本生态文化的发展过程给予了一定示范和启发。

在文学作品创作类型方面,日本的生态文学,根据具体的恶性生态污染事件,延展出了更为细化的原爆文学、核污染文学、水污染文学等种类,与社会的具体发展现实紧密相关。而中国的生态文学,也从最开始的纪实性文体,逐步发展出了童话、寓言、诗歌、散文、小说、戏剧,甚至出现了音乐剧等多种表现形式。此外,生态文学的作家群体规模日益发展壮大,先后出现了李青松、唐锡阳、哲夫、陈应松、亦秋等代表作家。

在生态文学的创作视角方面,日本生态文学自进入 21 世纪以来,创作内容的深度和广度方面都有了进一步发展,创作视角涉及生物学、经济学、社会学、伦理学、法律学、政治学等角度。在 20 世纪 90 年代中期,中国有学者提出了生态美学的观点主张,核心的观点是在整个社会建立起人与自然的亲和和谐的生态审美,本质上是一种符合生态规律的美学理论,将松散的生态思想赋予了更深刻的内涵,不仅拓宽了中文文学研究的深度,而且对世界各国的文学研究也产生了一定程度的影响。

综上,目前我国的生态文学无论是在数量还是质量层面,都实现了快速发展,生态思想意识也在社会群体期间广泛建立起来。但不可否认的是,目前中国生态文学思想无论是在思想基础,还是理论结构上,都还存在着不断完善和发展的空间。

第四章 日本女性文学研究与表达

第一节 日本女性文学研究对西方文艺理论的移植分析

一、女性身份与女性文化

从社会学的角度看，人的身份有两种属性，即自然属性和社会属性。身份的自然属性是指人的性别、人种、肤色以及与自然人身体相关的隐性的或显性的诸如先天素质、模样、姿态等特征；身份的社会属性则是指人出生后由其父母、家庭、家族、阶级或阶层、国家、民族等所赋予的具有社会意义的诸如地位、资格等级、世袭爵位等社会识别系统。

从社会心理学的角度看，人类是不能离开身份而生活的，因为缺乏自我将会使一个人不能在社会中发挥作用；尽管理论界（后结构主义者）有一种概念认为，在现代社会中主体（自我）已经被打碎甚至消解了，但有更多的人仍然认为，具有两种或更多的自我会被认为是一种病态而且会被当作精神分裂来对待。

女性身份，是基于女性自身的生理特点和智力特征，由女性认同并加以掌握的社会成规构成的女性群体、女性世界或女性文化"集体无意识"的自我发现或自我认同。在现实社会中，女性身份的内涵具有很强的不确定性。女性身份获得的关键在于女性的自我发现和自我表现，而女性的自我发现和表现又为社会制度和文化结构所左右。在特定的社会制度和文化结构中，女性身份包括性别身份或社会性别身份，但从女性身份的认知方面讲，这只是其一而不是全部，这是因为女人不仅是有性别的人同时也是具有阶级（阶层）身份与种族身份等其他多种身份的人。女人的问题绝不仅仅是一个性别问题,而性别问题往往又与阶级、种族、文化的问题错综复杂地交织在一起,既相互联系而又不能相互代替。日本学者水田宗子作为女性主义者、女性文学批评家,在研究中通过对大量女性作家作品的分析,进一步探讨了女性作为"人"的自我觉醒。

女性文化是随着女权主义运动的兴起,在矫枉过正的氛围中被人们作为一个相对独立的系统而加以研究的。女性文化虽说不能离开社会文化这个大背景而单独存在,但它确实是为女性所共享的并不断发展着的一个颇具特色的生存式样系统。女性文化研究的理论,为女性文学研究提供了一个独特的认识问题的视角,进而推动了女性文学研究的进程。女性文化包括女性文学,但不能代替女性文学,从另一角度而言,女性文学是女性文化的具体表现,但不是全部,因此,女性文学也不能代替女性文化。但女性文学的发展能够丰富女性文化并促进其进步,女性作家及其创作在很多时候往往会成为一个社会文明及其进步程度的晴雨表,女性文学创作中女性文化因素的增长无疑是社会健康的标志。

从女性文化角度看,日本的女性作家一直都在为争取个性、自由而抗争,她们组织自己的文学团体,形成女性文学流派;她们勇敢地打破男性作家、评论家的"期待视野";她们认为女性应该是接近自然和生活的,在接触主宰人类神秘的自然和超自然的力量时,女性既是生活的传播者,也是社会文化的创造者。因此,采取女性内部视点的方式或从深层的心理分析入手,探求女性的自我与身份就成为女性文化分析的切入点。从女性主义的理论上讲,即女性与自己的内心世界对峙,让内部视点从文化的深层浮到文化表层的过程,成为改变文化结构的过程,也是女性通过自我表现解构自己内部的过程。近代,女性通过自己的表现,解构了被女人话语束缚的女性的内心深层世界。

二、日常叙事与个人化写作

由于日本传统文化对女性压抑得太久,即使是在已经取得并实现"男女平等"的现代日本社会,传统男性文化的形骸依然笼罩在现代女性的潜意识之中。于是,在现当代社会中女性的心理发展出现了些许的扭曲,尤其是日本的"新新女性",她们要在日常生活中像男人们那样去享受生活、享受现代都市文明。

"她们随时想到的是进行狂欢和宣泄，物欲中的挣扎和本能的欲望成了她们追求的一切东西。"她们继承了"嬉皮士"式的生活娱乐方式，并将其发挥得淋漓尽致，且有过之而无不及。在日本的大城市中，夜晚的街头，"小女生"们的风头比同龄的男青年们更盛。服装上的奇、特、异，发型上的百态花样，打扮上的乖戾和张扬，以及行为举止上的反传统表现等，展现出当代日本女性相互矛盾且又集于一身的两个方面——幼稚和早熟。

日常叙事，是日本文学走向大众文学的存在形态。日常，按照日本学者的看法就是没有事件的每一天；而日常性，则可以说指的是每天平凡的日常事务变成为生存的主要内容，或者也可以说成为做人的条件而经常占着优先地位。这种日常及日常性的文学叙事形式始于20世纪60年代，成长于20世纪八九十年代，发展于21世纪初。在21世纪的今天由当代女性作家将其发挥得淋漓尽致，代表当今日本女性文学创作的特色。

从日本女性文学发展的历史进程看，日常和日常性的文学叙事是与女性作家的"个人化写作"联系在一起的。"个人化"概念，是与群体化相对的，它不是由个体向一般发散，而是向个体内部深入。其创作动机是让女性身体内部的生命欲望体验得到自我表达。而"个人化写作"，李洱认为是逼近个人经验的写作，同时呈现个人生活的真实性。进入21世纪后，日本连连获得芥川龙之介文学奖、直木文学奖的女性作家及其作品向人们充分证实了这一点。

第二节 文化视角下日本当代文学作品中的女性形象

一、女性主义与日本文学

（一）女性主义文学

1. 女性主义文学的研究意义

女性主义文学有利于女性主义运动，女性主义运动是现代社会的产物。由于以前现代父权对女性的统治只是单纯建立在体力优势上，现代技术的不断发展在一定程度上直接减少了对体力劳动的依赖，于是，女性在智力上的优势就被凸显了出来，对父权统治存在的不合理制度的反思，从古到今，从日常生活到社会制度，都逐渐深入。

西方历史对西方现代性的探讨与反思是基于女性主义的思考与崛起。在当代中国文化视角中，对女性主义文学的反思，是对西方与东方现代性的双重反思。由于中西方的社会现实与社会体制的不同，中西方女性主义思想强调的内容也不完全相同，对不同命题的处理方式也有很大区别。妇女运动无法相当于一般社会运动，是一种具体的社会行动，由于妇女所处位置的特殊性和与各个阶层都有联系的"中间人"角色，女性群体的自我解放、女性的自我解放、女性主体性建构，从某种程度上意味着运动形式的多变，女性主义中的"女性"与按照生物学区分的"妇女""女人"有本质的区别，它从某种程度上只是一种由文化和社会标准直接决定的性别特征与行为方式。

因此，对不同文化氛围造就的群体环境会展示出不同的女性主义思考。女性主体之间相互影响，推动不同文化的反思，促进女性群体的成长，衍生出不同的女性主义思想。女性主义思潮在不同的历史空间面临着不同问题，展现出不同的政治决策。然而，女性主体的构建，争取男女平等，是女性主义共同达到的目标。

2. 女性主义文学的研究理念

（1）女性主义的文学史观。

女性主义应该如何对待文学史，女性是否有自身的文学史，女性在文学史上的地位如何，女性被书写的历史又是怎样的，这些都是女性主义理论极为关注的问题。

女性文学所处的文化氛围与地理位置决定了她们呈现的历史不同，美国女性主义批评家肖瓦尔特将女性的各种文学活动当作不一样的"亚文化群"研究，研究表明，女性文学一共经历了三个阶段：首先，在一个比较长的时间段里是仿造当下流行的模式，女作家们不以为意地向主导地位的艺术标准靠近，并让它直接消化为自我意识的一部分；其次，一部分女性已经发现了其中出现的问题，于是开始质疑传统的文学体系和文学标准及它的价值，然后直接进入提倡、建立独特的价值体系与标准、要求自主意识的时期；最后则是发现真实的自我的过程，从对敌方的依赖中逐渐挣脱出来走向个性独立，从某种程度上而言，这其实是追求自我认同的时期。

肖瓦尔特在文章《她们自己的文学》中把这三个阶段直接称为女性气质阶段、女性意识的崛起阶段、女权主义阶段。这三个阶段在时间上基本没有太大差距，有时候在同一位作家身上会同时出现三个不同时期的所有或部分特征，这种分类方式是为了直接说明女性文学的创作内容不可能与现实生活完全分开，不可能在一开始就与她们所处的生活环境与社会环境发生脱节。另外，当女性意志非常坚定地与目前的价值观念抗衡的时候，尤其是当她们表现出非常强烈的对抗意识与反叛精神时，本来就是一种自觉意识，与此同时，还是一种依赖。女性如果直接进入一个相对独立空间，要获得异常齐全的自我认知，要经历一个对抗时期，但还要站在对立之上的角度去认识自我。

（2）文学写作的女性主义使命。

女性主义文学理论本质的目的是培养和加强女性文学写作的自觉性，使女性文学实现解放、呈现出一种自由的状态，促进男女平等与和谐社会的要求。女性主义文学理论的发展历程，从某种程度上直接围绕三个主题：一是寻找和构建属于女性文学最原始的内容与架构；二是直接为女性作者提供相应的思考方式与目的；三是建立全新的批评体系、批评标准及批评方式。

第一，建立女性文学传统。除了伍尔夫、波伏瓦等一些现代西方女性主义理论的评论家外，还有很多人对女性文学刻画的历史、阐述的事实与观点有不同看法。有的人认为女性一直被男权社会掌控、压迫，很少发出声音，甚至一直保持沉默，因此历史上其实没有她活跃的影子，而她们基本不可能有自己独特的文学传统。在另外一群批评家眼中，女性小说家从来就不是一个两个的、以一种极度偶然的状态跳出来，因此她们绝不应该只是她们自己时代的代表人，应该有属于自己独特的文化传统，是属于历史源远流长、保持前行的传统的一部分。

第二，写出女性的真实状况。几乎所有女性作家在写作过程中都没有办法避免之前男性对女性的错误解读，并没有站在一个非常系统的角度深入地讨论，写出女性最真实的心理状态。伍尔夫想象了一个刚开始写小说的女人玛丽·卡迈克尔，她写出了自己第一本以"人生的冒险"为主题的著作，直接用自己的独特视角、非常形象化的描述方式，以此说明自己在女性写作领域的扩张，女性自由选择的权利越来越大的情况。自觉写作的女人，由于没有办法以非常快的速度超越前面的人，于是开始直接改变前人写作中非常片面、虚假的内容。她不仅仅能够写出女性最真实的一面，还能够创造出更深层次的艺术形式与艺术模型，也就有非常大的可能迈向更高的艺术境界、展现更完美的诗情境界。她想象的玛丽·卡迈克特的写作与前人不同的地方包含：女人描绘女人；把女人放在与女人之间的关系中描绘；描绘女人与描绘男人其实差不多，在对家庭生活与各种琐碎的事情之外，也有异常丰富的兴趣与灵魂上的追求；对女人的描述其实需要一个非常独立、密闭的空间。

　　第三，文学活动中女性意识的自觉。日本明治维新时期推行了一系列改革，此时西方女权思想的传入，让女性开始维护自己在社会上应有的地位。这让优秀的知识女性更重视自己在社会中的身份地位。追求现代化以及争取人权是当时流行于日本的主要思想，随后启蒙主义在日本不断发展，自由平等的观念也在日本开始传播。在男女平等思想的流行趋势下，女性开始用文学创作为自己争取一切权益，如《女性杂志》为女性创作提供平台。明治二年政府颁布了《学制》，允许女性像男性一样，可以接受学校的教育培养。这样的措施提升了女性阅读作品和鉴赏作品的欲望，也提升了女性的文化修养，同时，读者人数增多也刺激了作家的创作能力，女性作家在此时得到了极大的发展。

　　明治维新时期，日本一些国家主义者想要压制女性的自我意识，针对女性提出了类似柔顺的道德传统，不过这样的做法并没有对女性创作起到任何作用，反而让女性作家在创作作品时，更偏向反传统与反伦理的主题，并通过作品批判封建制度压迫妇女思想，还通过自己的作品向男性社会发起挑战。进入大正时代后，女性解放运动往往一波未平一波又起，1911年6月还成立了"青鞜社"，这是属于日本女性专门的女性解放运动团体，同年，平塚雷鸟创办了女性刊物《青鞜》。"青鞜社"成立、《青鞜》的创刊，都对日本女性文学的发展起着重要的促进作用。明治维新使日本社会制度和文化思想都有了巨大的改变，为日本近代女性文学出现奠定了基础。

3. 女性主义文学的研究方式

第一，对象的确立。简言之，众多不值得探讨的问题累加起来就会变成一个值得探讨的问题。研究女性主义在确定研究对象时，人们存在很大争论，最后却不了了之，然后又去争论新的话题，很少在启发大众思考、提高读者素养上下功夫，也因此产生一系列"口碑坍塌"问题，逐渐失去读者的信任，例如，对埃莱娜西弗的"身体写作理论"的争论。其实可以讨论从如何实践出发，哪怕最后无法彻底解决问题，并达成一致，但至少可以引导读者思考。

第二，性别视角的引入。站在性别的视角批评文学经典作品，并不是直接否定作者的文学价值与文学素养，而是在某种程度上依靠优秀的文学作品刻画出现实生活中的人物，促使对父权制度下产生的一系列文化传统有更深刻的认知。换言之，批判经典并非因为经典非常拙劣或邪恶，也不是因为作品中存在作家不好的目的，只是呈现出它最真实的一面。女性主义的批判是以社会的眼光来看待女性在时代巨轮中的变化，会对女性作家的创作产生影响，但女性作家的作品未必需要描述女性的生存与形象。

（二）日本女性文学

1. 日本女性文学的内涵

在历史推动下，在社会经济的发展之中，女性文学逐渐产生。女性在社会中存储的经验主要以工作经验为主要依据，并且创作了非常多以女性视角为主导的文学作品，直接向大众呈现出了女性与男性思维方式体系、逻辑体系以及审美、言行举止等方面的差异。女性的视角、观念以及对事物的认知都非常独特、敏感，从某种程度上，与男性的粗心大意是截然相反的状态，创作的题材、内容及形式都与之前的创作产生了非常大的区别，因此带来的价值也是空前、独具一格的，具有特殊属性。而且在情感表达上，女性与男性产生更为鲜明的对比，她们对人类情感的细腻、敏感是男性小说中绝无仅有的，展现出来的风情万种、婀娜多姿也是以男性视角为主体的小说中从未展现过的，体现出的迷茫无奈的人生选择与对命运的顽强不屈、坚持不懈更是史无前例。因此，女性文学绝对值得每个人去探索、学习、琢磨、思考，它不仅仅展现了女性独特的个人魅力与人生价值，展现了与男性不一样的价值观、人生观与历史观，还展现了抛开性别之外的人生价值的实现与努力。

2. 日本女性文学的产生

日本女性文学在20世纪末期达到了一个史无前例的蓬勃发展的态势，日本女性作家利用自己与男性的不同以及女性独特的角度，在各种文学作品中完美展现女性细腻的情感表达与各个方面的优势，给当时处在非常落寞低潮的日本文学带来了很多惊喜、新鲜的价值观以及新颖的内容、形式。女性在社会中的角色与家庭中的地位决定了她们的创作源泉基本上来自自己的家庭，虽然当时日本女性在社会中的地位并不高。她们通过描写女性命运，揭露了当时的日本家庭歧视女性的社会现象。幕府时代的日本，正处于封建思想的统治之下，日本女性在社会上的地位普遍很低，女性毫无权利可言，另外在思想上对女性进行精神压迫。当时日本男权思想正普遍流行，日本文坛基本上都是男性作者基于男性视角创作出来的男性文学，关于女性的作品很少。直到幕府时代结束后，西方男女平等的观点传入了日本，日本女性终于有了思想上的解放，很快就出现了许多描述女性自身经历的文学作品。

私小说是日本女性文学最有代表性的一种文学题材，作家使用第一人称的叙述方式开始自己的文学创作。日本女性作家通过文学创作深入思考自己的思想认识，由于幕府时代的终结，女性意识不断觉醒，涌现了一批如宫本百合子这样的女性作家，她们的作品主要向人们展示传统女性受压迫的故事，并积极地呼吁女性应当得到社会的尊重，她们积极鼓励女性应当获得家庭的尊重与认同。21世纪以来，很多男性作家也开始参与女性文学创作，在女性思想的基础上，出现了新的文学创作——新日本女性文学，同时还产生了坪内逍遥、宫内百合子等新日本女性文学作家，促进了新女性文学的发展。

3. 日本女性文学的特点

一方面是对自由的追求。1939—1945年的日本，不论是经济还是文化都受到了不小的冲击，由于日本与许多西方国家亲密接触和交流，许多西方思想也进入了日本市场，对日本的制度与文化产生影响，也因此改变了日本先前的文化结构和社会观念。当时的日本社会，无论男女都有维护自由的思想，女性长期受到思想压迫，因此在这个时刻表现得比男性更为突出，对自由的追求更加强烈。《无处安身》《上床时间》这种极具代表的作品，都表现了日本女性维护自身权利的思想。而《花野》描述了一个中年女性从家庭中脱离出去，去过自己向往的生活，在脱离家庭后又迷失了自我，最终对于自己的人生价值有了新的感悟与追求的故事。这篇文章也体现了日本女性对自身权益的追求。

另一方面是对自身价值的追求。21世纪的日本，从各方面都得到了极大发展，人们的生活以及思想观念都有了很大的变化。艺术来源于生活又高于生活，随着思想和生活方式的改变，文学创作的内容也受此影响，发生了极大改变。日本女性顺应时代的潮流，在时代发展中随着跌宕起伏的历史进程，展现着自己独特的魅力。不同时期的日本女性文学有不同的文学特征，当代的日本女性文学更多的是对自身价值的分析，幕府时代的男权思想在当代没有了存在的意义，女性对男权主义的愤慨早已停留在过去，更多的是向人们展示自身价值的价值取向，或表现对提升自身价值的追求。《天国的右手》的主题为梦想，展现了女性在追求梦想的过程中，女性想要实现自身梦想的渴望，以及坚守梦想的信念。该作品主要是针对女性关于自我价值的描述，与女性读者能产生更多共鸣，也得到了女性读者的赞赏与好评。

二、日本文学作品中的女性形象

从古至今，中日文化交流甚密，两国的传统文化具有一定相似点。不过，第二次世界大战后，由于受西方文化的冲击，两国文化出现明显反差，两国文学作品的创作风格、特点、人物形象等都出现很大不同。我们可以站在文化视野层面分析日本文学作品中的女性形象，由此探究日本的社会背景、经济状态、思想意识等一系列变化特点。

（一）日本文学作品中女性形象的表达

1. 日本当代文学作品中女性形象的特点

日本当代文学作品中女性形象与传统的日本女性形象区别极大。在日本的传统社会中，女性无法与男性平等相处，她们长期处于地位低下的状态，甚至被当作男性的附属品,无法参与正常的工作。因此,在早期传统的日本文学作品中,很少出现女性形象,大多数女性形象都是负面且丑陋的,哪怕有时候偶尔出现一两个正面的女性形象,也都身世惨淡,结局也大多富有悲情色彩。

例如,日本早期的文学作品《源氏物语》中的女性角色——紫姬,是一个接近完美的女性,性格极其温柔体贴,言行举止也大方得体,气质优雅,才华横溢,但就连这样一个女性角色,也需要依附于男人而存在。对她另结新欢的丈夫而言,她最好的地方其实是对丈夫的忠诚与顺从,从不抱怨,只是默默无闻地打理好家中大小事务,哪怕她心里早有不满,对丈夫充满怨恨,也从未将这种情绪外露,从某种程度上而言,人们对她完美女性的刻板印象已经成为一种道德绑架,束缚、捆绑着她,甚至阻碍她自由自在地生活。书中对于她完美的塑造更像是一种讽刺。在思维更加开放的现代化社会中,女性的形象和地位随着人们的社会需要有了非常巨大的转变,因此,在文学作品中,女性的形象基本上不会作为男性的附属品而出现,甚至对传统的男权主义发起了冲击。

例如,日本著名小说家村上春树的代表作《背带短裤》,他在里面塑造了一个独立、有着相当强的自我意识的女性,小说中的女主人公已经成为现代日本女性的典型代表人物,尽管小说中的戏剧化冲突只是发生在小家庭中,但也从侧面反映了日本女性地位的崛起及日本女权意识的苏醒,这种对女性的形象塑造与传统日本文学作品截然相反,也从某种程度上证明了日本女性已经摆脱了作为男性附属品而存在,逐步成长为一个独立的个体。

2. 日本女性开始承担一定的社会角色

1945 年后,女性逐渐成为日本社会发展和家庭的重要力量,为日本的重建工作也做出了非常大的贡献。与传统日本社会不同,女性不再是没有能力、担当的人了,也正是因为女性的社会形象发生了转变,因此在这一阶段的文学作品中,女性的文学形象也有了积极转变,尤其是作为一个社会群体产生的社会属性,对社会产生了某种程度上的影响力。

3. 日本文学中的女性形象具有象征意义

与传统日本文学作品中作为男人附属品出现的女性角色不同的是,当代日本文学女性形象有了很大转变,甚至被赋予了很多积极的意义,如自由、坚忍不拔、积极向上、热爱生活等。在当代日本文学中，拥有着优良的道德品质与积极向上的精神状态的正面女性形象甚至承载着、寄托着日本人民对于美好品质的追求与向往，具有非常强烈的象征意义，也从某种程度上代表着日本主流的价值观与道德观。

4. 日本女性主义文学的转变

日本当代女性文学已经发展成为最具生命力、最生机勃勃、充满朝气的文学形式之一。一些当代文学作家看来，性别已经不能成为文学创作水平的衡量标准了。尤其在一些成长起来的日本新锐作家身上，基本上看不到对性别的差异化区分，她们对文学格局与意识上的理解让人瞠目结舌。

在日本作家秋山骏眼中，日本男性作家在大多数情况下将西方的理性化知识作为自己思维开拓的重要途径，而日本的女性作家与女性文学一般情况下还是在做一些本土化的内容输出，对接受西方理念存在困难。当然，现在女性作家与之前发生了很大转变，能够非常自然地与世界文学氛围结合起来，融入其中，她们的创作理念与格局大多数是基于现代与后现代主义文学的，具有非常鲜明的时代特性。后现代主义文学中，兼容并包地寻求差异与区别是最大的特性，它指的并不是一些具体的事物，也不代表某一类特定群体，更没有大众认同或群体认同的思想，它以多元化的姿态呈现在文学体系中，在整个文学体系带中都存在一定程度的不同。

与此同时，文体上出现的各种矛盾、交替、短路等手法为这种文学带来了更大的自由度与任意性，也让读者感到困惑不解。日本女性文学发展的后现代主义文学的特征之一就是特定读者群体的产生。日本的一位文艺评论家认为，日本现代女性文学研究值得关注的地方在于读者群的分离，这与现代传播学贴合，具有非常鲜明的特色，从某种程度上也相当于"大众传播"向"分众传播"的过渡性发展。从20世纪80年代开始，日本已经进入一个文化大融合的年代，在多元文化共同存在的发展过程中，民主氛围被正在推进的民主运动点燃，为女性主义的崛起提供了条件，也为女性独立、自主地存在于社会之中创造了相当大的空间，在这一阶段中，一大批优秀的女作家涌现。她们从女性自身的视角出发，以自身的生活经历为载体，从自己对社会的敏感度出发，大力地批判社会现实问题，探讨社会中的新型家庭关系，展现出巨大的能量和蓬勃的生命力。她们的作品视角新颖、内容丰富生动、形式鲜明、且独具个人特色，摆脱了传统思想的禁锢，实现了极其蓬勃的文学张力和崇高的人格魅力，超越了种族、家庭、性别以及传统的定义，用真真切切的现实感受与创新的视角描述女性群体的焦虑、期待与思考。这些引发社会争议的主题，让日本现代文学的百花园更加丰富，为日本现代文学的发展指明了方向。

（二）日本文学中女性形象的具体刻画

1. 芥川龙之介作品中的女性形象

芥川龙之介出生在知识分子家庭，幼儿时期就开始接触文学艺术，这是奠定其深厚文化底蕴的一个重要条件。芥川龙之介从小学开始就熟读各种文学作品、古典诗词等，随着文学素养的不断提升，其对古典文学的理解能力逐渐增强，这为其今后的写作奠定了稳固的基础，他将一些不同的文学特点、写作之风等逐渐融入自己的作品中，使思想造诣更加深厚。芥川龙之介的第一部作品《罗生门》问世后，其创作生涯就正式开始了，这中间他度过了失恋之后最艰苦、最孤独的一段日子，这也造就了他过早洞察人性的机遇，他通过阅读大量的文学素材、诗词歌赋等分析古往今来的人性。作品刻画了一个恶毒老太婆的女性形象，却侧面地折射出主人公思想转变的导火线。其作品大部分都是描述古代实例，但是依旧展现出一些独特的现代思维，被灌输了一些新颖、独特的意识。

2. 樋口一叶作品中的女性形象

樋口一叶是日本一位非常擅长塑造女性形象的作家，她的作品包含不同的女性形象，她们拥有不同的社会地位、个性变化等。值得注意的是，不管是少女、妇女，还是女工，在她的笔下都描绘得非常深刻与具体，给人一种有血有肉的感觉，真正地引发读者的情感共鸣。在樋口一叶的很多作品中，关于社会底层女性的真实生活描述也是典型的写照。例如，《十三夜》是以描述女性形象为主最具有代表性的文学作品之一。作者淋漓尽致地刻画了阿关的三个女性形象，即女儿、妻子、母亲，通过表现士族女性悲惨命运的手法，反衬出那些反抗封建家族势力、追求自由民主的高大女性形象，尽管她们最终失败了。该小说利用这个凄美故事控诉了那个时代日本社会"男尊女卑"的不公风气。在此背景下，女性不能违背父母的命令，且必须服从丈夫，这也是那个年代士族女性社会地位卑微且选择隐忍的关键原因。由此来看，在樋口一叶的作品《十三夜》中，人们能够看出以阿关为代表的士族女性的具体生活现状，不由对她们悲苦的命运深感同情。

3. 川端康成作品中的女性形象

（1）川端康成"中间小说"的女性意识。

逻各斯中心的颠覆。"逻各斯"源自古希腊语，意思就是"语言""定义"，用别的词语形容就是"本质""根源""真理"等，它们是关于事物本身最本质最核心的定义与解释，也是所有思考、想法与语言体系的基石所在，按照大众目前所知，在现实生活里，男人与女人形成了整个世界体系里的最原始的对立面，以男性为中心的社会制度让性别对立逐渐变得越来越锋利，以女性为中心的批评者们则认为，现代社会从某种程度上相当于"逻各斯中心主义"的社会，也就是由男性为主导的社会制度，与父权制基本上类似。

当阅读川端康成的"中间小说"时，可以直接从中间窥探到女性意识一开始对以男性为中心的社会体系最原始的质疑、讽刺和嘲笑。女性与男性似乎永远不可能处于平等关系，而导致不平等的原因恰恰是因为男性对女性不负责任的态度，当男性在女性身上找到心灵安慰时，他们会毫不犹豫地选择霸占，而当他们选择的女性妨碍到他们功成名就时，就会不留情面地抛弃曾经给予过他们安慰、救赎过他们灵魂的女性。这一点似乎已经成为男权社会的普遍共识，对于这种现象，川端康成在他的文学作品，尤其是"中间小说"中给予了殷切的目光与关注，除了感性认知外，还保留了一份作家的理性判断。

例如，《舞姬》中的波子对以爱情为基础的婚姻充满期待与向往，但是她的丈夫被传统思想影响太深，再加上初恋情人也确实缺少一份为了爱情对抗世俗眼光的勇敢与坚毅，导致她最后也只能无奈地向传统制度妥协。虽然很难把责任全部归咎到某一个人身上，而且波子的遭遇也只是众多女性中的一个，初恋情人的胆怯迷惘、不知所措、优柔寡断，丈夫的自私自利、薄情寡义、他们的目的各不相同，但都展现出了男性对女性的轻视，他们只是把女性当作抚慰受伤心灵的灵药，并不在乎女性个人命运的走向。虽然川端康成作为男性作家，这一特殊身份让他无法客观地评判男性这种不负责任的行为与不成熟、不理智的心理状态，但接受过人道主义、女性主义的熏陶后，他能直视这一社会现实，而不是直接给予否认或者不承认的态度，写出了一些女性受害者在精神与物质上的双重打击与悲剧命运。

法国女性作家西蒙·波伏娃的作品《第二性》对日本整个社会产生了深远的影响，作品直接无意识地表现出他内心深处对女性命运的关怀与女性自我意识的关注。对于女性，男性不再只是把她们当作把玩的对象，更不再是以俯视的眼光去看待她们，而是以一种平等的角度或崇拜的心情去审视，多了几分欣赏与赞美，少了几分鄙夷与质疑。尤其在1945年之后的文学创作中，追求独立个人意志的池田；不愿安分守己、任性大胆的阿荣；努力追求自由平等的妙子，这些女性独特的魅力显示出女性自我意识的崛起，也展示了川端康成对女性命运的深层次思考与关注，从某种程度上而言，这其实也是作家社会意识的表现，甚至会成为送给女性的一份极其珍贵的礼物而名垂千古。

（2）《伊豆的舞女》的女性形象塑造。

第一，低微出身与生活向往。在小说《伊豆的舞女》中，作者花了很多心思成功地塑造了一个纯洁真实、稚气未脱的舞女——熏子，作为小说中的女主人公，她以一个只有14岁的少女身份出现，在这个阶段的女性身上有一种纯真善良的特质，她出场时带着美丽的妆容，涂着胭脂红，深深地吸引了读者的目光。她身份低微，作为一名艺伎，处在当时社会的最底层，她在短暂的生命里，历经各种风霜与磨难，饱尝各种艰辛与不幸，在社会世俗的眼光里，被生活鞭挞，尝尽人间冷暖，甚至没办法控制自己的命运走向，只能跟着命运的洪流不停前行，偶遇惊涛骇浪，充满了深深的无力与脆弱。这种环境也造就了她漂泊无依、没有归属感的个性。但这份与生俱来的漂泊感和自卑感从某种程度上也直接造就了她强大的内心与丰富的精神世界，让她变得更加有韧性，风吹不动、雨打不动。她一直以一种积极乐观的心态面对生活中各种不如意，努力让自己的生活状态变得简单、快乐。社会地位的低下与生活追求的崇高从某种程度上而言，是熏子自我意识的表现与自我魅力的展示，这也是她与其他自甘堕落、不思进取的艺伎们最大的不同之处。

第二，感情认知与纯真色调。小说《伊豆的舞女》中，熏子具有一定代表性，她身上的那份单纯与稚嫩是她这个年龄段的女生共同拥有的。熏子心里对于感情的定义其实比较模糊，熏子也一直凭空想象着、期待着还未到来的情感，当这份感情来临时，她其实非常珍惜这份纯真、美好的感情，换言之，她对真、善、美的情感有一种自然而然由心底生出的守护。但她又没有办法改变自己出身贫寒的身份，因此，当一份真挚的爱情摆在她面前的时候，她不敢去碰触，不敢去争取，只能将它永远埋藏在心里，亲自看着她喜欢的人离开。换个角度来看，熏子对自己身份的不自信导致了她爱情的悲剧与她内心的无可奈何。熏子对感情单纯真挚的认识从某种程度上也让她一直处在一个简单明朗的生活状态下，在这段感情中，她也深刻体会到生活的美好与人生的快乐，多了几分阳光与灿烂的心态、少了一点悲观与无奈，熏子虽然一直处在社会最底层，但她对那些美好的情感自始至终都保持着一份坦荡和果敢，正是这份态度，让更多人感受到她的善良与诚恳，也深深地打动着读者。

第三，崇高的思想与独特的内心。熏子出身于日本社会中最底层的艺伎妓群体，这种出身与日本社会当时的腐败与黑暗巧妙地联系到了一起，直接突出了日本社会最本质的社会文化。熏子得不到社会的认可和尊重，常常处于一种不被重视的状态，在这样的社会大环境下，熏子依然保持一种乐观的心态，倒是有几分"出淤泥而不染，濯清涟而不妖"的姿态，这样的思想高度并非一般人能够抵达，换个角度来看，这实际上是对传统封建思想的打破与对自己命运的不屈，她用"黑夜给了我黑色的眼睛，我却用它来寻找光明"的人生态度去面对生活的各种磨难与艰辛，虽然一直处在一种寄人篱下、孤苦无依的状态，但她依然向往一份美好的爱情。

身份的低微与思想的美好、积极的态度产生了一种很强烈的对比，为熏子最后的悲惨命运埋下了伏笔。她对待生活的态度也让人为之称赞，自始至终都相信通过自己的努力可以达到自己的人生目标，她对生活自始至终都充满希望与期待，这非常难得。她发自内心地觉得每个人都有追求美好与真诚的感情的自由，因此她对爱情非常坦诚，无论是对待自己喜欢的人还是社会的阴暗面，她都很努力地去争取、对抗，这份勇敢对抗的精神让熏子这个人物形象有一种与众不同的伟大与崇高,让世人为她感动。身处犄角旮旯仍然充满希望的人生态度,让熏子这个人物在小说中异常饱满充实。

第四,少女心性与社会反叛。熏子以一个 14 岁年纪的个性鲜明的少女身份出场,她对自己的生活一直处于一种懵懵懂懂的期待状态,对从未体验到的爱情则心怀向往与憧憬,而在这种积极乐观的人生态度下,当她遇到了同样身世凄惨、孤苦无依、漂泊不定的少年时,她展现出了一种青涩自然、灵动独特的少女情怀,这也成为熏子在独自面对生活、爱情时的态度。从某种程度上而言,正是因为她的单纯善良与执着追求,一方面让她的性格十分鲜明突出,另一方面也体现了她对社会的叛逆。她对待人生积极乐观的态度与她身处的黑暗社会从某种程度上构成了非常鲜明的对比,她的积极与执着让她对生活展现出一种期待,成为一种对社会阴暗面的冲击与反叛,直接展现出她对自己生命的尊重,甚至展现出一种与黑暗腐朽陈旧的社会体制作斗争的顽强意识和一份绝境逢生的强大与坚强。而且她的这种心理状态不只是局限于个人,也是日本底层人民的缩影,是对日本底层人民坚强不屈、积极乐观的状态的真实写照。

第五,传统之美与含蓄表现。熏子作为一名艺伎,职业属性与当时的社会环境决定她必须是个开放的人,但是,她对自己喜欢的人,却散发出一份难得的含蓄与羞涩,当熏子遇到了在伊豆旅行的少年时,展现出一份独特的羞涩与真挚,在言语上坦诚地敞开心扉,但在行为上又极度克制内敛,并没有展现出自己内心的渴望。从她的言行举止中可以直接看出她其实和一般传统日本女性没有区别,但对她的艺伎身份来讲非常独特,也让读者发现了一个细腻、内敛的内心,这很难得、也具有很大的意义。从某种程度上而言,她将日本女性那份细腻入微的美感与诚恳一点点铺开、蔓延、发散出来,给予读者细致入微的渲染。而这份含蓄内敛让熏子这个女性角色的吸引力更加充沛。

(3)《伊豆的舞女》的女性美学表现。

第一,心灵美与女性美。川端康成笔下的女性角色一般可以分为两大类:一类是他利用自己丰富的怜悯与疼惜创作出的纯洁干净、美丽真诚的少女形象,另一类是他利用复杂的人生经历与优劣并存的人性,创作出的个性迥异、复杂饱满的成熟女性。他小说中的女性人物大部分长着一张美丽的脸蛋儿、美好的皮囊，性格极为温柔体贴，大多数身世惨淡、身份卑微、饱受各种欺凌，但她们有一颗非常干净单纯的内心，没有丝毫矫揉造作的矫情与虚伪。作者也利用他细腻的文笔、奇特的视角、丰富的架构充分展现出那些女性角色别具一格的魅力与独特的个性，努力拼搏、对待感情认真诚恳、对待自己的人生充满热情的特性让她们变得美好。

《伊豆的舞女》中的舞女是最招人喜欢的人物，是一个纯真美好、开朗蓬勃的美少女。当她对其他人展现出她对男主人公的好感时，一句"他是个好人啊"让男主人公体会到了人间的美好与温暖，最后踏入了这一行业。舞女对男主人公的感情是没有掺杂任何杂质的，如同清泉一般干净透亮，洗涤了"我"的愁苦和压抑在心里的无奈，向男主人公打开了人生另一道大门，为男主人公描绘出一幅在阳光下沐浴、享受的光景，让男主人公不知不觉发出了一声大笑。

第二，感伤美与女性美。然而不幸的是，女主人公最简单最朴素的愿望——踏踏实实地生活、拥有一份简单真挚的感情的愿望都没能实现，所有的努力都像是白白浪费了，好像她自始至终都没办法摆脱命运的孤独落寞，这种宿命感也展现了一份独特的哀思之美。川端康成笔下的女性人物不只干净、单纯善良，还具有一种独特的哀伤之美，有股子"感时花溅泪，恨别鸟惊心"的东方以乐景写哀情的哲学气质。而这一切与作者本身身世的凄苦无依、坎坷的生活经历以及被日本"物哀"的传统美德和佛教思想的影响产生的"凄凉为美，美为凄凉"的意识息息相关。

川端康成的童年时代充满了无奈与悲凉，他孤苦无依的悲惨身世与坎坷的恋爱经历让他深刻体会到处于社会底层的女性对人间真情的渴望。他曾经说过，伊豆之旅中单纯、可怜的舞女就像转瞬即逝的流星，在生命里短暂划过，但却在记忆里永存，让他在各种美好的景象面前都无法抑制住自己对故人、故事的惋惜之情。与此同时，川端康成对日本"物哀"的传统美学理念有着深刻的认识，尤其重视古典文学，类似于《源氏物语》中那股子淡淡的愁苦和懵懵懂懂的心理刺激。因此，他总在极其平淡的叙事中间显现出他那份"无可奈何花落去，似曾相识燕归来"的哀怨，通过对感情的敏锐、别具一格的叙事框架表现出日本文化最本质的内壳。

第三，自然美与女性美。川端康成是一位包容性很大的作家，一点都不抗拒融入日本本土的中国思想，反而对中国的道家、佛家思想展示出了一份发自内心的赞同。实际上，他在大学毕业论文中就已经提到了中国的老庄思想，并在之后的小说中也有所提及。在描写女性时，他借鉴了人与自然本为一体的思想，通过对自然的描述表现出女性与自然相贴合的特性，通过描述女性身上独特的魅力来感受自然赋予人类的意义；与此同时，他直接融入了现代小说的写作手法与内容框架，将女性的魅力与自然的魅力合二为一，展现了女性独特的魅力。

在《伊豆的舞女》中，作者将人物的外在美与自然美融合，用令人神往的自然风景暗喻舞女独特的美感与纯白的内心。作者特意借助这生机勃勃的风景，描绘出正值美好年华的舞女的顽强拼搏、蓬勃向上的生命力，感受到她内心深处因为第一次谈恋爱而浮现的复杂情绪与淡淡忧愁。川端康成的作品，将自然美与女性美合二为一，深受中国天人合一思想的影响，这离不开他内敛克制的性格特征、孤苦无依的成长经历、渊博的知识以及高尚的道德。从小孤苦无依的他与自然结伴而行，经常一个人身处郊外，与各种各样的自然景观相伴，体会着草长莺飞二月天，感受着小荷才露尖尖角，欣赏着秋风萧瑟，体验着冬日暖阳。自然的魅力给予他无穷无尽的创作源泉，在他的审美格局里，自然赋予人类的意义与价值是美好积极的，他将情绪、人物、生活场景与自然场景合二为一，形成一种融情于景、情景交融的独特氛围。

与此同时，日本是极度崇拜女性神的国家，这从一定程度上也展现出女性崇拜扎根在内心深处的记忆，直接给予了女性特别的文化意义。从《源氏物语》以来的日本文学创作中，女性形象基本上已经被固化为寄托哀思、散发苦闷的艺术载体。川端康成从小失去母亲导致他缺少女性的温暖与关怀，深刻体会到人间冷暖带给他的爱与抚慰。川端康成对于女性一直有一种异于平常的敏感，经常能在他的小说中看到他借助大自然的美景毫不掩饰地表达对女性的喜爱，甚至直接借助女性表达自己的志向。川端康成的文字也向我们展示了一个缓慢流淌、丰富多变的情感世界，虽然没有大起大落，但也有引人入胜、深入人心的小溪，直接反映出大时代下小人物的美好与真诚以及面对生活鞭打的强大与不屈、百折不挠的意志力。例如，身材苗条、言行举止优雅动人、具有传统女性的坚忍不拔、吃苦耐劳精神的阿熏，她的美里面又含有一份哀怨与无奈；再如，受尽委屈、饱受折磨、历尽艰辛的驹子，在巨大压力下勤学苦练，对未来依然充满期待，同时表现出异于常人的坚毅与勇敢。川端康成通过他极强的共情能力，展现出日本文学的独特魅力，其作品的出发点是"为女人而作"。作品中的女性角色大多内外兼修，丰富复杂，充满对生活的希望与活力，展现出他别具一格的美学追求。

4. 山崎丰子作品中的女性形象

山崎丰子，1944年毕业于京都女子专科学校，毕业后在"每日新闻社"工作，在学艺部副部长手下担任学艺部记者的职位，业余从事文学创作，1957年发表第一部小说《暖帘》，1958年因作品《花暖帘》获得第39届直木文学奖。之后，她干脆辞掉工作，全心投入文学创作中。她的早期作品中，大多数都在叙述大阪风情，在20世纪60年代，作品中就带有强烈的现实主义批判色彩，完全区别于之前的作品风格，言辞犀利，剑拔弩张，多以现实社会为基石，重点在于揭露社会的阴暗面，反映人性的优劣并存。之后，她在知名周刊上连载《白色巨塔》，引起了当时日本文坛的轰动，真实地描绘了日本社会中存在的一系列现实问题，文笔如剑，直击人心。后来的"战争三部曲"再次为日本文坛添砖加瓦，引发轰动，成为经典中的经典。1999年，她又陆续发表了《不沉的太阳》和《命运之人》两部鸿篇巨制，成为日本"社会派"作家的代表人物之一，因其深厚的文学造诣以及为日本文学做出的巨大贡献，她获得第30届菊池宽奖。

时至今日，山崎丰子创作了大量的文学作品，她的小说风格大多写实，全面、深入的调查和取材让她的作品多了几分可信度。为了让自己的作品能够真实地呈现现实生活状态，她的调查取材工作一般分布在日本国内外的各个地方，她的写作风格也以真实、客观、细腻、生动为主，这种纪实类的写作风格也从某种程度上为她的作品增加了几分现实色彩。虽然她的作品被广大读者认可喜欢，基本上每本书在日本都处于长期畅销的状态，但可能正是因为这种畅销，导致她并没有得到太多日本权威机构认可。她笔下的人物个个充满个性和极强的人格魅力，具有鲜明的时代烙印，再加上她朴实无华的文字风格，爱恨分明的性格，让她的文学作品充满极强的生命力，从她深刻犀利的文字中，可以看到整个日本社会中存在的阶级矛盾与复杂的社会现实，从而引发日本公众的共鸣与关注。在当今的日本社会，她的小说成为广大读者的精神食粮，吸引着广大读者热烈的关注。

（1）山崎丰子与日本当代女性主义文学。

作为日本"社会派"作家之一，山崎丰子创作了很多具有深刻社会意义的优秀作品，大众也常常聚焦于她作品中的社会价值，但这也使她作品中隐藏的女性意识被严重忽略，基于大量的研究和考察发现，她的作品中主人公虽然大部分都以男性为主，但自始至终都贯穿着她对女性的思考与关注，从某种程度上而言，这对解读她的作品有至关重要的作用和不可忽视的意义。

山崎丰子的创作源头来源于她的出身与小时候在船场生活的经历，她出生在一个商人家庭里，以售卖海带为生，她的作品也大多与这段经历有关，她通过作品把船场上的风土人情、人文气质呈现得淋漓尽致。1945年，山崎丰子从京都女子大学毕业后，被井上靖提拔点拨，从事记者行业，这为她之后的文学历程打下了基础，这段"记者"的工作经历，锻炼了她观察社会的能力，也增加了她的社会责任感，提高了她的敏锐度，扩宽了她看待事物的角度，为她的纪实文学道路积攒了大量的素材和能量，提供了丰富的路径和渠道。一开始，她只把写作当作业余爱好，后来发表的《暖帘》，让她有了创作的动力与信心，随后《花暖帘》又让她一举成名，她成为专职作家，开始了创作之旅。在日本经济迅速腾飞以及一系列社会变革之后，民众的生活态度与思想观念都在这种经济氛围中发生了很大程度的转变，光鲜亮丽的角落中隐藏着很多不为人知的社会阴暗面与阶级矛盾。

文学一直被当作反映时代变革、社会现实的镜子，这种病态社会也从一定程度上催生了大量现实主义文学作品，它们大多以揭露繁荣背后的黑暗、反映人性丑陋肮脏不堪为主题，这个阶段的日本文学被称为"社会派文学"，其大致包括两方面的内容：一方面以推理小说模式反映社会、人性的灰色地带，主要代表人物是松元清张、水上勉等人；另一方面通过长篇小说来深度描述一个真实的日本社会，这类文章以纪实为目的，竭尽全力地挖掘出高速发展的经济社会下隐藏的黑暗面，成为当时社会的主流文学。山崎丰子是"社会派"的代表人物之一，她的作品掺杂了很多她作为记者时对社会现实的洞察力以及对新闻的敏感度，从某种程度上而言，她的作品大多带有对社会矛盾的抨击与口诛笔伐。而她的作品也根据对社会矛盾的挖掘深度与视角变化分为五个阶段。

第一个阶段，主要以她少年时生活的大阪船厂为背景，作品内容主要是对船厂风土人情的描述，通过各种细节化的文笔描绘了她眼中的大阪船厂，这一阶段的代表作以《暖帘》和《花暖帘》为主，展现了她对家乡风土人情的怀念与热爱。《暖帘》主要以她小时候在船厂的生活经历为写作基础，描绘了当时社会船厂海带商人这一群体的创业艰辛史，与当时的经济发展和当地的风土人情相结合，展现了商人不畏艰险的励志精神。《花暖帘》则与之前的写作风格一脉相承，讲述了曲艺场老板娘艰苦奋斗的经历，塑造了一个独立勇敢、辛勤劳作的女性形象，结合曲艺老板娘生活经历的起伏，展现出了大阪曲艺的发展与落幕。这两部作品一经发表，就引发了大阪读者的关注与情感上的共鸣，但心系社会的山崎丰子仍然不满足仅仅局限在描述自己的生活经历及当地的风土人情，她在后来的作品《船厂迷》《陪嫁钱》中，加入了对人性阴暗面的反映与深刻的探索，从此，她就开始了对社会矛盾与阴暗的批判和对人性的抨击与讽刺。而这两部作品以人性之恶作为基石，不同于她前期作品中塑造的热爱生活、艰苦创作的女性形象，这两部作品中的人物大多数虚伪疯狂、没有底线、为了钱出卖自己的肉体和灵魂，与当时社会经济繁荣的光鲜亮丽形成鲜明对比，结合了当时的时代背景与社会氛围，深入描述了当时环境下的典型人物，也为读者带来了强烈的反差，呈现了经济繁荣下社会意识的虚荣与人物人格的虚伪。

标志着山崎丰子创作走向第二阶段的是作品《少爷》的发表，这一阶段山崎丰子将矛头直接指向男权社会，对女性展现了极大关注，把目光聚集到女性身份与女性权利，深刻地思考女性在当时的社会地位及女性的最终命运走向。尤其是《少爷》和之后发表的《女系家族》《花纹》等作品，都将封建体制对女性的残害展现得淋漓尽致，甚至直接借用女系家族讽刺千百年来亘古不变的男权社会体制。《女人的勋章》也主要聚焦只重视名利的女教师，借助女教师精神上的贫瘠，揭露奸商对女性的迫害与他们疯狂的行径引发的一系列灾难和女性命运的悲剧。这一阶段山崎丰子对女性的关注度是史无前例的。

山崎丰子对社会阴暗面的批判程度随着她对社会认知程度的增加而不断加深，1965 年，她创作的反映医院内部腐败的官僚制度与敏感的医患关系的《白色巨塔》横空出世，这也标志着她的创作走向第三个阶段。在 1973 年，她又深刻挖掘了资本社会下银行家的人性之恶，为了自身利益而舍弃社会利益的贪婪行径引发了当时人们的强烈抨击，她勇敢地揭露了隐藏在光鲜亮丽背后的阴暗漆黑，直接抨击资本社会中人们对金钱疯狂的追求已经舍弃了人性的最后一点光辉，对人性的优劣并存有了更加深刻的认识，这种犀利的文风、直击灵魂的拷问加深了人们的代入感，引起了人们的广泛共鸣。

山崎丰子的第四个阶段是从 1977 年陆续发表的"战争三部曲"开始的，这三部现实主义作品与时代紧密贴合，她通过搜集大量历史事实来尽可能地还原当时的境况，她的作品具有极强的人文关怀和深刻的反思，作品借助文学的力量来阐述战争为整个人类带来的巨大伤痛与不可挽回的损失，她不光描述战争中受苦受难、饱受折磨、深陷水深火热之中的人民，还深刻反思、挖掘战争的原因和根源，留下了一个又一个让人印象深刻的人物形象。借助她的作品，人们真真切切地体会到战争为人类历史带来的巨大损失与心理创伤，作品深度挖掘出了那些被遗忘、被隐藏的历史真相，也让人们进行深层次的思考。

山崎丰子创作生涯的最后阶段里，格局、见识、眼界都在不断拓宽，以《不沉的太阳》《命运之人》这两部作品为代表，强烈的使命感与社会责任感在这两部作品中被展现得淋漓尽致，题材更加大胆、文笔更加犀利、风格更加极致，揭露企业内部、商场内幕中的尔虞我诈以及政治与新闻双方的矛盾与阴暗面。随着国际化的发展，她作品的格局也在不断国际化，以一己之力解剖政治，她也在抨击黑暗、批判社会现实的道路上越走越远。根据上文所述，很容易发现她文学作品的格局在不断拓宽，从简单的描述家乡船厂上的风土人情到对人性的思考与揭露，从把目光投注到女性权利到直接对政治进行干预，无论是言辞的犀利程度还是选材的大胆与突破，都随着她视野的不断拓宽、视角的新奇及她身份地位的转变而越来越深刻。她的作品中渗透着一定程度的人文关怀与社会责任感，以"文学反映时代"作为基石，深度挖掘、揭露、抨击社会中那些不堪的、肮脏的、隐匿在光鲜亮丽背后的阴暗，这是她以女性视角呈现的女性的自我意识。

（2）日本女性主义思潮对山崎丰子的影响。

明治维新时代的开启为日本社会与日本人民带来了不可磨灭的影响和改变，追求现代化发展与人权的自由平等成为当时日本社会的广泛共识，随后西方女权主义传送到日本，也激发了广大女性群体展示自我、发掘自我、保护自我的意识，这也使受过高等教育的女性把目光投注到男女平等，使她们更加关注自身的权利、在社会中处在怎样的位置、对社会能做出怎样的贡献。自由平等的观念越来越深入人心，各种新潮思想也在日本人民中间扩散开来，在男女平等的思想引导下，女性对自我意识、自我权利的挖掘也达到了史无前例的状态，并通过文学作品将这种自我意识展现出来。

明治维新的第二年，《学制》开始让更多的女性受到良好的教育，通过学习和大量阅读，女性自身的文学素养和自我意识认知变得越来越广泛、深刻，读书的人数越多，写的人也就相应增加，在那个时期，日本女性作家的创作也达到了史无前例的发展程度。山崎丰子的作品深受日本女性主义与当代女性文学崛起的影响，如谢野晶子对女性自由的向往与对女性权力的追求、宫本百合子的人文关怀、林芙美子对底层人民的深刻描述，这些女性作家的作品对山崎丰子体内饱含的女性意识产生了一定程度的影响，使她开始思考女性自身的命运与权利。

女性主体意识是指女性以自己独特的视角去看待客观事件中存在的各种事物，意识到自己在客观世界中所处的位置、应该履行的责任和义务以及自身拥有的权利，从而对自己存在的意义有更加深层次的认知与理解，将自我意识作为自我价值实现的关键步骤。而女性作家女性意识的展现从来不局限在单纯鄙视、抨击性别歧视，或极大程度上维护自身权利，还包括更加宏大的命题，如在人类范围内的共同认识，对各个方面社会议题的广泛关注。山崎丰子的作品从来不只是局限于对女性命运走向、权利意识的关注及她生活地方风土人情的描述，而是把眼界放到全世界的命运共同体中。她的作品中，社会的广泛关注与广泛的人文关怀必不可少，社会现实阴暗面的揭露与批判也必不可少，她从来不把自己局限在一点,而是大胆选材、另辟蹊径,以独特的视角、犀利的文笔拷问社会、质问人性,采用巴尔扎克式的现实主义创作手段,对现实社会中的阴暗面提出深刻的批判,她被读者称为"日本的巴尔扎克"。

山崎丰子带有强烈的使命感进行创作,深信自己的创作是有时代意义的,在高效率的经济环境下,她敢于直面错综复杂的人类社会,敢于揭露面具背后的阴暗面孔,敢于掀开光鲜亮丽下隐藏的虚伪和肮脏,敢于正视人性的优劣并存以及各个阶层的困苦与不堪,通过细致入微的观察与细腻生动的刻画,写下引起人们共鸣的文字,塑造出大量个性鲜明、有血有肉的人物,让读者走入真实的世界、见识真实的社会、探索真实的人生。她不只是通过作品展现了女性意识下的社会批判意识,她个人也有很强烈的女性意识。由于题材的选择与角度的新颖,让她的调查工作充满了各种艰辛,为了增加作品的可信度与真实性,她花费大量人力与财力对各个行业的工作人员进行观察、采访,甚至亲自融入他们的工作环境中,力求真实地反映出社会中工作人员的矛盾与人性优劣并存的跨度,这也体现了她对自己作品认真负责的态度和对读者的尊重。除了创作过程中调研的艰辛和困难,还要面临大众对她直接引用真实案例涉及抄袭的质疑,以及国家机构对她揭露社会阴暗面的不满。她承受着各个方面的压力,仍然完成了自己的作品,这从某种程度上就是女性意识最好的展现。

山崎丰子利用她大胆的风格、尖锐的笔触、锐利的视角、强烈的社会责任感以及对社会现实的洞察力,深度剖析人性的优劣并存,她的作品反映出丑恶的社会现实,深受大众喜爱,为日本现实主义文学添砖加瓦,成为日本现实主义文学不可或缺的一部分。作为女性,她也对自己有着十分清晰的认知,对自己作品传达的价值观也有着深刻的认识。

(3)山崎丰子对女性自我身份的审视。

"自我"指的是对自己身份的认知以及每个人进入社会自带的身份属性,从某种程度上而言,就相当于对自己身体和心灵的操控,让自己脑袋里的思考传达到身体,作出相应的反应,并保持完整的自我。女性的自我意识主要体现在两个大的方面:一方面是站在自己的角度对外界进行审视、判断,然后对自己有准确的认知和理解;另一方面是站在世界的立场,站在男性的对立面,仅仅以女性视角审视、判断、观察自己，找到自己存在于世界之中更深层次的意义及自己生命里实质的东西，以及应该在整个社会上处于什么地位、扮演什么角色。

基于这两个大的方面，女性的自我意识在山崎丰子的整个创作生涯里都有所体现，而且占有非常重要的地位，在她的作品里，有自己对"第二性"身份的迷茫与不知所措，也有对女性在社会上的地位、扮演的角色的深层次思考，还有对女性道德枷锁、思想桎梏的抨击。通过阅读山崎丰子的作品，大众可以清晰地感知到她作品中别具一格的女性意识，不仅仅停留在男性的对立面，而是将男性与女性的个性融合在一起。在她第二阶段的创作中，这种独特的女性意识就体现得淋漓尽致，对女性地位和命运的关注十分热切，如果要概括山崎丰子作品中呈现的独特的女性意识及女性形象，可以直接结合《白色巨塔》《命运之人》《浮华世家》与她第二阶段作品中塑造的独具魅力的女性角色进行探讨。

山崎丰子在作品里深刻地展现了女性自我意识的觉醒对整个人生的重要程度，如果站在社会心理学的角度来看整个世界，人类无法脱离于社会独立存在，如果失去了自我意识，那么人的社会价值也会丧失，使她在整个社会中处于相对较低的地位，甚至逐渐失去自己身为人的意义和价值。因此，换一个角度讲，女性只有在社会中发挥自己的作用，才能在社会上生存、立足，而不是成为男人的附属物质，或过度依赖男性而失去了自我，无法通过自己的努力实现自我价值。

山崎丰子成功地塑造了很多形象多元、性格各异的具有独立的自我意识的女性，在各个层面上深度探究了女性在社会中的自我价值和对自我意识的追求。作为一名女性作家，她自始至终都在为女性自我意识的崛起和自我价值的发现而努力。她站在女性视角，努力打破男性为女性设定的框架，勇敢打破男性对女性的期望，展现出自己亲眼看见的女性最真实的一面，把女性从男性视角、男性审美、男性评判体系中解脱出来。从某种程度上而言，女性形象不应该被男性作家所定义，用他们狭隘、自私的眼光去审视女性、捆绑女性，而女性角色也不会永远处于被男性作家统治的位置，山崎作品中的绝大多数女性角色都是她认可、倡导的，对自我的认知非常清晰的形象。

（4）山崎丰子女性意识下的创作价值。

山崎丰子在她的作品中展示了她对男权社会中女性命运与身份的关注，通过自己的作品来表达她对女性问题的探索与深层次的思考，她以理性客观的视角、宏大的叙事结构、细腻的情感表达，将女性意识展现得淋漓尽致，在情感表达上收放自如，保持感性的同时依旧不失理性，表达情绪时依旧能够客观公正地审视事件本身。没日没夜地收集资料，她的写作技巧愈发成熟精练，与此同时，她独具魅力的女性意识更是让她的作品与其他作家有所区别，留有一份沁人心脾的共鸣与感动。

针对"女性形象"的研究，批评家们在阅读大量的文学作品后发现，男性笔下的女性形象大多数都是单一、单调、非黑即白的，不是"天使"就是"恶魔"的愚蠢形象让女性被限定在狭窄的空间里，减少了女性形象多元化的诞生，让女性形象成为一个刻板、无聊甚至无用的扁平式人物，这种现象被人称为"对妇女的文学虐待或文本骚扰"。这种现象甚至会在一定程度上对现实生活中的女性造成一些影响，她们通过作品中塑造的虚伪人物来审视自己的生活，会处在一个真与假的魔幻现实中，最后再也无法找到最真实的自己。大众不光对男性作家存在质疑，对女性作家也提出了质疑，波伏娃在《第二性》中写道："她们和男性一样会陷入一种自恋的状态，这致使她们无法公正客观地审视她们自己，这种对于自己的依恋让她们丧失了理智的头脑。而且，女性在社会中依附于男性的地位，也让她们自始至终需要维持一个优雅的形象，这从某种程度上严重阻碍了她自我意识的实现。"而女性作家如何在自我意识的带领下呈现一种最真实最自然的状态，完全取决于女性主义思想是否崛起。

山崎丰子作品中呈现的女性，身份不同，性格也都天差地别，哪怕是穷凶极恶之人依然有其性格的闪光点和人性的光辉，哪怕再完美无缺之人也依然有她不为人知的缺点与人性的阴暗面。例如，勤劳踏实又爱憎分明的老板娘；纯真可爱但又爱慕虚荣的蓬太；平静内敛又寡言寡语、不爱讲话的阿福；坚持不懈又以自我利益为中心的比沙子。总之，她作品里的女性人物大多不是非黑即白，而是优劣并存、复杂多变的，这些都让她们的人物形象变得更加丰满真实，从某种程度上而言，不完美其实让她们变得更加真实，可信度更高，无论是女性，还是人性，都是复杂的，不能由单一的某个词来定义，也无法用简单的善恶、美丑来区分。

除了对女性性格丰富、复杂的呈现，她为女性的命运也开拓了更宽广的空间，女人不应该只是作为母亲、妻子、女儿存在，也可以只作为独立自由的人存在，按照自己的意愿生活、工作，无须背负着那三种身份带来的义务与责任。例如，山崎丰子在《花纹》中塑造的郁子，拒绝了父亲为她安排的婚姻，违背了父亲的意愿，遵守自己的意愿，努力追求属于自己的爱情，她逃脱了父系社会与男权主义，有独立的自我意识与自由的灵魂，有清冷高贵的躯壳。

弗吉尼亚·伍尔夫在她的作品《一间自己的屋子》里写道："一个女人如果要想写小说一定要有钱，还要有一间自己的屋子。"在男权社会中，女人如同物品附属于男性，被男性压迫着，以至于自始至终都无法摆脱男性的审美标准与价值体系，无论是女性作家还是作品中的女性人物都会沦落为"房间里的天使"。只有在经济独立、空间独立之后，女性的自我意识才能独立。山崎丰子作为女性作家，凭借一己之力尽可能地展现出女性形象的多样化和多元化，从而促进女性自我意识的觉醒与解放，找到内心深处最真实的自己，打破这种牢不可破、坚不可摧的男权社会桎梏。

"双性同体"理论代表了弗吉尼亚对两性关系的深刻解读与深层次的理解。"双性同体"的原型源于古希腊神话中男性与女性身体上的合二为一，然后就是心理上的合二为一。从某种程度上而言，应该允许男性有女性向的特征，也应该允许女性有男性向特征，这是人类两性的正常融合。即便有神话与心理学作为基础，现实生活中的男性与女性依然存在很大差异，基本上是两种截然不同的人，两性之间的关系也从未有过融合，基本上一直处于一种对立的状态，这种对立不是指的敌对关系，而是两种不同类型的存在。

也正因为如此，"双性同体"的理论更加难能可贵，人的躯体与灵魂共通，两种性别存在于同一个个体身上的状态是存在的，并且如果这两种性别和平共处，则会是作家创作最好的时机。弗吉尼亚以客观冷静的视角平静地指出男权社会下女性受到的压抑与思想的禁锢，提倡女性展示独立的自我的同时，从未想要摆脱男性独立存在于社会之中，而是将女性意识与男性的沟通交往结合起来，不搞畸形的性别对立、男女对立，这是弗吉尼亚解构性别对立的过程。

山崎丰子在她的作品中也塑造了很多"雌雄同体"的女性人物。以《花暖帘》里的多加为例，她在结婚后，勤俭持家，打理家务事，对丈夫温柔体贴，这是她女性特质的一面；而当自己的家庭发生一系列变故后，又能独当一面、坚强地面对这一切变故，走出阴霾，并顽强不屈，靠自己的努力和坚持成为曲艺场的老板娘。在她跌宕起伏的人生路上，经历过风雨波涛，也有过安分平静的日子，在面对困境时，依然保持一个良好积极的心态，勇敢坚强地度过困境；在平静时，则安分守己，温柔体贴，骨子里既有女性的柔美又有男性的刚强，也正是因为双性的特质，让她每次都能化险为夷、转危为安，将磨难转化为生活的动力与斗志，继续自己的人生。

《白色巨塔》中的佐枝子在某种意义上也具有两重性别特质，对于人生中的婚姻与爱情，她从来不随波逐流、唯命是从，也不恪守本分，她有自己独立的思考与判断，哪怕身边的朋友都已嫁作人妇、为人妻、为人母，她依旧不急不躁，不因任何外界因素动摇自己的内心，只跟随她自己的心走。除了爱情、婚姻外，她对世界上所有的一切都有着自己的判断和明确的价值取向，活得坦荡明白、爱憎分明，对自己不喜欢的人，她冷眼相对，面对自己喜欢的人，她又炙热诚恳。她不仅有女性柔情似水、温婉明媚的一面，还有男性果敢坚韧、独立自主的一面，双重性格在她身上合二为一，让她对自己的人生时刻保持一个清醒的状态，达到理性与感性的平衡。

除了山崎丰子笔下活灵活现的人物，她本人也是双重性格的代表之一。她的双重特性主要体现在她对作品题材的把控，她并没有把眼光局限在两性关系上，也没有站在女性的角度去控诉男性的不堪，更没有放大女性的权力，而是站在一个更高的位置，拓宽自己的格局，以批判、揭露社会中的不公为创作背景，女性地位的高低只是她作品里面很小的一部分，她尽可能站在客观的角度审视社会上的一系列现实问题，最大限度地还原社会形态。她的作品基本上是抛开性别本身的对立关系来谈人与人的对立关系，善与恶的对立关系，跳出自己的女性身份，来正视当时的男权社会。因此，她的小说大多以第三人称进行描述，这种独特的叙事视角从某种程度上使文章多了几分客观与理智，与小说中的人物有一定距离感，这种手段极大地增加了文章的可信度与真实度，引导读者冷静客观地思考小说中的人物关系与事件由来，不仅仅停留在代入小说中的人物，与小说产生一定程度的共鸣，而且站在一个旁观者的角度去审视人物命运的起承转合与缘起缘灭。

山崎丰子借助自己的作品向人们传达了男女关系平衡、平等的状态，避免因为过分追求女权主义，而导致男女自始至终处在一个失衡或对立的状态，她的作品也为两性关系的平等、平衡搭建了非常好的对话窗口。

（5）日本女性自我叙事的建构。

21世纪女性作家的价值追求是她们在文学世界最终的落脚点。保守主义和传统主义者的代表人物黑田夏子，她在《分枝的珊瑚》中以改变小说叙事方式入手，向日本传统女性文学致敬，表达了自己重视传统立场的姿态。从21世纪获奖女作家的创作历程可以看出，她们都有一个共同的特性，就是强烈关注20世纪末年轻人存在的失语问题，她们都不约而同地改变小说的叙事方式和言语形式，巧妙地用组合语言和多样化的创作模式诠释对"自我构建"的认知。

第一，"混搭式"的语言组合。二叶亭四迷在1887年发表的《浮云》是日本文学史上的一个代表性作品，还有夏目漱石、谷崎润一郎等日本文学家，他们用独特的日语表达形式，在"国语"的创作建设中，发挥了重要的作用。现如今，日本语言的多重性和模糊性被大量的外来"日本语"所消解。因此，21世纪日本女性作家担负起重构日语表达的重任，以自己独特的文学语言"拯救"那些掺杂外来语的"日本语"。她们重视古语、假名与方言的组合，在新世纪女性文学家的眼中，语言有生命，在建立新语言的同时，就要破坏已有的语言。她们秉持"为了维护秩序要不断颠覆"的理念，在文学作品中不断构建新的语言体系。因为她们深知，语言是人类独有的生存方式之一，人们每掌握一门语言就相当于掌握了一种生存方式。

第二，新鲜而简单的语言世界。"文学言语学"中的"言语"不仅是文学作品中的"文本"，而且是文学创作和文学交流中的一种活动或过程，是开放的系统。文学创作者会根据自己的社会经历和对社会的体验，对自己笔下的作品进行交流,对语言文本进行组合。文学创作要以少胜多,用精练的语言压制华丽的辞藻,还要讲究效率,脱离一般意义上的语言规律,使语言增值。

第三,多样化叙事方式的探索出现在 21 世纪女性作家的笔下,她们几乎都是从叙事形式上改变了创作形式,积极地进行文学创作。在她们的努力下,日本文坛呈现了叙事形式尤为多样化和独特性的局面。往日的日本文坛急需一些新的创作类型来刺激颓唐的文学家们,他们无论是现实主义文学家还是现代主义文学家,都依然用着过去的写作模式阐述发生改变的日本社会,这很明显是过时的,日本文坛的作家必须改变传统的文学创作模式,与多样化的日本社会和国际接轨。事实证明,日本文学作家没有坐以待毙,他们都在积极地努力,做出新的改变和探索。正当 21 世纪女性文学家正在改革和探索新的叙事模式时,"手机小说""推理小说""轻小说"等新的畅销小说席卷了整个日本文坛,向"纯文学"发起了进攻,与之争夺日本小说市场,这时日本现存的"文学制度"是一个新的挑战。

世界一体化不断发展,在很多日本文学作品中,女性形象也会伴随着时代的变化而呈现出不同趋势的转变。不过,无论如何转变,这些女性形象都能折射出时代的发展特点,是整个社会的真实写照、新时代的缩影。因此,当前的新生代文学作家要站在国际化视野层面去塑造全新的女性形象,促进日本文学事业的全新发展。

5. 大庭美奈子作品中的女性形象

(1)大庭美奈子女性主义文学鉴赏。

作家的原生家庭与他的创作风格、创作内容、创作题材都有非常大的关系,因此研究作家原生家庭一直都对研究作家作品有举足轻重的作用。对大庭美奈子的研究大多数从 1930 年或 1968 年开始,这两个时间点对大庭美奈子也意义非凡。1986 年,她的作品《三只蟹》广受好评,她也因此而成名,1930 年则是她的出生年,但是大部分研究都忽略了她的家庭背景与原生家庭对她作品风格的影响。而在她的创作生涯里,大庭美奈子的家庭背景与她所处的社会阶层其实对她的作品意义深远。

1930 年,大庭美奈子出生于东京,本名椎名美奈子。父亲椎名三郎是一名军医，他的第一位夫人是大庭美奈子的二姨多喜，多喜因病去世，去世前留下遗言，希望她的妹妹可以嫁给椎名三郎。父亲为了考上好的学校，从中学时期就离开自己的家乡前往东京求学，他的家族产业也由他的大姐与其夫婿继承。从自己祖辈、父辈所处的生活环境与接受教育的程度可以直接看出来，大庭美奈子的家族曾经非常优越富有，并拥有非常多的土地，以至于祖父能将父亲与姨妈们都送到东京求学，接受非常好的教育，这在当时的社会氛围与社会状态下非常难得，而光凭这一点就可以看出，他们不是普通的老百姓，不仅父亲的家庭出身如此优越，母亲的出身也相当优越。大庭美奈子母亲的老家位于新潟县北蒲原郡木崎村。外公立志成为作家，但因为终日浑浑噩噩，沉醉在风花雪月中，不善经营与管理，所以家道中落、倾家荡产。后来外公希望能够东山再起，于是跑到北海道再次创业，结果以失败结束。因此，森田家的家族产业与所有财产由大庭美奈子的姨妈和入赘的女婿继承。大庭美奈子也觉得"自己身体里有父母双方的祖祖辈辈们不安分守己的基因"。

大庭美奈子由于父亲工作属性的原因，一直随着父亲工作的调动而转学，小学转学八次，中学转学次数更多，与父亲一直住在他们的海军基地。1944年，大庭美奈子转学到广岛县贺茂高等女子学校。后来，随着各种法律条款的变更，她读书的学校变成广岛被服厂的学校工厂，后来，大庭美奈子只能在初中还未念完一半时中途放弃自己的学业，在学校每天忙忙碌碌地做着裁缝工作，每天工作时间一般在11个小时左右。

1949年4月，大庭美奈子进入津田梅子创办的津塾大学，而津田梅子是日本最早在美国留学的一批女留学生。1871年，年仅6岁的津田梅子在她自己即将到来的7岁生日之前独自一人使用公费赴美留学十年，并于1900年创立了女子英学塾。从某种程度上而言，她可以说是日本女性教育的先行者、开创者，对日本女子教育有着举足轻重、至关重要的作用，甚至可以算得上日本近代史上最伟大、成功的代表人物之一了，她创设的女子私塾为后来的旧制津田塾专门学校、津田塾大学奠定了良好的基础，也为当时的日本教育做出了巨大贡献，在这里，各种各样的人才层出不穷。大庭美奈子作为津田塾大学的毕业生，根据津田梅子和美国友人的往来信件，创作了津田梅子的个人传记《津田梅子》，作品一经发表后，广受好评，并且获得了1990年度读买文学奖。大庭美奈子从某种程度上是由继承了津田梅子意愿的老师培养出来的，她的个人意愿与津田梅子的培养理念不谋而合，希望成为一位具有独立自我意识的女性。她的作品《津田梅子》也是一部相当优秀、具有重大价值的作品。

　　日本女作家佐多稻子的房子位于津田塾大学的后面，在大学期间，由于距离非常近且很方便，因此大庭美奈子经常参加佐多稻子在自己家里举办的文学会。大学期间，她也一直与很多德高望重的作家保持非常好的联系，每天都拜访各种作家，学习他们的写作经验。1951年，大庭美奈子在著名日本文学评论家家中做短期工，除此之外，热爱文学创作与话剧表演的她在大学期间深受艾略特的影响，写诗创作，并著有《大庭美奈子全诗集》。

　　大庭美奈子努力接触当时日本文坛上具有影响力的作家和评论家，并非常虚心地向他们学习，她这份学习精神值得研究大庭美奈子作品的研究者关注。后来大庭美奈子因为婚姻和家庭前往美国，并在美国居住长达11年，在此期间，她几乎与日本社会处于脱节状态，与日本文学更没有丝毫联系。因此当作品《三只蟹》在日本获得第59届芥川奖龙之介文学时，她非常惊讶，回忆起当时的状态，她觉得自己没有得奖的可能，处在一种懵懵懂懂的状态中。身处异国他乡，长时间与日本社会失去任何联系，她其实只是把自己在美国的各种经历与思考写了下来，仅此而已。

　　"处在日本的朋友们阅读后如果能够体会我的心理与思考的话，就太好了。"她其实是抱着这样的心态写下的《三只蟹》。其实，研究过大庭美奈子的《总年鉴》后，就能非常清晰地发现她在自己青年时期就已经与战后日本文学建立了非常友好、密不可分的联系，大庭美奈子一直把野问宏当作自己的老师，而巧合的是，《三只蟹》在参加评奖时，野问宏是评委之一。

　　大庭美奈子在读大学时买过一本牧野富太郎的《日本植物图鉴》，且常常利用自己的休息时间仔细观察、研究植物，对植物的研究造诣非常深厚，这也就可以解释为什么在她的作品中出现了那么多植物品种以及对环境保护、生态意识方面的深层次研究。据说在《浦岛草》这部小说中，就出现了差不多70种植物类型。除此之外，作家对植物的深层次研究与深度认识直接对作品中传达的生态意识和环保意识有很大的影响，这也直接引起了大庭美奈子对鲁迅的文学作品《野草》心理上的共鸣与深层次的情感寄托。1953年，大庭美奈子毕业后在东京某所中学里当老师，在此期间，她阅读了大量鲁迅先生的作品，鲁迅的作品也为她此后的文学道路铺上了一层基石，她自己的文学作品里也会常常提及鲁迅，甚至希望自己成为一棵小草，躲在鲁迅先生的伞下，鲁迅先生之于她，更像是遥不可及的远方，她只能远远观望，之后她把自己的散文集命名为《野草的梦》，并以此题创造了大量的野草文学作品，如《火草》《浦岛草》《球兰草》等。

她的代表作《三只蟹》是在美国旅游、居住时创作的，主要内容是记录当时在美国旅行、居住的状态。她在美国旅游时，曾经在美国威斯康星州立大学学习过一段时间绘画，正是这段学习经历，让她的文学作品中也多出了很多绘画的技巧与方法。例如，青春三部曲中的《没有构图的画》就夹杂了一些绘画艺术，完美地将绘画技术与文学创作结合。1968年，她的第一部作品《三只蟹》获得《群像》新人奖与芥川龙之介文学奖两项大奖，她的作品也得到了当时日本社会主流文学的认可与喜欢。

之后，大庭美奈子对自己是否应回到日本开始自己的创作生涯有过非常深层次的思考，最后，她在日本与美国、东方与西方之间作出了自己的选择。她选择回到日本继续创作生涯。然而，美国的留学经历却为她的创作打下了非常深刻的烙印，美国对她而言只是异物，是自始至终区别于自己的他者，但影响却异常强大，以至于她的作品似乎从来没有脱离美国的影响。

大庭美奈子的文学作品中有很多非常隐晦的表达方式，暗喻在她的作品中随处可见，利用浦岛太郎民间故事中的那股白烟后隐藏的风景来表示日本1945年后各地的变化。她在文学作品中也多次利用浦岛太郎故事中存在过的带有文学意味儿的母体，来着重强调日本文学暗藏的民族式与属于日本自身的独特风格。而浦岛太郎故事里最打动人心、有浪漫色彩的是他的龙宫之旅，最引发众人共鸣的场面是浦岛太郎回到自己的家乡后，感到物是人非的失魂落魄，在万般无可奈何时，打开了龙女送给他的玉匣，玉匣里突然冒出一股白色的烟儿，一切都好像在一瞬间被改变了。

大庭美奈子的创作源头非常丰富，无论是题材还是文学体裁上都具有多样性，其作品主要包括小说、诗歌、剧本、散文等。作品中的主角大多数具有一种孤独无望、癫狂虚妄的特点，她独具现代风格的描写充斥着各种荒诞的气质，在她的文学中也潜移默化地充斥着日本的哀物气质，作品里也夹杂着各种各样大胆神奇的想象与最原始的野蛮生长。她的文学作品中目前涉及的文学主题一般包括家族的爱很情仇、流离失所的人群、生态的保护、镇魂等一系列主题。

大庭美奈子在日本文坛上取得的成就和影响力让她成为各大有竞争力的奖项的宠儿，她在自己的人生里获得的各大文学奖项包括：《三只蟹》获得第11届《群像》新人文学奖与第59届芥川龙之介文学奖；《海上飘摇的丝线》获得第16届川端康成文学奖；《红色的满月》获得第23届川端康成文学奖等各种文学奖项。

（2）大庭美奈子女性主义文学表现。

大庭美奈子在《三只蟹》中塑造的人物由黎，从某种程度上就是另一个维度的自己。她们两人的经历与心路历程都出奇一致，大庭美奈子将自己的想法与思想观念嫁接到自己的作品中，将自己的亲身经历与人生感悟融入作品，与作品合二为一。《三只蟹》作为大庭美奈子的第一本小说，刚开始发表时并没有得到非常多的关注与厚爱，不过这在当时日本文坛应该算是普遍现象，没有几个作家在自己发表第一本书时，就能做到一鸣惊人、名声大噪。在当时新潮新人奖的评选阶段，《三只蟹》并没有引起十分热烈的反响，只获得了B级下的评价，但还是凭借当时主编的青睐与推荐获得了参与最后评选的资格，而且在终审的时候，评委只花了几分钟的时间就直接决定了评选结果，从这里也可以看出，这部作品虽然收获了很多称赞，但也有很多人无法接受这部作品。当然，这样的两极化评价也恰恰为作品带来了极高的热度与冲击力，导致这部作品一经发表就引起了业内人士的广泛关注与热议。日本国内对这部小说的评价依然局限于女性层面，大多数研究的是其中的表面意义，而于家庭的溃败与全面崩盘，女性主义的困惑与女性意识的崛起，没有进行深度的研究与探索，而且纵观全文，她的内容绝对不仅仅局限与此，具体体现在多重"他者"的产生。

随着科技的现代化发展，以及时间的不停推移，逐渐步入近代后，人类已经具备了在空间上实现大范围迁徙的能力,他们已经具备足够的能力翻山越岭、跨越大江大河,与自己朝夕相处的亲人、朋友挥手告别,远走他乡。这种人群的大面积迁徙,从某种程度上直接促进了各个地方的文化交流与深层次沟通协调,但对那些远走他乡的人而言,这意味着心灵的孤独与寂寞,以及无法抹平的思乡之情。

对于这类远走他乡的人群,帕克提出了非常著名的"边缘人"理论,在他眼中,"边缘人"如同一个两种不同文化的集合体,相当于一个文化层面的混血儿,他与两种完全不同的人群亲密接触,与两种不同的文化相互融合,两种文化氛围与社会体制无法完全重合叠加在一起,而且"边缘人"也不愿意与过去生活的状态完全割裂,由于文化氛围的不同与地域上存在的偏见和歧视,也没有办法快速适应新环境与新社会,当地人不会轻易地接受他们,他们也无法融入当地。因此,无论是在原来的生活环境还是现在的生活环境,他们都是彻彻底底被边缘化的那类人。他们也能感受到那种边缘化,自己在两种文化氛围与生活状态中相互交织,相互牵扯,相互矛盾。他们不仅仅失去了原来的社会地位与文化寄托,也排斥着目前环境里的文化与社会,他们原来的自我意识在所处的社会环境中不被认可,以至于他们时刻处于一种身心俱疲的状态,在这种两难状态下,远走他乡的人只会感受到无穷无尽的失落与焦虑。

结合实际情况来看,在西方主流意义上的文化氛围里,外来的少数民族经常被称为"他者"。"他者"是文学评价与西方哲学层面中的关键词,一开始用来形容客体与主体之间的关系,目前在各大流派学说中多次出现,作用也逐渐变得非常丰富,层次逐渐多元。从它最原始的内容与意思出发,"他者"所要传达的一般都是主体与客体双方的对立关系,双方构成的关系从某种程度上是不平等或被压迫的,主体甚至利用他所处的社会地位以及他们形成的意识形态对他者进行压迫与打击。例如,后来殖民理论体系中,他者与本土从某种程度上是处于对立面的,换言之,按照萨义德的东方主义理论,其实就是东方与西方的表现形式。西方按照自己的认知与态度来塑造与东方相关的语言体系,他们可以任意地根据自己的需求构建对自己有利的关系。

在这种以西方为中心的自我意识与文化氛围的渲染下,其他人数不多的东方种族就会陷入一种边缘地带，如果想要融入当地的主流社会，首先就得放弃原来所处种族的文化立场，但这种心理状态的自我放弃与自我意识的缺失，以及对过去自己所处文化氛围的否定与背叛，对任何人而言都是一种煎熬，是非常痛苦的自我割裂、自我否定状态，哪怕自己放弃了原有的文化立场，抛弃背叛了原有种族，也依然得不到主流社会的认可。但是如果一直坚持自己原有的文化立场，就会一直处于被边缘、被孤立的状态中，自始至终无法接触到真正意义上的主流社会，这样就会面临进退两难的局面。对于远走他乡、处于流离失所的迁徙人群而言，这种状态非常消极，甚至会成为一个非常沉重的心理包袱，让他们在身份上对自己产生怀疑，在文化认同上产生了焦虑，在这一点上，男女其实是平等的，而且这种心理状态上的缺失与焦虑很难弥补，在身份上的再次认同与文化上的重新构建也非无法实现，但这需要双方建立在平等意义上的深层次沟通与交流，也就是自我与他者的心理上的互相认同，需要双方在自由平等的基础上进行身份上的转换。

关于"他者"这一概念的解释也会出现在女性主义理论中，其中的知名著作以西蒙·波伏娃的《第二性》为代表。波伏娃在作品中，利用存在主义的哲学观念来深层次分析、解读女性意识与女性问题。女性成为"他者"的原因其实是男性把自己当作主体后产生的一系列结果，简言之，以男性为主导的文化氛围与社会制度从某种程度上直接决定了女性的"她者"地位，因为这种传统观念已经深深扎根在人们的心里，且这段以男性为主导的历史其实已经非常久，因此，哪怕女性能够意识到自己所处的附属位置与边缘状态，也不知道应该如何解决这一问题。

从这里就可以看出，远走他乡的女性不仅是从外面来、不被当地社会接受的"边缘人"，还是被社会公认的附属品，肩上扛着殖民、种族、性别这三座大山，可谓是忍辱负重。同样处于异地与女性的边缘地位的大庭美奈子也会切身地感受到这种无法形容的复杂情绪，极度敏感地把握这种情绪，并将其直接转化为文字形式，把自己的文字当作治愈孤独与无奈的良药，把自己的诉求付诸在作品中，把焦虑、苦闷全部转化为创作动力。

在大庭美奈子早期的作品中出现过很多与她自己家庭背景与家庭出身相似

的女主角。只不过小说中的女主角人物设定相对模糊,她们的身份地位、社会背景、人生经历都被模糊化处理,甚至鲜有提及,但她们前往异国他乡后的种种经历却与大庭美奈子出奇相似,可谓是艺术来源于生活却高于生活。她借助这些生活拮据、经济条件不够独立、精神生活贫瘠、无法融入当地环境中的女性,反映了女性在当时社会的不被认可与边缘化,她们好像游离在社会最角落的位置,无论是社会地位上,还是情感关系中,似乎总位于最底层。这些女性在某种程度上已经被迫与外界环境隔离开来,她们想要冲破社会制度的枷锁,冲破那些传统制度的束缚,但却无从下手,因此,她们心怀不甘,极度渴望被爱,生活也充斥着各种无可奈何、孤苦无依。《三只蟹》中的由黎与《青色落叶》中的佐喜都是代表人物,她们经历过相似的被孤立、被边缘的阶段,生活也一直处于被压迫的状态。

《青色落叶》的多重他者表现。《青色落叶》主要分为三部曲,其中包括1968年发表的《没有构图的画》,这本书从某种程度上而言是大庭美奈子赴美留学后的处女作,但相较于《三只蟹》而言,发表时间稍晚。与后面《彩虹与浮桥》《跳蚤市场》有异曲同工之处,只不过《青色落叶》系列作品的格局更大,涵盖的人物更多,故事也更加离奇,全面地展现了女性在异国他乡生活与工作的遭遇与惨况。

佐喜与异国女性。佐喜一人来到美国,无依无靠,孤苦无依,举目无亲,来美国其实只是她意气用事、一气之下的结果。经历了一段失败的感情后,她决定放下日本的一切,来美国留学。重新拾起她热爱的画笔,在来到美国之后,佐喜对美国的一切都感到无比陌生,就像个外来者一样突然闯入异地,无法融入当地的文化氛围,与当地主流文化格格不入,她与当地女性之间的交谈似乎一直存在一堵墙,自始至终无法深入。

佐喜由于鲍曼老师的优待而被同班同学西蒙尼嫉妒,鲍曼老师在佐喜没有选择工艺课的情况下仍然允许她在自己的工作室随意走动,这是不合乎常理的,而这种不合乎常理也引发了西蒙尼的百般刁难。西蒙妮出身于欧洲发达国家——法国,长相极为标致,她也因高贵出身不受移民制度限制,并且早就拥有美国的永久居住权。但她常常热衷于没事找事、惹是生非、造谣捏造,并不安分。她在班上担任鲍曼的助手，对人的态度完全由自己的喜好决定，对班上的其他同学和谐友善、在同学面前塑造出一副有求必应的样子，但对佐喜的态度却异常冷漠，对佐喜提出的请求也常常爱答不理，以自己没有空余的时间或没有材料为由拒绝她的请求，让佐喜自己去找。佐喜对她也极度不满、心生厌恶，而且西蒙妮常常把欧洲人的优越与高人一等的姿态展现日常生活与工作中，这一点也让佐喜深感厌恶，但佐喜没有办法向大家拆穿西蒙妮的真实面孔，只能用自己的一些小手段、小把戏来报复。例如，她在西蒙妮打算染发时，故意教唆她将自己的金发染成了黑色，让她在大家面前出糗。但除了做这些小动作之外，佐喜好像没有什么其他的长处来与西蒙妮一争高下。大多数情况下，她只能装出一副不在乎、没看到西蒙妮的状态，转身离开。

佐喜与异国男性。佐喜与丹尼尔。丹尼尔与佐喜之间的关系就显得相对和谐一些，丹尼尔是佐喜绘画课堂上的同学，他在绘画上展现出一种异于常人的天赋与才华，这让佐喜心生仰慕，常常虚心求教，但每回佐喜把自己的作品交给丹尼尔后，由于丹尼尔与她的审美差异非常大，他们之间经常产生各种摩擦与争执，互相攻击，恶言相向，但很快又能和好。跟鲍曼相比，他们俩年龄相仿，没有上下级产生的距离感与隔阂，也没有长辈与后辈之间的井井有条、礼貌拘谨。在与丹尼尔的相处过程中，佐喜的态度更加随意放肆，能表达最真实的自己，流露最真实的情感。在与丹尼尔的这段关系里，没有年龄自带的威严与拘束，平等的关系让佐喜总能坦诚地吐露自己内心深处的看法，尽管看法没有想象中坚定决绝，尽管声音依旧很微弱，而且大多数情况还只是隐藏在她内心深处的各种独白，没有办法或没有途径抒发。但能感受到在这些激烈的争执与直言不讳的话语中，佐喜长期被男性压制的女性意识与抛开性别之外的个人意识与个人欲望终于找到了出口，终于从她内心深处慢慢浮现在众人面前。她虽然在与男性相处的过程中，感受到了女性与男性社会地位及其他各个方面的差距，女性始终作为男性的附庸角色在社会上生活，但在她心里，对这种附庸地位与社会不平等的状态非常不满。

佐喜与岳。岳与佐喜的经历非常相似，都是远赴美国留学回来的日本大学生。他们两人从认识到相互了解、相互依赖，再到最后的全过程都被《青色落叶》三部曲见证。他们俩相识在《没有构图的画》中,在一次偶然的聚会中,佐喜在一种陌生的环境里遇到了会讲日语的岳,一开始佐喜并不知道对方身份,但熟悉的日语很快拉近了两人之间的距离,两人的生疏与尴尬也很快在交谈中烟消云散,他们都身处异国他乡,因此对同类总是异常亲切。

岳与佐喜相识时,正是犹豫自己究竟要不要回国发展的时候,他们俩用自己最熟悉、最亲切的语言向对方诉说着自己目前的状态和自己的困惑,但能感受到,他们俩的心理状态与人生困惑都是类似的,大多与归属感、认同感相关。这种边缘的状态让他们内心深处都得到了一丝共鸣,让他们互相认同。在大多数身处异国他乡且被边缘的人中间,身份的自我认同与文化的自我认同一直是他们的心病,也是社会上普遍存在的现象。因为无法融入当地环境,也没有办法得到周围人的肯定和认同,他们的身份一直处于不确定的状态。这种环境造就的孤独让外来人自始至终没有办法乐在其中,只是感到深深的不安与焦虑,他们一直都困在自我认同与文化融合的纠结中,没有办法与外界环境相融,也没有办法感受到外界对他们真实的看法。对于佐喜和岳之间的关系而言,身份与经历的相似让他们互相依靠,认定彼此是同类,并因此走到了一起。这种关系其实建立在彼此来源于同一祖先的血缘关系的基础上,由于来源于同一祖先,因此能够很快得到认同,无论是在文化上,还是在自我身份上,都让他们觉得可以实现一定共享,让彼此感受到久违的温暖与安全。

作家着重描写了佐喜与岳之间的沟通与交流,佐喜一直向岳述说多年来情感上的困惑,在异国他乡的孤独与难过,以及内心深处积压的那些无奈与卑微。她好像找到了情感上的出口,在疯狂地宣泄她一直以来无法分享的故事。岳也并非无动于衷,他也能在佐喜身上找到他内心的出口,向她讲述他这六年以来在异国他乡生活的经历与感悟,他们俩从自己的人生经历聊到人生哲学及自己对于男女关系的看法,也许是身处异国他乡的孤独寂寞,也许是人生经历的相似之处,他们在很多地方都得到了共鸣,特别是在对待感情的态度上两人更是出奇一致,他们的情感也在这种毫无保留的交流中迅速升温。尽管他们都明白婚姻对他们而言毫无意义,但佐喜在那一刻是心存幻想的,幻想着她与岳结婚的场面。

然而让人深感遗憾的是，他们俩在对待美日两国的态度，或在文化认同、文化融合上存在很多差异，这是由于他们两个人在异国他乡的生活经历不同导致的。佐喜在美国的生活一直是处于被压抑的状态，并不认同当地的主流文化，也自然没有办法融入，因此她常常会有一种自己并不是在生活而是在漂泊的孤独与苦闷，对自己一直处于被边缘、不被重视的状态也感到尴尬与不满，回国这个念头一直围绕在她身边，成为她内心深处的羁绊，她不止一次提到过回国这件事，但都没有办法下定决心。与佐喜正好相反，岳对自己的国家没有那么强烈的依赖与认同，这与他在美国的生活也有一定关系。因为在美国攻读博士，没有按时回国丢掉了在日本的工作，毕业后也在美国找到了一份相当不错的工作——大学讲师，因此他对日本没有特别强烈的归属感，这可以理解，这也导致他回国的欲望并不强烈。

到了中篇《彩虹与浮桥》，岳自始至终将自己的人生态度贯彻到底，沦为一个每天无所事事、游手好闲、除了对钓鱼感兴趣之外，对周围的一切都漠不关心的人，自我意识的丧失让他对生活产生了麻木与无感，没有归属与动力的生活状态也让他身心俱疲。但是，佐喜仍然与七年前一样，没有太大的变化。虽然身份上加上了一层"妻子"，但她仍然固执地坚持着她自己的思想，没有办法按照社会需求去打造全新的自己，也没有办法为了被社会大众认同改变她独来独往的个性与对自身的认同。她不甘于作为男人的附庸品存在，她依旧随心所欲、肆意妄为地与男性相处。她也自始至终对自己被放在"他者"的社会位置感到非常不满，于是她总以自己出格的行为、离经叛道的思想、不被世俗定义的形象向当地主流文化发起挑战，肆意向大众展示她作为女性的自我意识，尽管这些行为和言论在当时只会招来无止境的谩骂与嘲笑，但她依然没有放弃追求自我意识，依然非常艰难地走在她认定的道路上，尽管前路崎岖、阻碍重重，但她仍然坚信自己一定能坚持走下去。

岳在佐喜身上好像看到了曾经的自己以及自己丢弃的东西，虽然他并不认同佐喜对社会位置的不同做出的种种出格、不理智的行为，但他依然以一个守护者的身份与佐喜站在一起，并肩作战，尽他所能去守护这份叛逆与放肆，换个角度来看，这其实也是他打压曾经完全丧失自我意识的自己的一种补偿方式。

只是补偿的对象成为不会屈服的佐喜。

佐喜也渐渐意识到了这一点。在夏天开展讲座的时候，佐喜结识了同是来自异国他乡的留学生奇科，可能是因为同为外来人员，在这个国家处于弱势地位，他们逐渐熟悉起来。或许因为白人女性对二人态度的一致性，以及对二人关系的质疑，或许是因为日本同乡充满警惕的提醒，让佐喜从奇科身上看到了当初的自己。命运的轨迹总是出奇一致，让他们承担着共同的角色，让他们带着这种角色来到同一个地方，然后被命运的车轮无情地碾压、鞭挞，在这一切的打击后，他们没有放弃自己的个性与扎根在心底的认同。

在这个少年身上，佐喜好像看到了当年意气风发的自己。奇科勇敢直率的人格魅力一直深深地吸引着佐喜，他滔滔不绝地向佐喜谈论他的宏图大志，他回国如何发起革命、如何改变整个世界不平等的状态，他邀请佐喜一起欣赏他未来的轰动之举，这一切都让佐喜觉得熟悉又陌生。曾几何时，她也在各种象征主流文化的代表人物面前说过类似的宏大愿景，怀着同样赤诚坦荡的心情，至今都印象深刻。作家故意用这种同类人士的举例，来说明验证女性与殖民地民族存在的与生俱来的相似性，对彼此袒露心声的边缘化地位让佐喜和奇科相识、相知。

但是，奇科一面希望佐喜回国和他一起大展拳脚、共同革命，一面又坚决表示自己绝对不会结婚成家的意愿，他这种前后自相矛盾的说辞让佐喜意识到在奇科眼里，女性依旧是男性的附属，他没有摆脱掉扎根在自己内心深处以男性为主导的社会意识。因此，他的革命不够彻底，是浮在表面上的，没有灵魂，也不能获得大的作为。这种意识让佐喜有一种不安和焦虑，她担心自己只是一厢情愿，质疑奇科的革命意图。与奇科这种轰轰烈烈一时的激情相比，还是岳这种默默守护更能给她一定的安全感，岳对她的感情从来不止局限在男女关系上，岳对她的保护能让她觉得踏实，因此她最后拒绝了奇科的要求，回到了岳的身旁。

在经历过一次毫无意义的奇妙旅程后，她回到了自己的家庭，这时的她也逐渐意识到她可能永远没有办法逃脱"他者"的身份，于是，她彻底放弃了这种无谓的对抗，向主流意识低头。她也很快怀孕，希望通过这个全新的身份，为自己的生活提供动力。然而，后来突如其来的流产则从另一个角度宣告了这次重新开始的失败。

（3）"母性"与家庭主题的探索。

母性意识变革。19世纪60年代，美国爆发的女权主义运动给当时身处美国的大庭美奈子的心灵造成了不可磨灭的影响，也是她女性意识、个人意识崛起的关键所在。当时社会迅速发展让女性对原有的以男性为主导的社会体制、以父权为主导的传统观念提出了史无前例的质疑和抗拒，使传统的婚姻体系遭到无情的打击和各方严厉的抨击，作为肩负人类传承责任的女性在当时摇摇欲坠的社会体制中，也同样遭到各种伦理道德上的冲击与各种新观念的冲刷。大庭美奈子敏锐地把握到了时代动荡的脉搏，抓住了时代发展的机会，在文学作品中深刻分析了社会的动荡与女性权益的崛起。

大庭美奈子早期作品中的已经成为母亲的女性大多数都经历了自我意识与家庭中以男性为主导地位的集体意识的相互碰撞与极其苛刻的挑战。《三只蟹》中，由梨经历了女儿的无理取闹与丈夫的出轨，这些行为让由梨对自己的周围环境产生怀疑，开始重新审视这段关系是否平等，以及自己在这段关系中的位置。作为未婚母亲的山多拉，独自一人抚养小孩，为了生存被迫将还在襁褓中的孩子独自放在自己做人体模特的画室里。但是，社会从来没有放过他们，只是用力地鞭笞、摧残和指责她们。当女性决定放弃自己成为母亲的权力的时候，这种指责来得异常猛烈。他们永远以一个局外者的身份审判女性道德上的丧失，完全不会考虑深层次的原因，为什么放弃自己的生育权力在他们眼中似乎从来都是不能被提出的问题，看似思想开放的文学对这类女性的描述也以批判为主，但大庭美奈子却找到了新的突破口，深度剖析女性放弃生育的原因，冷静客观地深度观察、思考女性目前在社会中的地位与个体的生存状况。从某种程度上而言，她把女性当个具有独立意识的人。自己作为女性也应该为这种行为的自主性发声，女性可以放弃自己的权力，不被其他人物化。

《三只蟹》中的女性书写。在日本经济迅速发展的背量下，表面的繁荣景象好像在压制着更深层次的崩溃，而这种崩溃状态好像正在这个民族里蔓延，是一种氛围、一种群体无意识的体现。随着日本经济结构与家庭结构的转化，

20世纪60年代，日本文学作品中的氛围侵袭了整个时代，从个人层面上升到了家庭层面，范围越来越宽广，程度也一天天加深。20世纪中后期，日本女性形象发生了翻天覆地的变化，与当时的男性形象截然相反。重新获得自由和权力的女性在经济上可以完全独立，她们在社会、家庭、生活中洋溢流露出来的那份积极向上的动力让原本弱小、依赖男性、不起眼的女性形象一下子高大、伟岸了许多。

原生家庭与家族问题对作家有持续的吸引力，这也是大庭美奈子这辈子都在围绕着原生家庭主题展开探讨的原因。与大庭美奈子处于同一时代的黑井千次也认为，家庭主题之于文学具有独特的意义。事实也确实是这样，家族之间的复杂关系有利于展开小说离奇、复杂的人物关系，而且以家庭作为背景，可以更加真实地反映社会现实、引起读者共鸣。然而，女性在家中的地位与角色已经发生了翻天覆地的变化。

（4）山姥文学形象解构。

大庭美奈子在1976年发表了一部取材于日本民间传说和灵异故事的短篇小说《山姥的微笑》。在这部小说里，她塑造了一个具有读懂人心的能力的女性角色，讲述了这个传奇女人戏剧性的一生。大庭美奈子在这部作品中，第一次让山姥角色出场。对这个角色的塑造也不同于以往，她对这个角色存在一些偏爱，以至在她之后的作品中，也会出现山姥的影子。大庭美奈子作品中的山姥与其他文学作品中的山姥形象存在很大差距，而这一形象在大庭美奈子作品中反复地出现也存在与众不同的意义。

山姥是民间传说中家喻户晓的妖怪，从字面意思来解读，指的是常年住在山里面的老女人。在《广辞苑》的第五版里，将山姥直接定义为住在深山老林，可以释放巨大神奇能量的女性人物，即山女、鬼女。在大多数人眼中。山姥一般都是指白发苍苍、面容衰老、身材魁梧、行动敏捷、身披几块麻布破衣、光脚飞驰在群山峻岭之间的女性形象。

文学作品中的山姥形象最早出现在各种神话故事和民间传说中，山姥这一人物也并非单一固定的，而是以不同形象、个性出现在大众想象中，形形色色、千奇百怪、丰富多彩。有的时候以神灵的身份拯救人民，被人称赞为"救世主"；

有时又摇身一变,以妖魔的身份打破人们平静的生活;有时甚至变成了"母亲",给予人民生命的希望。

在社会近代化的历程中,女性一直被要求保留自己的母性特质,但是由于女性意识的崛起与女性权力的发展,女性将"自立自强的概念留在自己心里,并将其转化为生活的动力,带着这一目的冲破传统体制的枷锁,打破各种藩篱。独立自主的第一步就是经济独立,如果女人没办法靠自己生存,那就永远没办法独立于男性存在,也没办法摆脱男性权力的束缚,只能沦为男性的附属品。因此,经济独立成为女性独立的必要条件,成为女性踏入社会后,实现自我意识和自我价值必不可少的前提。

这样一来,女性与生俱来的生育能力及社会赋予的生育责任就与女性想要独立自主地生活的愿望产生冲突。女性似乎被赋予了双重身份,第一重是自己给自己的,完完全全为自己而活,是独立自主的个体;第二重则是社会赋予女性的,成为一个肩负着生育责任的女人,两者其实非常矛盾、不可融合。站在现代家庭这一层面上看,女性独立其实打破了传统父系为主导的枷锁,创造了一种全新的家庭关系。但现实情况与理想状态不同,现代家庭直接照搬了原有的以男性为主导的家庭制度,而家庭内部中的女性角色也一直被固化、被刻板化。甚至在一夫一妻的家庭体系里,男女之间的差距更加明显,在男性与女性特质的对比中,男性的优势被显现出来并被放大,直接导致男性和女性的分工明确,也造成了一定程度上的不平等。在男性工作的场所,女性是不允许进入的,而女性只能在家庭里做家务、生儿育女,很显然家庭内部明确的分工让男女平等沦为一种空话,女性独立自主的意识也淹没在了这种由于性别差距产生的分工里,与之前相比可谓是有过之而无不及。

男女之间的关系、母子之间的关系、女性的性别特性与生育功能、女性在家庭中的地位,日本现代文学作品经常围绕着这些非常具象的问题展开讨论,而现代女性作家针对女性自我意识的实现与自我价值的展现提出了更深远的问题,以至于山姥可以自由在群山峻岭中游走,甚至可以根据她们自己的喜好来改变自己的外貌。这一点让山姥逐渐成为女性作家的典型代表人物。山姥内在核心的独特性,让女作家将她作为女性代表在自己的作品中频繁出现。不是为了彻底解决女性在自我意识与家庭之间的两难局面，而是彻底扭转社会赋予女性的角色，解决大众对女性在家庭中地位与角色的刻板印象。山姥的自由特性与生存状态上的多样化让她一直拥有一种变幻莫测、捉摸不透的神秘感与个人魅力，而这种独一无二的形象特质恰好是女性文学需要的，于是山姥这一形象自然而然地成为女性作家争相模仿的对象。

女性作家津岛佑子在小说《奔跑在山中的女人》中，塑造了一位与山姥相似的女性人物——多喜子。小说的开头充满了离奇与神秘，多喜子在梦中隐隐约约地感受到自己即将生产，便起床独自走向医院，她是在自己和恋人分手以后才发现自己已经怀孕的，显然，她并没有打算以此约束恋人与她复合，或提出各种要求，甚至没有打算告知恋人自己怀了他的小孩，但她也并不打算放弃肚子里的生命，她决定把小孩生下来独自抚养。

这样的行为在当时有些出格，但她从来不在乎世俗的眼光，也不愿意被世俗规定的公序良俗约束，更不想让自己回归到那种传统意义的家庭生活中，她极度向往完全的自由。她也逐渐意识到自己内心深处隐藏的那份女性天性，并决定以山姥的方式在世界上自由地生活下去。这一过程中山姥形象上的转变显然易见，可以非常直观地从表面看出来。从起源上，山姥一直是由人一步步转变为妖怪的，但在各种各样的文学作品中，却刚好相反，山姥的形象是从妖怪一步步演变为情感世界丰富、心思细腻、有独立人格与自我意识的人，她一开始从不被人认可的妖怪变为希望与人接触、与人有情感交流却又不同于人的异人。后来，山姥又逐渐发展成具有强大能量和母性的女性。最后，山姥则形成一种特殊的气质、一种代表人物、甚至一个符号出现在女性身边，直接推动女性对自我意识的崛起与重视以及在社会中扮演的固定角色的彻底反抗，让女性摆脱男性的附庸，成为真正的自己。山姥这一形象的出现甚至可能推翻之前男性为主导的社会体系，她很显然已经成为一种随时爆发的潜在危险。男性作家对此也并非一无所知，并对这一形象的出现提出了自己的看法。

女性一直处于文化边缘地带，从未得到重视，经常以不重要的角色出现在各种文学作品中，被当作男性的附庸、家庭的附庸存在于各种小说中。因此，在原本以男性为主导的社会体系中，突然出现一个异常强大、具有独立的思想、神秘到深不可测、在生活中无法被控制的女性形象时，原本体系就会彻底崩塌，女性会有很强烈的代入感，觉得自己就是山姥，这种内心深处对自己的肯定，从某种程度上为女性自我意识的崛起添砖加瓦。

与大庭美奈子有很多交集的县城，一直被当作日本山姥形象的发源地。在这个发源地，《粟福与米福》《姥皮》这些传说也一直广为人知。大庭美奈子自从童年阶段就开始对这些奇闻逸事非常感兴趣，尤其是对以山姥为代表人物的异人故事十分熟悉。也正因为如此，在她的作品中，山姥这一角色一直重复出现，多次以不同的身份出场。例如，1976年发表的《山姥的微笑》，虽然这只是一部短篇小说，但基本上融合了所有被提及的与山姥相关的内容。故事直接以一位已经离世的山姥的角度出发，深度剖析、深刻回忆自己的人生，但在正文开始前，作者以山姥的起源着手，简单阐述了塑造山姥角色更深层次的意义。

第一，山姥意义的再建构。故事的开头由一个古老的山姥传说开始。一个在深山老林里迷路的年轻人遇到了一位长年在山中居住的老妇人，并向她求助，希望能在她那儿住一宿。年轻人对面前这个言行举止怪异、长相奇特的老妇人有警惕之心，心里一边担心她吃了自己，刚好萌发了这个念头的时候，老妇人就用一种异样的眼光看着他，好像能看穿他心里在想什么一样，山姥拆穿了年轻人心里一个又一个最真实的想法，最后这个年轻人在一轮轮拷问下勉强从山姥家里逃出。山姥则一直跟在他后面追赶，似乎并没有打算放过他，年轻人跑得飞快，一溜烟就不见了人影，生怕被山姥发现，被抓回去，这就是很久之前流传多年的山姥传说。

作家在叙述中加入故事，以理所应当的态度下结论，作出自己的决定。当然，按照实际情况来看，这就是作者自己编造的一个故事，它叙述的内容大多数与山姥的传说不太一样。作家用读心术替代了山姥原来超乎寻常的能力，成为山姥最强有力的武器，山姥一点儿都不在乎，也不避讳，每回都会把对方的心思戳破。此外，与蛮横的武力相比，山姥很显然更加在意精神上的压制。虽然作者并没有直接点明，但在山姥追逐年轻人的过程中，年轻人一直都只是在逃跑，并没有做出任何反抗、防御行为，文章中也没有描写山姥强大的段落，如果那个年轻人只是一味地逃跑的话，那么被山姥吃掉可能就是命中注定的结局。

然后，作家笔锋一转，围绕着过去几乎不曾提及的山姥言行举止的目的提出了自己的质疑，并作出回答。但是，山姥应该不太可能从一出生就是满脸皱纹、身材瘦小、皮肤干瘪的老太太。有的时候也会像刚刚出生的婴儿一样皮肤嫩滑，全身散发着香味儿，好像晶莹剔透的玻璃，又像柔顺闪闪发光的丝绢，她也有过那样动人的少女时代，男人都簇拥着她，所有目光都投注在她身上，这一切她都经历过。但是，世上的大多数事情都不遂人愿，关于"年轻时期"的"山姥"的故事版本没有被人熟知。年轻的"山姥"不愿意独守空山，一个人在山中孤独终老，至死仍是孤独寂寞、无依无靠的状态。于是她将自己的灵魂附身在各种各样的动物上，如仙鹤、狐狸等，或变成年轻貌美的妻子直接居住在人类的村子里。

这些化身为人的山姥，大多聪明灵敏、心思细腻，对感情十分敏感，不知道结局为何总是以悲剧收场。自己倾尽一切，只为讨男人喜欢，结果却总不遂人愿，悲惨变回动物之躯，回到山里躲躲藏藏，过完一生。有的甚至为了"爱情"，毛发全部掉光了。可能这些动物都是因为被人类伤害了，因此才充满恨意，变回了山姥，隐藏在山林中。之后，作家进一步提出，这其实就是为什么山姥只吃男人的原因，爱之深恨之切，虽然这只是作家的擅自揣度。但这从某种程度上也是对山姥吃人的古怪行为作出的回应与维护。山姥吃人的行为最后得到了可以被谅解的理由，作家将这种野蛮残酷的行为合理化，甚至变为了一种报复行为。作家从某种程度上也证明，其实山姥在自己内心深处与"母亲"没有差别，于是她利用这种强行将山姥行为合理化的方法，把人们从对山姥的恐惧转化为"怜悯"，但这种突兀的转化方式从某种程度上只会起到反作用，将非合理的行为强行转化为合理行为的做法常常让人觉得十分费解。但随着后来的故事情节的发展可以发现，作家并不在意山姥的行为是否突兀，动机是否勉强，也不在意"山姥"究竟是否真的存在过，她一直希望验证所有女性都会有"山姥"的心境，所有女人都有可能转变为"山姥"。

第二，双面山姥。故事的开头以已经去世的山姥的童年回忆展开，在开篇，作家就斩钉截铁地说到"她的的确确是一个最真实的山姥",虽然是山中的山姥,怀念着山中,但她基本上在离开后就没有再回去,一直在普通的村落里度过了平凡女人的一生。山姥一出生就有读懂人心的能力,与母亲的日常相处过程中,在无意识下就直接说出了母亲内心的声音,母亲面对这种能读懂人心的孩子也会感到身心俱疲,当她慢慢成长为大人时,母亲却发现小孩儿变得越来越沉默寡言。在跟别人长期相处的过程中,女儿借助自己能窥探人心的能力,很快就学会了与人交往,她也能感受到哪怕是自己的母亲,对自己窥探人心的能力也有所忌惮。于是,为了招人喜欢,她利用她与生俱来的能力窥探他人的内心世界,了解到他们此时此刻的需要,并在他们说出需求前,努力满足他们的意愿,帮他们把所有事情都打理得妥妥帖帖。但后来,她逐渐发现自己越来越不快乐,需要讨好的人实在太多,她花费了很多精力去满足别人的需求,但却常常忽略自己的需求,她在讨好过程中感到非常疲惫,也越来越讨厌与人打交道,宁愿把自己关在家里。而她窥探人心的能力也让母亲感到十分疲惫,无力应付,她非常希望自己的女儿可以早点出嫁,让自己解脱。而母亲这种想法也被女儿看穿,女儿一方面希望自己可以早点儿离开母亲,让母亲解放的同时也让自己获得自由,另一方面,又对母亲的这种想法感到难过,对母亲心生不满与怨恨。母女二人都希望能够与对方和平共处,但心中积压的不满没办法向对方宣泄出来,于是在这种状态下,她们也只能渐行渐远,各自安好,母女二人产生的各种各样的复杂情绪让母女分开的日子也越来越近了。

女儿后来嫁给了一个普通的男人,这个普通男人对妻子的感情和态度都极其复杂,一方面希望妻子能像母亲一样照顾、宽容他,另一方面又期待妻子像傻瓜一样无底线地包容他、宠爱他。妻子对丈夫给予她的快乐表示感谢,于是用自己窥探人心的能力满足丈夫的一切需求,讨好、报答丈夫。当女人不完全符合男人对"妻子"的幻想时,男人就会觉得妻子很懒,而且非常粗心大意。当女人完全符合男人的幻想时,男人又不屑一顾。妻子虽然对丈夫存在一丝感激之情,却对丈夫这种过分自信的心理状态感到生气,但是她又没办法将这种感情全部倾诉出来,只能憋在心里,这两种截然不同的心理状态让她觉得内心无比挣扎,充满矛盾,因此只能选择逃避,跑到自己想象出来的世界里,一个人安安静静地待在她喜欢的地方，安安分分地生活。在这个时候，丈夫肯定是以衣衫不整的乞丐形象出现，在女人的房子外面徘徊。

"山姥"指的是居住在山里的女人，换言之，就是她无法居住在村落。以更加明确的说法，就是没办法住在村子里的女性。村落里的女人与山姥最大的区别就是她们是否有固定的居住场所。村子里的女人一般是母亲和女儿，都是家里的成员，直接属于她们的家庭，在家庭内部也承担着自己的职责，肩负着让家庭成功运转的责任。对于村落而言，她们既具备完善的生育能力，可以传宗接代；又具备独特魅力的女性气质，成为男性心理与生理的安慰，生育能力让整个村庄延续，是一个村落里不可缺少的力量，这种力量一直被制度保护、推崇，但同时也被掌控。

随着男权主义的社会逐渐壮大，理想的女性形象似乎成为男性手中的玩物，男性按照自己对女性的评判标准来定义理想女性，于是在家庭中事事顺从男性、蕙质兰心、谦虚谨慎、没有自我态度与自我主张，能够包容男性一切过错的女性形象被定义为理想女性，甚至成为村落里必须执行的行为准则与道德规范，这决定了女性在村落里单一的生活方式与生活状态。按照这种男性确定的标准，村落将女性直接划分为"好"与"坏"，好女人是遵守村落规矩、服从男性的理想状态，而坏女人则是打破规则，被村落边缘化，甚至赶出村落的人。到了现代化社会，女人已经具有非常强烈的自我意识，能够勇敢地表达自己的想法与欲望，并且能够利用自己的魅力去控制男人的行为，不愿意生儿育女，而这种类型的女人常常被划分为"坏女人"。

在近代小说中，能够看到很多这种类型的女性形象。值得注意的是"坏女人"可能会成为山姥，但从某种程度上而言，山姥与"坏女人"存在本质区别。"坏女人"是不愿意服从男性的要求，被村落边缘化的一类人群，但她依然是处于被男性标准归类的范围里的。"坏"也只是按照男性的标准定义的，甚至是男性眼光最真实的反映。山姥则处于更加遥远的地方——山林，她们在山林没有固定的住宿，四处漂泊，但她们却拥有自由的灵魂，具有强烈的自我意识，对自己的欲望极度明确，有着强烈的主张与表达。一旦惹怒她们，她们就会攻击村庄里的人，但有时也会借助超能力帮助村子里的人。山姥虽然具有生育能力和母性特质，但完全不符合社会要求的女性特质，如服从、大方、谦虚等，甚至完全摆脱社会制度所要求的女性在社会中扮演的角色，此外，尤其需要指出来的一点就是，山姥没有必要依赖村落制度。综合各个方面的因素来看，山姥的确是女性，但没有遵守男性制定的女性规则，因此，她们无法被定义、控制、支配，是男人没办法掌控的女性，超过了被男性标准捆绑、束缚的理想女性。

当山姥成为一种符号在女性身上被人看到时，就被放大为女性长期被男性权利压制的自我。在妻子的美好想象里，对自由充满期待，渴望自己的思想能够得以解放的山姥的出现刚好体现了这一点，站在她的角度上看，自己是被自由自在的动物植物包围着的精灵，但在认识的邻居面前，则是非常恐怖的模样。这也正好说明了山姥游离于村落外，让人害怕的一面。泉水反映出来的影子从某种程度上是社会制度的需求与内心自我意识的挣扎、抗争。这也刚好说明了山姥处在村落的外面，让人感到非常害怕的一面。泉水反映的影子从某种程度上而言，就是外在制度的需求与内在自我意识的割裂与对抗。

山姥既然选择了在村落中居住，就不可避免地陷入一种自我割裂的状态中。但是如果站在另一个角度上来看，在这对夫妻的相处过程中，妻子方方面面都让丈夫优先，是一个非常具有代表性的"贤妻良母"。但是丈夫却不是特别在意，甚至视而不见，到处指责妻子，妻子与丈夫之间存在非常明显的附属关系。通过"如果没有那个将我各种不合乎情理的要求尽一切努力实现的女人，我可能就活不下去了"这样的发言完全可以看出，在两者的关系中，实际上是妻子控制着丈夫，而丈夫依赖着妻子的状态。她非常了解丈夫的所有事情，不仅仅停留在日常生活的需要中，还包括个人的情绪状态。她似乎完全摸透了男人内心的不安与脆弱，以及对自我认知不够准确的肤浅，并预料到了由此产生的不安、焦虑和各种无可奈何的情绪与感情。然后，她用自己的方式安抚男人，将男人的自尊心牢牢地掌握在自己手里，虽然耗费了很多心力，但山姥现在终于不再需要到处奔波，直接将猎物玩弄于股掌之中。

第三，山姥的死去与回归。长期的心力交瘁也直接把妻子累倒了，丈夫和女儿们都围绕在她身边，但当医生说她这个病可能会延续两三年，儿子借机离开，女儿则在父亲的威逼利诱下勉强留了下来。女儿想到小时候母亲对她的细心照顾，她又直接想到后面可能面临的各种困难，逐渐觉得母亲如果在父亲和她的照顾下离开人世，可能也是一件幸事。其实母亲能感受到女儿对她的态度，在女儿照看她时突然清醒了一下，她眼睛直勾勾地看着女儿，面带微笑，然后将唾沫直接吞进了气管，在临走时，她利用她与生俱来的能力感受到了她丈夫和孩子卸下包袱的轻松自在，好像放下了很大的负担一样。在去世的母亲脸上，女儿看到了仿佛婴儿一样纯真无邪的笑容，这种笑容确实是母亲表达喜悦的方式，母亲直到生命的尽头依然有能够窥探人心的能力，家庭成员的所有心愿都已经实现，成功了完成了作为村里人的任务。住在妻子内心深处的山姥也终于如释重负、重获新生，最后回到了山林里去，这份溢于言表的喜悦心情直接表现在她的外表上，而妻子在离世时，好像回到了童年时期的皮肤，光滑美丽，就像用蜡制成的女神像。

在妻子最后的潜意识里，她能感受到自己身处荒郊野外，四处都是亡命天涯的人，她直接上前询问理由，在一问一答的过程中，妻子体内山姥的灵魂逐渐苏醒，并直接回到了山林里面，山姥则站在山顶回忆自己曾经无比心痛的少女时期，如果当时住在山里，现在可能就是在野外对猎物穷追不舍的山姥了。究竟是住到山里变成吃人的山姥，还是带着山姥的能力与心思伪装成普通人住在村落里。她曾经也一直在思考这个问题，但现在又觉得没有区别了。无非就是住在山里被称为山姥，住在村落里被当作怪物或者与普通女人一样度过自己的一生，内核并没有变化。无论是作为山姥在山林里奔跑、到处追捕自己的猎物，还是作为平凡的家庭妇女在家中掌握全局，其实并没有非常大的区别。而且从结果来看，基本上都是山姥靠其他人的血肉为生，最后直接成全了自己。表面上，女人一直都处于一种被人控制的状态，自始至终压抑着自己的自我意识与内心的各种冲动，是一种自虐行为。但实际上，与其说她是被一系列制度控制着，以一种被迫的形式存在着，不如说她已经控制了社会运行的制度与规矩，明白了制度是如何开展实践的，并将他们为自己所用，掌握着男性生死。她的一生其实是具有独立自我意识、掌握了主动权的一生。

（5）《浦岛草》物语的女性形象。

《浦岛草》以大庭美奈子少女时代体验的广岛作为背景，描述了几个具有强烈自我意识、在1945年后苦苦挣扎求生的女性角色，通过大庭美奈子作品中最为常见的主题——男女、女性甚至男性之间各种情感上的纠葛，反映了1945年后人们的复杂情绪，大庭美奈子没有过多地批判社会制度的不公与国家存在的意识形态的割裂，她渴望呈现的是与其他人欲望的对立面和对自我意识的追求，正如川西评价的，自我意识从某种程度上展示的是现代人精神状态上的发展史。

《浦岛草》单行本的附录中，大庭美奈子与野间宏的对话中提到，在撰写《食船虫》的时候，他已经开始对《浦岛草》有了一个大致的认知。事实上也确实是这样，《食船虫》与《浦岛草》出版时间相隔八年，但登场人物却基本一样，而且在《食船虫》中多次出现在花匠记忆深处与梦魇中同父异母的姐姐阿梨的未婚夫，其实就是《浦岛草》中的菱田森人。阿梨在《食船虫》中如同黑洞，花匠为了摆脱姐姐的魂魄而远走他乡，远赴孤岛，但最后依然没有摆脱掉阿梨诅咒般的厄运；在《浦岛草》中，阿梨直接后退到背景版面的位置，但关于阿梨，对她自杀的描述一直都贯穿全文。小说的视角主要以菱田森人同母异父的妹妹雪枝展开，雪枝在年幼时父亲就已经去世了，她被自己的母亲送到美国学习了一段时间，在此期间，母亲又永远离开了她，而雪枝之后一直留在美国，直到大学毕业后参加工作。她也有一个一周只见两面的恋人马莱克，与他交往几年后，婚姻的问题也被反复提及。

作为一个日本女人，她面临巨大的选择，但她还是决定先回日本的家里，在日本接待雪枝的是家中第二个儿子菱田森人，他们家的长兄是母亲和田地总管生下的孩子，而田地总管又被人说与阿冬相爱，并且阿梨就是他俩生下的孩子。总管依靠从夫人手里拿到的对佃户的管理权生存，但也因此不得不服从夫人的命令，之后又因为佃农之间的斗争而去世。雪枝的母亲阿节从夫人那里拿到一笔钱，开始从事养鸡行业，他的家业发展得非常迅速，还招到雪枝的父亲作为入赘的女婿。正因为这样，雪枝与她的兄长们年龄相差非常大。母亲阿节离开后，洋一留在自己的家乡，继承祖宗的家业，菱田森人在东京过着神奇的生活。他与冷子同居但还未结婚，冷子的丈夫在跑到前线后失去了消息，是菱田森人救了冷子一命，然后两人开始了同居生活，并且已经有了小孩黎。然而冷子生小孩那天，冷子的丈夫回来了，他不愿意与冷子离婚，并将冷子刚出生的孩子当作自己的孩子报了户口，菱田森人也愿意离开冷子，在举步维艰的生存环境里，两个男人肩负起养家的责任看起来也更加有效，于是三个人就开始了和平相处的日子。

不久之后，菱田森人将照顾黎的保姆阿雪与美国士兵生下的遗腹子带了回去，菱田森人为这个孩子取了名字叫夏生，并在户口上将她登记为自己的女儿。隐藏在东京的某处茂密深林中的就是这样一个关系奇特的五口之家，他们彼此都没有什么血缘关系，但他们以家人的身份生活在一起，雪枝怀着非常矛盾的心情观看了他们一家人的生活状态，后来，又跟自己的男朋友一起访问广岛与自己的出生地，探访了自己的大哥。可能是与外国人一起同行的原因，雪枝没有得到家人的热情款待与热烈欢迎，于是急急忙忙地回到了东京，最后却发现冷子的房子消失了。当雪枝觉得疑惑不解的时候，夏生正好跑过来拜访她，直接告诉他们，在最后有了自己的情人与冷子提出分手，后来又因失手杀死情人而进入监狱。冷子和菱田森人为师父龙还债卖掉了自己的房子，然后远走他乡，消失得无影无踪。

《浦岛草》的内容非常复杂，尤其在叙事手法上，将时间节点重复堆叠，在不同时间节点同时推动小说情节发展，而雪枝在日本度过了不到两个星期的生活，从某种程度上跨越了十年的时间。小说中陆续出现的女性人物，阿节、冷子、雪枝、夏生可以说是三代人的代表人物。围绕在这三个主要女性人物身边的男性角色也与之前大庭美奈子塑造的男性角色不同，甚至作者的创作目的就是直接利用这两个与众不同的男性角色展示出来的。

小说的整体框架以雪枝作为主体视角进行阐述和说明，但在小说的各个章节，则通过各个人物与雪枝之间的关系来探讨，每个人物都要通过自己的言行举止表达自己内心深处的情感。冷子在第二章出现，她只是站在门口，安静地等待雪枝的到来。在雪枝眼中，冷子一直是个子比较矮小、温柔美丽、具有日式风情的中年女人，并常常让人联想到阿波人偶。但也有一点不同于其他人的地方让人印象非常深刻，她有一头雪白而且具有光泽的长发，不是因为年纪大了产生的白头发，而是与生俱来的一头白发。除此之外，她的眼睛和皮肤都非常健康，就是平常日本人的颜色。

而作者似乎特别强调她怪异的头发，让人联想到《山姥的微笑》中山姥独具特色的一头白发。在旁观者眼里，冷子其实是一位"拥有坚定意志的额头、仿佛在害怕什么的脸蛋儿、充满忧伤与热情的眼睛和充满肉体欲望的嘴唇，性格非常复杂，心思极其敏感的女人"。在黎的保姆眼中，自己的主人是有极强的嫉妒心、没有女性朋友，且对社会基本没有任何兴趣的女人。这样一个心思极度敏感、充满矛盾的人物，再加上她一直躲在小树林里，她与两个男人之间微妙的关系全部暗示着冷子就是"山姥"。冷子居住的住宅里有一个非常小的院子，院子里有一片墓地，墓地里不知道究竟埋了什么人，还有一口可能淹死过小孩儿的水井，在这片阴森恐怖的土地上，墓碑旁边生长着密密麻麻的浦岛草。雪枝进入这个家庭的时候，正好赶上了浦岛草盛开的时节，作者非常仔细地描绘了浦岛草的模样。因为样子很像人在钓鱼，于是直接被称为"浦岛草"，但它实际上属于天南星这种类型的植物，看起来有点儿像黑色的"海芋"，让人觉得非常阴森恐怖。尤其是在冷子眼中，浦岛草实际上让人明显感受到不舒服的黑色花朵，在绿色的草丛里非常显眼，就像正在燃烧的摇曳着的火苗一样在那里盛开，对冷子而言，火焰就像是当年核爆炸后她亲眼看到的地狱之火。

对冷子而言，浦岛草是生长在死亡之地的花儿。但即使是这样，每年到了浦岛草盛开的时候，冷子又忍不住去看那生于死亡之地摇曳着的美丽花朵，也许，浦岛草对冷子肯定还有另外的意义。冷子的丈夫跑去当兵后，很快就没有了音讯。冷子和婆婆一起到广岛居住。在核爆炸发生时，冷子刚好跑到乡下购买粮食，侥幸逃过了一命。当她想到自己的婆婆还生死未卜的时候，一个人跑到爆炸地区寻找，出现在冷子眼前的是地狱一样的景象。

6. 井上荒野作品中的女性形象

井上荒野作为日本现当代具有代表性的女性作家，笔法细腻，擅长在日常生活的细节之处发现世界的美和不寻常，其文学作品中的节奏常常是舒缓中带有一丝紧迫感，使读者更有身临其境的代入感，值得细细品读。井上荒野的代表作是《切羽》，这一作品获得了第139届直木文学奖。《切羽》中描写了三种不同性格、不同年龄段的女性在不同时期的情感需求。

《切羽》是一部探索恋爱本质的长篇爱情小说，其中描绘了一段悄然邂逅，主人公心动后没有发生实质变化的恋爱故事。小说背景在井上光晴的家乡长崎县崎户岛，崎户岛是一座曾经生产煤矿的美丽小岛，景色宜人，静谧悠然，远离东京繁华，远离喧嚣。阿清是岛上一位平民学校的医务教师，与画家丈夫琴瑟和鸣，相敬如宾，相亲相爱。自从学校里来了一位音乐教师石和聪，原本夫妻二人的平静生活就被打乱了。阿清与石和聪都难以抗拒地被对方吸引，长期在学校内的交往使阿清的内心产生了微妙的变化。最终石和聪的离去让阿清的内心又重回平静，仿佛一切没有发生，对情感的事秘而不宣。让这部小说看上去有一丝朦胧的观感，描绘出一场男女之间似有似无的爱恋。

整篇小说都散发出一种淡淡的温馨和说不出的感动。那些看似安静和谐的生活里的内心悸动，都被作者以娴熟的笔力呈现给读者。干净的情节虽然没有故事冲突，但仍然吸引读者的心。一段还未展开就结束的感情，一场什么都没有发生的恋爱，与西方文学作品中那些炽热的感情相比，这部小说具有浓浓的日本风格，里面是淡淡的情，非常隐忍、柔和，像花将开未开，波浪将起未起，像一只小小白蛾落在窗纱上，扑闪的翅膀扰乱了烛火。《切羽》沿用了日本自然主义文学的描绘手法，用干净的情节在作品中流露出日本传统文学稿件中的温情。小说中的人物不多，大多情感内敛，但作者擅长描写人物内心的波动，使文学作品透露出淡淡的惆怅。井上荒野对人物内心世界的描写细腻又深刻，整篇小说唯美又沉静，具有典型的日式小说的影子。平岩弓枝评论《切羽》是一部能够留在心里的文学作品，非常明确地表达出作者对感性思维和情节的掌控能力。作者对人物的描写，尤其是心理活动和细微动作的捕捉能力非常出众，获得直木文学奖是实至名归。直木文学奖的颁奖词中也写道：这部小说能使人感觉到小说的美好，是一首近乎完美的"文学之伊吕波歌"。

（1）井上荒野女性主义文学作品的背景。

井上荒野的家庭背景。井上荒野是日本作家井上光晴的女儿，从小在浓厚的文学氛围中长大，良好的家庭环境为井上荒野提供了非常好的文学资源，让她拥有非常高的文学素养。1989年，井上荒野凭借自己的第一本小说《我的努力耶夫》在日本文坛引起轰动，"横空出世"，在第一届女性文学奖上得到桂冠后，井上荒野就停止创作，把自己的心力全部投注在翻译儿童图书上，到了2001年，才重新开始自己的创作生涯。2004年井上荒野凭借她的小说《润一》获得第11届岛清恋爱文学奖，2008年《切羽》的创作全部收工，并以评委全票通过的水准获得直木文学奖，在当时的日本文坛，取得了非常大的成就。

　　《切羽》的构建背景。《切羽》的内容构建其实并不复杂，故事背景和人物背景都较简单，女主角阿清和画家在小岛上安安静静地生活着，但是一位远道而来的音乐教师却打破了他们夫妻二人平静的生活，让他们稳定的感情出现了间隙与前所未有的危机。小岛上安静悠然的生活氛围与女主角淡淡的心事融合在一起，一种微妙的氛围弥漫在空气中，再加上阿清、石和聪之间若即若离的关系，让读者沉浸在那种微妙的氛围里无法自拔。但是我们需要注意的是，国内的翻译人员将《切羽》的名字直接翻译，但直译对读者而言还是过于生涩，不利于读者深入理解《切羽》。"切羽"在小说中的解读是：切羽其实是道路前方的障碍物，是困难，是黎明前的黑暗，在挖坑道的时候，路的最前方就是切羽，但要是坑道被连接成了一条畅通无阻的大道，切羽将不复存在，如果一直挖、持续不断地挖坑道，那么前方就永远是切羽。从小说表达的中心思想来看，切羽实际上隐晦地表示了女主角与石和聪之间暧昧不清的关系，他们俩之间的关系只能是有名无实，看似在靠近对方，实则仍然是两条平行线。

　　在《切羽》中，井上荒野从女性视角出发，以女性为创作对象为读者描绘了一幅纯爱的画卷。井上荒野以往的文学作品，例如《达利亚庄园》在入围文学奖时有评委就曾经评论过她，有着十分鲜明的反抗意识，是她与其他作家的不同之处。但涉及男女之事时，女性视角和男性视角还是不一样的，能感受到作者巧妙的用心。"伊集院静"评价井上荒野创作的《比谁都美的妻》如同清冽的泉水一样沁人心脾，哪怕只是描述男女之情，也依然流淌在心里，久久不能平静。同样与他得过岛清恋爱文学奖的评委这样评价这本小说：这其实是一部带有先进意识与觉醒认知的短篇小说，能从这部小说里窥探到作者的文学素养与文字功底，以及敏锐的心思。其他女性作家也创作了很多描写女性人生和自我意识的小说，但只有井上荒野站在了世界的立场上去审视女性的自我意识，她的格局和意识高人一等、与众不同。《切羽》无论是写作背景还是内容都围绕着女性展开，利用女主角的感情作为主干线索，深度刻画了女性心理的变化与自我意识的产生，以及在失去爱情之后的状态，对感情世界的剖析。

（2）《切羽》中不同的女性形象。井上荒野在小说《切羽》中塑造了三个性格迥异、成长在不同环境下、处在不同人生阶段的女性不一样的人生状态，在日本以男权为中心的社会体系中，三个女人选择了三条不同的道路，在小岛闭塞拥堵的环境中，人们在情感上的需求与道德上的约束交织在一起，错综复杂的故事情节让内容更加引人入胜。

《切羽》中的女性形象主要分为三类：第一类是作为已婚女性的在校医生阿清，虽然已婚，但仍然与学校的音乐老师暧昧不清，在他俩身上发生着莫名其妙的关系；第二类则是女主角的朋友月江，陷入了不伦之恋中，违背了社会的公序良俗，有悖日本传统婚姻制度；第三类则是年龄超过九十岁的静香婆，她则是日本传统妇女的代表人物，在小说中有点格格不入、突兀独特，但她却恰恰是日本最典型的妇女。从某种程度上而言，这部小说的女性角色大多数都是反传统的，是具有独立自我意识的女性。这三种性格迥异、家庭背景截然不同的女性在小说中的情感需求也千差万别、与众不同。女主角阿清对石和聪的态度一直都是若即若离、朦朦胧胧、憕憕懂懂、隐隐约约的日本独具特色的暧昧，月江对爱情的态度一直都是以自我为中心，脱离各种现实传统的约束，也脱离了世俗的目光，只是单纯追求自己内心世界的满足，不愿意随便找个人结婚，宁愿选择一个有妇之夫，不顾旁人的指指点点与说三道四，倔强地坚持自己内心深处的决定。这三个人从某种程度上都采用了自己独特的方式去处理自己的感情，她们难过的地方在于目前的日本社会体系，好像给了她们自由选择的权力和空间，但实际上，以男性为主导地位的社会并没有给女性"自由"和"自我意识"，她们一直被社会逼迫着往前走，被逼无奈地作出自己的选择，如果一旦作出的选择不符合约定俗成的观念，就会被整个社会孤立。月江看似是某种程度上的自我放弃，但在现实里，她其实是被整个社会孤立的对象，社会将她自动从主流意识中淘汰出局，并不是她自己的选择。

第一，十字路口的女性形象——以主角阿清为例。《切羽》中的女主人公阿清是典型的日本传统女性，阿清对丈夫还是有爱的，但随着时间缓缓流逝，丈夫在精神世界与阿清渐行渐远，阿清和音乐教师石和聪的关系停在切羽处，对阿清而言精神世界的充足远比肉体上的满足重要，因此仍对丈夫保留了肉体上的忠诚。在《切羽》的结尾，从阿清与石和聪的对话中能看出她对这段感情的取舍态度，她将这段暧昧的感情停在了"去切羽"的边缘，最终回归到家庭。在《切羽》的开头，小说描写了一段阿清对丈夫的求欢片段，她将自己比喻成蛋，"为了和蛋清分开"象征着阿清精神与肉体的割裂，阿清一边对自己的丈夫依然留有感情，一边又觉得自己的情感需求并没有得到丈夫的重视，自己的精神世界异常空虚，无法与丈夫交融使阿清认为自己与丈夫已经同床异梦。但画家丈夫笔下的小岛是纯白的，和阿清相比，两人眼中的小岛差距格外大。

在阿清与丈夫的婚姻生活中，每年去看萤火虫是丈夫与阿清的浪漫约定，但今年萤火虫出没的季节，阿清却已经忘了这个约定，直到丈夫主动带阿清来到萤火虫出没的草丛阿清才回想起来。以前阿清和丈夫都会去河边等待第一只萤火虫的出现，在漆黑的夜里，丈夫想要画下阿清的样子，却被阿清嘲笑说天色太黑，什么也看不到，画不好。阿清在感慨丈夫不能理解自己时，丈夫也同样无法与阿清有共同语言，这样的婚姻状态令人疲惫。而阿清在与石和聪的交往中，不断地揣测石和聪的心意，营造着属于自己的婚外罗曼史，但石和聪并没有真正追求过爱情，从小说描述的片段来看，石和聪作为一位从东京而来，婚恋价值观与岛上居民截然不同的人，打破了小岛所代表的日本传统婚恋价值观。

第二，传统女性形象——以静香婆为例。静香婆的丈夫在与静香婆结婚后第三年就死了，静香婆在经济上也只能依靠丈夫死后的抚恤金生活，那点微薄的经济支撑在读者看来就是冰冷的床铺和漏雨的屋檐，静香婆的家一直被蒙蒙细雨笼罩着，而静香婆则是静静地看着落雨。

从当今日本社会的传统家庭观来看，女性的价值就是在家庭中扮演相夫教子的角色。从过去几年对这类问题的调查数据可以看出，多数人对女性参与社会活动的看法仍没有大的改变，而静香婆既没有孩子也没有丈夫，被传统的日式思想所影响至深，生活了无生趣。阿清非常在乎静香婆，虽然静香婆经常会说怄人的话，心情不好时还会发脾气，跟阿清闹别扭，可阿清知道静香婆喜欢她，甚至在某种程度上静香婆把阿清当成了自己的女儿。阿清的母亲很早就因病去世了，母亲一直是阿清心里最柔软的那个地方，母亲的离世让阿清的生活多了几分孤独与苦闷，在那段艰难的日子，一直都是静香婆在陪着她，站在阿清的立场上，静香婆就像是母亲的延续，或多或少弥补了阿清对于母亲的怀念。但在小说中，阿清又亲眼看着静香婆像母亲一样离她而去，这对她而言其实是二度伤害，静香婆的死亡对于阿清而言，就像是自己的心再次被撕开，愈合的伤疤还没结痂，除了疼痛与悲伤，更多的是心怀愧疚。

第三，反叛者形象——以月江为例。阿清的同事——月江，她是个第三者，与有妇之夫陆上先生发展了一段不伦的感情。她在井上荒野的笔下被塑造成一位不顾世俗眼光、纵情欢愉的角色。在被陆上的妻子抓到后，月江也想开始新的生活，想要回归家庭，成为"妻子"。这个远离东京的小岛是整个日本社会的缩影，两性关系的复杂在这个小社会中得到了无限的放大。月江通过勾引石和聪来刺激陆上先生，又利用石和聪和阿清的关系来挑衅阿清和她丈夫之间的夫妻感情。对男人而言，月江的个人魅力巨大，不论是容貌还是谈吐，都深深地吸引着年轻男子石和聪和有妇之夫陆上先生，甚至连好朋友的丈夫都不由自主地被月江的个人魅力深深吸引。

小说的后半部分，月江决定与石和聪结婚，与陆上先生彻底切断联系，回到自己的家庭里，当阿清问到这个的时候，月江解释道自己只是想体验结婚的感觉而已。在某种程度上，月江并没有摆脱传统思想观念的束缚，一直被日本女性那种传统的思想观念捆绑，没有寻求自己内心深处真正想要的。月江面对陆上先生妻子时没有丝毫露怯，而是选择先发制人，将啤酒泼到对方身上。但坐在旁边的石和聪只是让她回去，她就乖乖听话了，月江对待人的态度很显然形成了鲜明的对比，这种对比也恰好展示了月江并没有想象中那么勇敢，她只是外强中干而已。

月江似乎在通过与陆上先生脱离世俗的爱情，来证明自己的特立独行，证明自己的存在，因此在与陆上先生关系出现了裂痕，无法修补和挽回后，她当着朋友阿清的面亲口承认与朋友丈夫扑朔迷离的关系，这从某种意义上而言，其实是对"妻子"角色的抗拒，通过这种举动表达了自己对传统婚姻制度的不屑与不耻，这也可以体现月江的叛逆。但这件事情结束后，月江没有选择挽回陆上先生，也没有按照她原来讲的与石和聪结婚，这一点一直是值得读者思考的。对于月江而言，阿清妻子的身份就注定了她与阿清的关系是在对立面的，其实陆上先生的妻子也一样，在石和聪离开她后，她嘲讽地说，幸好自己没有成为异类。

月江在小说中一直都是反叛的，她行为举止虽然胆大妄为。月江就像是一个外来人员，从岛外到岛内来避难的人，发现了"岛"一直在压迫束缚捆绑着女性，让女性的自我意识无法实现，对于岛上的大多数女性而言，"岛"确实是她们的避难所，但同时压抑着她们的个性与成长，让她们喘不过气。不过，小说的结尾部分月江又说，其实成为异类也没什么不好，这句话展现了月江内心的矛盾与挣扎。月江在小说中确实是反叛者，但她也是个悲剧主体，作为女性，心里还是会有对婚姻的向往。

因此，月江在小说中的种种表现以及反叛与反抗，实际上都是来自内心深处的求而不得，在笼子里的人羡慕着笼子外面的自由，笼子外面的人又渴望着笼子里的安逸，月江从内心深处渴望婚姻，渴望成为妻子。但是在步入形式婚姻和与爱人在一起的抉择上，月江选择了遵从自己的内心，与所爱之人在一起，做这个决定代表月江突破了日本传统的社会道德观，尊重自己作为女性这个独立个体的意愿，代表女性在男权社会下的抗争。不过这种抗争还是带有一些局限性，只是在浅层次的抗争，月江并没有意识到自己作为女性抗争的真正目的，只是出于本能，机械性地抗争，这种抗争并没有从深层次出发，在男权社会的压迫下并没有被真正表达出来。

第三节　日本现代女性文学的价值取向与表达

在日本，女性作家大多希望重新定义女性身份和女性原则，她们以一种自然的状态描绘女性的欲望以及人性优劣并存的复杂形态，在她们的日常生活中流露出复杂的心理。她们希望塑造出一个非常自由、坦荡地去追寻自己理想的女性角色，关注现实生活中的一系列问题，在反对性别歧视、反对阶级对立中发出了嘹亮的声音。与此同时，她们描绘的是女性在现实生活里的可能性，从原则上对一些老旧的传统观点发出质疑的声音；她们探索暴力和犯罪、异常心理的世界，描绘出现代人的心理状态，对一些抽象、宏大的命题进行挖掘，把女性从"集体无意识"的状态抽离出来，让她们"走向女人"，这种历程大体上分为以下三步：

"女性自我意识"的觉醒——意识到自己的女性身份为自己带来的权利，整个社会给予女性独立的生存空间。

"女性主体意识"的崛起——认识到自己作为女人能够把握自己的命运与生活。

"女性群体意识"的全面崛起——认识到"我"作为女性群体中的一员，对整个群体的成长和发展应该发挥一定的作用。

一、恢复女性权利与社会地位

小说家三枝合子的文学作品传输的社会价值取向从某种程度上指明了日本现代女性文学的创作方向，她的主张一般在于对男性原则的反对与女性原理的确定，因此，她的作品大多具有浓烈的现代风格。她的代表作《崩溃告知》及其一系列发言，都验证了这一点。她的小说《崩溃告知》建立在反对男性原理的基础上，主要描绘了一位三十多岁的编辑和撰稿人在小酒馆发生的一系列故事。

开头部分是这样描述的：小店的墙壁与黑夜连成一片，三面黢黑，没有窗户，就算有窗户，由于黑夜的侵袭，也分不清是窗户还是墙壁了。三枝合子将现代男女夜晚集聚的小酒店与人类远古的黑暗连接起来，其目的就是对女神黑暗之声的呼唤，回归到女性构建的世界。题目"崩溃告知"的意义就在于"告知"古希腊时期构建的以男性权利为中心的父权社会和让它发展延续的文化氛围的"瓦解"。小说中，酒店的顾客之一高津久美子怀孕了，她是升学补习班的讲师，在工作中雷厉风行。但是高津久美子不想结婚，只想要小孩，于是，她成了未婚母亲，孩子没有被广大社会群体认可，只是得到了已经离开日本去希腊学习古代史的导游的认可。剧团演员原隆在与她的交往过程中充当了父亲的角色，他告知孩子的亲身父亲，他想与高津久美子结婚，把她的孩子当自己的孩子抚养。导游听到后，非常狼狈，尤其是当听到原隆把自己的孩子当作养子的时候，他无法接受，但回到日本后，看到与自己长相十分相似的孩子，他也依旧不肯承认。高津久美子十分难受，尽管负心人不想和她结婚，她仍然没打算另嫁他人。最后，负心汉不得不同意高津久美子与那个男人的婚事。

作者之所以描写负心汉的心理矛盾和冲突，从某种程度上是为了讲明白一个道理，也就是女性可以自然而然地成为母亲，但男性却始终游离在外，很难成为父亲。男女关系并不是社会上极为特殊的现象，而是人类最原始的状态。但人们自己却不是这样认为的，原因就在于现代文明是以男性为中心的，它从某种程度上压抑着男女之间最原始的状态。

二、超越性别之外更高的格局

秋山骏从各个角度与层面对现代女性作家的社会价值与创作手段作出了非常深刻的分析与探讨，在他眼中，根据这些女性作家的优异表现，可以直接预言，她们会撑起日本文学的半边天，秋山骏也对日本新锐女性作家冥王雅子等人的作品进行了深度的剖析。在这种社会环境下，日本文坛已经出现了大量风格突出的作家，他们的作品在无意识的状态下就被打上了后现代主义的印记。

女性作家在关注自身性别处境的同时，也探讨一些超越性别之外更加宏大的命题，在崇尚多元文化的社会形态中，以独特的角度与极度敏感的心理状态捕捉整个社会的变化过程，塑造了独具特色的人物，反映了各种社会意识的变化。例如，作品中细腻地描述了自己的孤独世界，生活状态延伸出的人格自由；重新塑造家庭里的传统模式与人际关系；不是简单地描述那些浅薄的爱情，而是站在一个更高的格局上，看到了人与人之间的区别，人性与人性的善恶并存。

三、少女漫画般的单纯化思考

日本女性文学的发展还呈现出另外一种状态，就是少女文化的发展，尤其是拥有大量读者的漫画中的那种简单直观的表达方式，这种方式已经逐渐蔓延到小说、随笔中，在对人物出场方式、外貌服装上的描写上，完全能感受到少女文化的蔓延。在这类作家中，最具代表性的是新井素子，她的作品基本上没有什么过于深奥的命题，只是简单地描述女孩子之间的友情和男女之间的爱情，人物一般也局限于一些纯洁青春、有活力的少女，最多也只是涉及成熟女性的觉醒，这一点在她的代表作《希望你在这里》中完全被体现出来。与那些阴暗的存在家庭问题的"少女小说"截然相反，作家从自己身边的女生出发，女生自己解决问题这一大体方向基本没有变化，这一特点与读者的兴趣基本一致，后来，她的文学作品中展现出更加明快的风格特性。例如，在获奖作品《逾越节》中时有时无的幽默。

四、社会责任感与明快的表达

我们可以从日本女性作家的作品中，看到她们的责任与担当，感受到她们独特的社会意识形态。她们从来不回避那段屈辱史，勇敢地直面社会现实，对大量直击灵魂的人物作出了细致入微的解构与分析，通过悲剧的故事治愈那些饱受困苦的老百姓们，向大众展现了她们的人文关怀，让大众的情绪得到抒发。

当代女性作家的作品题材上呈现出一种多样化的状态，但也存在着某种程度上的共性，即"明快"的叙事风格。不光新人作家，在20世纪60年代一直活跃的女作家中，陆陆续续发表了一系列明快的文学作品，如大庭美奈子、富冈多惠子等人。虽然有极个别案例呈现出阴暗之面，但大多数还是以"明快"为主。

第四节　青山七惠作品的主题与女性形象研究

日本现代女性作家青山七惠是现代日本女性文学的主力军之一。2005年，她以作品《窗灯》摘得第42届日本文艺奖；并在23岁时（2007年）凭借作品

《一个人的好天气》一举摘得"芥川龙之介奖";2009年凭借《碎片》成为史上获得川端康成文学奖最年轻的作家,从此名声大噪。作为一名女性作家,青山七惠笔下经常塑造一些成长过程中伴随着孤独、忧伤的女性形象,她擅长通过多个角度的细节描写反映当代女性的现状,写作内容细腻且真实,通过文字把社会中女性遇到的诸多问题表述出来,引起女性群体的共鸣,并鼓励当代女性勇敢、独立以更好地融入社会。

《茧》这部作品与作家之前的作品大有不同,这部作品分上、下两部,从内容来看,是对成人世界的深入描述,包括对婚姻、爱情、孤独、病态的现实、男女对等等多方面问题的描写。作品上部的女主人公阿舞是34岁的美发店店长,丈夫阿孝(米思米)是一名家庭主夫,曾频繁辞职更换工作。两人虽然十分相爱,但阿舞在家中是更强势的一方,经常对丈夫施暴,丈夫不反抗也不用言语回击,可丈夫的这种忍让却让阿舞越发气愤,导致她对丈夫的家暴愈加频繁和严重。同时,她对自己的家暴行为也有自责,希望丈夫反抗自己,从而使两人在情感关系中能够平等。阿舞却丝毫不知处于弱势地位的丈夫正是通过这种懦弱退让的方式对她进行精神支配,以此来满足自己的自尊心。

下部的女主人公羽村希子是34岁的事业型女性,旅行代理公司的职员。她的男友道郎在专门的摄影或录音技术公司工作。两人彼此丝毫不了解,羽村希子深爱男友,认为和他在一起是为自己的人生增加分量,但男友只在需要她时才会出现,两人的情感关系一直处于不平等的状态。羽村希子沉迷于自己幻想中的男友形象,无法割舍;又害怕自己认识真实的对方之后,幻想中的男友形象会瞬间破碎,自己也会崩溃。

青山七惠在《茧》的上、下部分别以阿舞和羽村希子两位女主人公的视角讲述两人生活中所面临的困境,既拼命挣扎又无法逃离。对两位女主人公截然不同的女性形象进行生动的描绘,人物形象十分鲜明,并借此提出疑问,在现代社会"什么是对等的关系""怎样才是真正的对等""男女之间有没有对等"。

一、阿舞

青山七惠在《茧》一书中对当代都市女性的描写很细腻、准确,通过文字表现出当代都市女性那种与社会和其他人的疏离。在这部书的上半部分是阿舞与丈夫阿孝的故事，阿舞是当代都市女性，一直专注自己的事业，她自己经营着一家理发店，事业心较强的她在家庭中也具有比较强势的地位，阿舞与丈夫结婚刚满一年，她的丈夫在家庭中一直承受着阿舞的家暴，扮演的是弱者，明明有能力还手却不还手，这让阿舞既烦躁又自责，而这恰恰是丈夫想看到的，两个人在互相的折磨和束缚中维持着这段畸形的婚姻。

书中对阿舞与丈夫的描写真实且细腻，通过日常生活中的琐事逐渐让人认清阿舞夫妇的相处模式，也让读者慢慢明白阿舞的丈夫并不是想象中的弱者，只是想通过这样阴险的方式让阿舞感到愧疚，无处发泄，自己折磨自己，以一种病态的方式束缚阿舞。

"我以极快的速度捡起锅，对准那张看不清的脸使劲拍下去。刚拍下去，就已经再次举起了铁锅，于是只能一遍又一遍地拍下去，只觉得脖颈子一阵阵发麻"，阿舞希望丈夫用锅保护自己，但是丈夫没有，这种软弱的行为也是导致家暴变本加厉的主要原因。阿舞频繁对丈夫施暴，两人对此早已习以为常。两人的对话及行为表现出阿舞的强势地位。

"是吗？那就等我发现了更好的，再报告给你吧。"

从阿舞与丈夫的对话也能够看出双方之间存在的问题，阿舞在家庭中的地位较高，而且经常对丈夫实施家暴，当阿舞对丈夫的行为不满意时，会对其打骂，但是丈夫从不反抗或回击，只是哭泣或不断道歉，这让阿舞更加生气，由于丈夫太过软弱，不懂得保护自己，也难以相信他能够有大的成就，两个人的家庭地位等级也更明显，而随着时间的推移，阿舞逐渐开始内疚和自责，认为是自己的家暴或恶劣的态度才导致丈夫现在越来越懦弱，一事无成。但是，长时间的相处，阿舞也逐渐看清了丈夫的真实面目，他的服从和低姿态正是为了让阿舞一直处于自责中，从而满足自己的自尊心。

阿舞对丈夫的家暴并非无缘无故，第一次家暴是因为丈夫辞职，阿舞的第一次家暴是为了让丈夫能够重振精神，激励他继续工作，但是丈夫一直以来频繁的辞职，让阿舞越来越暴躁，对丈夫的家暴也变得越来越频繁。在家庭中，阿舞要承受内心的压力，以及来自工作方面的压力，这让阿舞对婚姻中的关系有了更多思考，她希望两人的婚姻关系是对等的，但现实却难以实现。

"我一直在等着他抓住我身体的某个部分，把我往墙壁上扔。我一直等着自己身体的自由被彻底剥夺……"

阿舞对丈夫一直以来的妥协和懦弱生气，希望自己的家暴行为能够得到回应，也希望丈夫能够有反抗的魄力，在阿舞看来，丈夫的懦弱连自己也保护不了，更守护不了阿舞和这个家，这让阿舞痛恨丈夫的不争气，自己对家庭的责任和压力也越来越大，慢慢地陷入了生活的困境。生活中的各种小摩擦让阿舞越来越烦躁，自己渴望的婚姻对等关系也没有实现，反而与自己的期望离得越来越远，而阿舞心中的愤怒也只能通过家暴，发泄在丈夫身上。但是，阿舞与丈夫的关系并没有因为持续的家暴而改变，而是继续两个人互相折磨的婚姻生活，彼此束缚，但又无可奈何。

"正常的关系根本就没有。这世上的任何伴侣都是扭曲而不公平的，即便如此，他们仍然沿着适合两个人的勉勉强强可以过下去的路线拉着手往前走，不过如此而已，难道不是吗？"

阿舞对婚姻关系有自己的目标，希望婚姻双方处于同等地位，但是这仅仅是阿舞的自我幻想，因为丈夫与阿舞的理解相反，在丈夫看来，婚姻双方对等的关系不存在，两个人的地位等级本来就是一高一低，因此阿舞与丈夫一直都是在不同的认知中生活，苦苦挣扎，阿舞通过自己家暴的行为想要达到对等关系的目标，但是丈夫通过自我放弃的方式表现自己对阿舞的不认同。

羽村希子虽是丈夫为阿舞安排的朋友，但是她的出现帮助阿舞从另一个角度看清了丈夫的所作所为："这就是米思米的一贯做法。是米思米这样诱导的。不让所有人喜欢自己，让自己高兴，他就不死心。他那个人，很懂咱们所不会的那一套。"

羽村希子的出现给阿舞的生活带来一些改变，一直以来，阿舞自己陷入生活的困境，无法自拔，但羽村希子的一番话以及劝解，让阿舞看清了丈夫的真实面目，也慢慢理解丈夫一直以来的行为和态度，她一直致力于实现两个人关系的对等，并为之努力，即便是通过家暴的方式，但没有任何作用，她的愤怒和强势没有让她开心，反而深陷愧疚和恐惧中。阿舞在知道丈夫的做事习惯之后，开始发现自己陷入生活困境的原因，但是阿舞不明白其实她自己束缚了自己，如果不能改变这一现状，两个人的婚姻一直会保持目前畸形的关系。

二、羽村希子

《茧》的第二部分是关于女性主人公羽村希子的故事，相较于第一部分阿舞的故事，希子的故事要悲惨一些。羽村希子是一位与阿舞年龄相仿，但生活更加平淡的都市女性，她从小时候开始到现在都是单纯地活着，生活、工作都没有清晰的目标，只是这样一个人孤独地生存下去，生活就如同一潭死水，微风吹过都不会泛起波浪。羽村希子本来平淡无奇的生活，在遇到道郎之后有了变化，没有盼头的生活开始有所期待，一潭死水也开始有了涟漪，她也慢慢开始给自己的生活制造一些分量。

道郎的出现对于羽村希子而言如同是黑暗中的一缕阳光，但是这缕阳光却不温暖，看得见却感受不到温暖，甚至让人怀疑这缕阳光是否真实存在。自从认识道郎以来，羽村希子一直都在单方面付出，而道郎却没有回应，这让希子痛苦万分，道郎总是无缘无故地出现和消失，让她无法知道他的踪迹，对道郎的了解也非常少。虽然这种不平等的情感关系让自己感到难过，但是只要一想到道郎一直在辛苦生活，她就不会在乎自己的付出是否得到回应，还是会甘愿实现道郎提出的所有要求。此外，她也不在意道郎是什么样的人，只是一心想感受这个人的存在，让自己可以有所依赖，这就让她内心很满足了。

羽村希子一直以来都把道郎当作自己生活中的重要部分，但是道郎与她见面的时间很少，而且也不固定，这让她悲伤又无奈。羽村希子男友的存在逐渐引起了身边人的注意，但是希子在谈到关于自己男友的事情时，总会有意无意地回避这一话题，因为她对道郎的一切并不了解，见面次数也很少，所以能够谈的信息比较少，正是因为这样，越来越多人开始怀疑她在说假话，认为她并没有男朋友，她口中的男友是编造的，对于这些说辞，她很生气，认为这些人无端的怀疑是对自己的偏见，但是，她不知道用什么来反驳，也无法证明自己男友是真实的，当她面临各种困境时，道郎并没有出现，而她也不知道去哪里寻找自己的男友，两个人的感情关系也似有似无，但是这段感情已经成为她生活中不可分割的一部分，也是支撑她生活的希望。

　　羽村希子与道郎的感情与阿舞的婚姻关系相比较，前者不真实，后者真实但束缚。在遇到阿舞后，羽村希子见证了阿舞与其丈夫的婚姻，她帮阿舞看清了米思米的真实想法，但是她认为阿舞与米思米两个人是相爱的，并且可以相守，这是她羡慕的。而阿舞在遇到羽村希子后，作为一个旁观者，也帮助羽村希子认清了她身处的现实生活，也明白了羽村希子内心的纠结和痛苦，同时也帮助她打破了自己的幻想，不再沉迷于她幻想的男友形象，她也逐渐突破自己，挣脱了束缚。

　　阿舞和羽村希子与《茧》的作者青山七惠年龄相仿，她们在小说中的形象是现实很多女性的真实写照。而这部书以"茧"为名也有一定寓意，破茧才能成蝶，茧是幼虫保护自己的港湾，但是随着幼虫的成长，茧成为成长的束缚，如果不破茧，那么就会死亡。人类社会与茧相似，阿舞与羽村希子都被自己所束缚，只有在找到束缚自己的真正原因后才能够得到救赎，这也是现代女性面临的问题，这部书的作者希望通过阿舞与羽村希子，让更多女性突破自己，获得新生。

第五章　东野圭吾推理小说及其美学研究

第一节　东野圭吾推理小说的叙事探究

一、推理小说的情节结构

（一）因果相继的单线结构

1. 侦破结构型

"发生事件—侦查走访—因果推理—得出真相"是东野圭吾推理小说中较为常见的一种单线情节结构的类型，这种结构的实质是"封闭—开放—封闭"。这类推理小说在结构上都有一个相对封闭的"叙述空间"，在这个空间内，故事脉络清晰，按照事件的发展进行叙述，因果相连，有首有尾，但在整个事件发展脉络之中部分或关键环节的缺失，使原本封闭的空间中的事件的发展秩序遭到破坏，小说也随即呈现出秩序失衡的开放状态，由此营造出悬念并使悬念贯穿于小说的始终。

在东野圭吾侦破结构型推理小说中，这些缺失的环节正是解开谜题、获得真相的关键所在。随着侦查走访和事件发展的不断推进，缺失的环节逐渐浮出水面，填补了事件发展秩序中的缺失，不仅还原了事件真相，还恢复了小说内部失衡的状态，使开放回归到封闭状态中。正因如此，在失衡的秩序和缺失的环节的共同作用下极易产生一个个小高潮，高潮与悬念相互作用，有效地制造并渲染出紧张的气氛。因此即便是单线结构，小说的节奏也非常紧凑、高潮迭起，并在一个个高潮迭起的过程中，将故事推向最终的高潮，而这也正是这种单线结构类型的优势所在。但同时侦破结构型推理小说也存在着一定局限，即极易产生结构上的模式化，缺乏创新，无法超越读者的期待视野，致使读者失望。例如，固定的密室杀人谜团以及固定的金钱与情感纠葛。

在这类推理小说中往往都有一位充当"侦探"角色的人物，这一人物形象可以是警察，也可以是普通人，他们将零散琐碎的线索联系起来，抽丝剥茧组成前后相继的因果链条，从而还原事件真相。尽管这一形象能够在失衡的秩序中有效地引导读者进行思考和推理，但也存在着一定的缺点，即这类人物语言和行为都具有明显的暗示和导向性，熟悉作者创作风格和形象特点的读者能够迅速从人物的言谈举止中找到问题的关键，这不仅会导致悬念的失效，更会导致整部推理小说的失败。

东野圭吾利用侦破结构，根据发展进程，有序地叙述事件、调查过程以及真相，利用环节的缺失制造悬念、渲染气氛，以此展开推理，将故事推向高潮。在这类小说之中，东野圭吾通常借助侦破者敏锐的观察力和严谨的推理抽丝剥茧，拨开迷雾，使真相浮出水面，填补空白秩序，有效地调动起读者的阅读兴趣，并借助步步推进的叙述方式引导读者自发地挖掘、思考隐藏在其中的人性和社会问题。正因如此，这一结构在东野圭吾的作品中得到广泛的运用。读者在紧张阅读的同时和小说中充当"侦探"角色的人物一起对现有的证据、信息进行整理、组合，揣测事件真相，最后往往又会被意料之外的真相所折服，产生极大的震撼效果。

2. 犯罪结构型

"实施犯罪—目标达成—反转结局"是东野圭吾推理小说的单线结构中另一种类型，不同于前一个类型以填补空白、还原真相为目的，这类推理小说往往由罪犯的视角展开叙述。这种单线结构通常将着眼点放在罪犯本身，人为何会以身犯险决心犯罪，以及犯罪分子如何实施犯罪计划为其主要内容。通常这类推理小说按照罪犯实施犯罪的进程进行叙述，将犯罪动机、实施犯罪的具体计划展现出来。表面上这类推理小说并不似以往推理小说一般以惩恶扬善、追求真相为主旨，但实际上在这类推理小说中，东野圭吾往往借助反转情节的巧妙设计和安排，在增添读者的阅读趣味的同时，使读者清晰地感受到罪犯的悲哀和犯罪本身的虚无，从而领悟到其中的主题和深意。

东野圭吾利用犯罪结构，将犯罪计划的过程和犯罪实施的现场直观地呈现出来，有效地制造悬念、渲染紧张气氛，使小说高潮迭起。这种充满新奇刺激的结构设置，打破传统推理小说的固定套路，颠覆了读者对推理小说的阅读习惯，不仅给读者身临其境的感觉，更使读者深刻体会到人性和社会存在的问题和矛盾。在激发读者阅读兴趣的同时，也促使读者进行反思，领会其中的深意。反转的结局往往给读者带来强烈的阅读冲击和情感震撼，而这正是这类结构的点睛之处和主题所在，即便策划得多么周密、实施得多么成功，结局都是一样虚无，灵魂始终空虚。正是因为这样陌生化的结构设置和深刻的主题内涵使这种结构成为东野圭吾推理小说创作的一种具有代表性的典型结构。

（二）错综复杂的多线结构

多线结构是指在推理小说中至少两条线索贯穿始终，这些线索互为参照物，共同发展。通常多线结构的推理小说以情节、事件和人物关系的复杂性为其基本特点，以事件见证人物，以人物丰富事件。东野圭吾在创作这类推理小说之时不再着眼于侦破案件或是还原犯罪现场，而是以塑造圆形人物、揭露社会弊病、凝练深刻主题为目的。

《白夜行》是东野圭吾推理小说中最为读者所熟知的作品之一，同时这部推理小说也是多线结构代表作。在这部作品中东野圭吾采用了分段式多线结构。小说横跨19年，以唐泽雪穗和桐原亮司二人的成长历程以及笹垣润三的探访足迹这三条线索展开，从幼年、少年、青年到成年，唐泽雪穗与桐原亮司始终没有"同框"过，笹垣润三也只是在二人附近忽隐忽现。每条线索单独推进并处于相对隔离的状态，事件与片段依照模糊的时间线索分布在小说之中，看似零散，实际上则是在相互补充的关系中共同发展。

二、推理小说的推理模式

（一）"未知"推理模式

这种推理模式不仅有利于读者迅速地融入情境之中，更能有效地制造悬念、渲染紧张气氛，其最显著的特点就是读者始终处于被动状态，对事件、人物的背景、关系等讯息一无所知。读者在阅读过程中与充当侦探或刑警的人物一起目睹或得知案件，获取信息，推理演绎，最终解开谜底，找到真相，因此也可以说人物的推理过程就是读者的推理过程。但同时"未知"模式也存在着一定弊端，充当侦探角色的人物有极强导向性和暗示性，极易使读者能够轻易猜出凶手或真相，模式化、套路化的情节设置更容易使推理失去趣味性，作品失去创新性。这类推理模式在爱伦·坡、阿加莎·克里斯蒂等作家的推理小说中较为常见，东野圭吾吸取前人经验，将"未知"推理模式应用在其多部推理小说中。

"未知"模式往往会将人物关系和事件原貌隐藏在案件背后，激发读者对"未知"的好奇，引导读者主动地跟随人物探究真相，在抽丝剥茧、取证推理的过程中将读者带入紧张的氛围之中。不仅如此，这种模式还充分地展现了推理小说的逻辑性，使读者在惊叹于作者缜密逻辑的同时，积极地参与到小说的推理之中，不仅加强了推理小说的互动性，更使读者能够感受到作品的"言外之意"。东野圭吾不仅利用这类推理模式创作出大量优秀的推理小说，还在此基础上积极地探索和革新。

（二）"已知"推理模式

"已知"推理模式是在"未知"推理模式的基础上衍生出来的，是指推理小说在开篇就交代出凶手或是以犯罪现场为小说的开端。这种打破传统的推理模式乍看之下好像使读者失去了阅读推理小说的乐趣——寻找凶手，但实际上，获知凶手并不等于了解真相，看似"已知"，实则"未知"，从"已知"到"未知"再到"解惑"的过程是"已知"模式的实质。由果溯因是"已知"模式的内在逻辑，东野圭吾利用"因"的缺失，促使读者自觉地探寻真相，积极地参与到推理和讨论之中。

在阅读过程中，环节的缺失、犯罪实施的空白、对已知凶手的同情以及犯罪动机的不明确等因素，使读者对犯罪诡计和隐藏在犯罪背后的真相的追寻更加急切，更加激发了读者的阅读兴趣。但实际上相比于推理，"已知"模式更侧重于对犯罪动机以及隐藏在事件背后的社会问题的挖掘和讨论，因此减弱了这类模式推理小说的推理性。

"已知"模式是东野圭吾在传统的推理模式的基础之上发展形成的一种较为成熟的推理模式。通过从"已知"到"未知"的转变，不仅充分展现了东野圭吾创作的多样性，更使其推理小说在情节上获得更多变化的可能。东野圭吾利用"已知"模式充分展现了其优异的叙事张力、情感共鸣以及在小说之中忽隐忽现的社会关怀。众所周知，东野圭吾在创作推理小说的过程中，对情感和社会问题的关注往往高于对犯罪诡计和推理过程的设计，这也正是东野圭吾区别于其他推理作家的特质之一，而这种特质的展现可以部分归功于"已知"模式的应用。由于这类推理小说对凶手和案件现场的明示，读者的关注点从破解谜团不自觉地移至引发事件的诱因和犯罪动机等方面，而东野圭吾正是通过读者关注点的转移不动声色地抛出社会问题和现实矛盾，引发读者深思，进而使读者产生强烈的情感波动和共鸣。

第二节 东野圭吾推理小说的艺术手法

一、结构灵活

（一）单线型结构

警方发现一件尸体，只能判断死者身份和死亡方式，凶手不明，每个与死者相关的人都有不在场证明。经过收集现场线索，警方破解凶手的作案手法，再对每个嫌疑人进行详细调查后解开作案动机，最终找出凶手。这就是单线型结构情节发展的基本模式，采用这种结构的推理小说以警察或者侦探侦破案件的过程为线索，人物涉及警察、侦探、死者、嫌疑人。弗里曼提出的经典结构模式就是最标准的单线型结构，在东野的推理小说中也有体现。

《十一字杀人》开篇讲述了"我"的男友被杀，他死后新里美由纪要求接管遗物，不久遗物被盗，新里美由纪也以同样方式被杀，两人在死之前都收到一张写着"来自于无人岛的满满杀意"的纸条。凶手是谁？为什么要杀害他们？经过调查后"我"发现嫌疑人一共有九位，通过对纷繁芜杂的信息进行分析，终于确定获尾冬子是凶手，在她的衣柜中发现的关键证据证实了"我"的推理。小说中的"我"是功能性的设置，读者通过"我"的眼睛了解故事发展的前因后果。

弗里曼的经典结构以警察或侦探的视角来叙述故事,所以在这种小说结构中他们的形象尤为突出。东野笔下以汤川学为主要人物的推理小说都采用的是弗里曼的经典结构,但根据人物设置的具体方式表现为"听取案件—实验—给出解释—破案"的结构。"汤川学系列"往往以深川署刑警草薙开头,案件发生后草薙找不到头绪,于是求助大学好友汤川学。汤川学是物理学天才,思维敏捷,曾经帮警方破获许多复杂的案件。草薙将自己在案发现场收集到的信息告诉汤川学,汤川学根据他的叙述找出疑点,通过物理实验的方式确定作案手法,最终将实验结果告诉草薙。草薙根据作案手法确定凶手,破获案件。

除了弗里曼的经典结构,东野圭吾还常常用到追寻结构,如《彷徨之刃》。长峰重树在得知女儿被残忍杀害后决定手刃仇人菅野,而菅野在犯案后逃至长野县的一个民宿中。为了找寻凶手下落,长峰重树一路从大阪赶到长野,从众多民宿中找寻菅野的下落,在这途中不仅要避开警察的追捕,还要避免被民众识破,每查完一个民宿他就离目标越来越近,最后终于找到菅野。追寻结构的重心不在长峰重树是否找到菅野,而是在这过程中刑警和民众对他行为的态度,以反映社会如何看待"理与法"间的矛盾,追寻结构增加了小说的思想性。

(二)多线型结构

在小说中,同时有两条或两条以上相互补充的线索共同出发进行推理的结构就是多线结构,通常用于人物较多、情节较复杂的推理小说。在推理小说中,一般都是一条线索讲述刑警的破案过程,另一条线索讲述与案件相关的受害者、罪犯、第三方或警察的成长经历,这些经历往往都与案件息息相关。最后在案件被破获后,所有人物存在的谜团都将得到一一解答。

东野推理小说的主要结构为双线并行,其中小说《分身》以氏家鞠子到东京侦查母亲的死因为主要线索,在侦查过程中竟然发现父亲在和母亲结婚前曾有过一段感情,这段感情的女主叫作阿部晶子,氏家鞠子认为母亲的死和阿部晶子有关系,因此便对阿部晶子展开了调查,但是并没有丝毫进展,在回家的过程当中氏家鞠子遭人绑架,清醒过后发现绑架她的人就是阿部晶子,而且阿部晶子和氏家鞠子的长相一模一样,这时氏家鞠子才明白自己是阿部晶子的克隆，而最后的幕后黑手就是父亲，母亲知道事情真相后选择了自杀。另外一条故事讲述的是小林双叶不顾母亲的阻拦参加了乐队比赛，之后母亲便遭遇了车祸意外死亡，小林双叶也被不明身份的人绑架。小林双叶想尽办法逃离了绑架，出来后知道了母亲和一位来自大阪的故人会过面，于是小林双叶便来到大阪，在大阪小林双叶发现了一张照片，里面的人物和自己长得一模一样，她觉得这个人肯定知道些什么，于是便展开了寻找，最后和氏家鞠子遇见，两位被克隆的女孩几经波折终于相见。由此可见，《分身》的小说结构就是双线平行，往往这种结构是由两个看似毫无联系的故事构成，每个故事都有相对应的主人公和故事情节，到故事的结尾两条故事线才会联系。一般这种结构的小说背景庞大、情节波折。

二、视角多变

第一，非聚焦视角。非聚焦视角事实上可以看作一种无所不知的视角，叙述者可以从外貌或言行等任意的角度来观察人物，同时也可以随意进入故事中人物的内心世界。通过这种焦点的自由移动可以实现全景式的鸟瞰形式。

第二，内聚焦视角。内聚焦视角就是所有呈现出来的事情都源于一个或者几个人物的内心感受与意识，只通过这几个人物的感官去听、去看，也只转述出这几个人物对外部接收到的信息产生的心理活动，对其他人物则是以旁观者的角度，根据他们之间的接触与了解来推理。内聚焦视角就是通过这种观察者的角度，给了读者一定亲切感。但是它也存在一定不足，如读者无法得知观察者的容貌、无法深入了解其他人物的心理活动等。

第三，外聚焦视角。外聚焦视角就是指观察者与小说里的人物分离开的形式，读者可以通过观察者来了解小说中人物的外表，但是无法了解他们的内心世界。就好像是一台拍摄了画面的摄影机，在播放画面的过程中没有声音，也不对其作任何的解释说明，因此处处充满谜团。同样地，观察者可以记录下人物的装扮、外貌、动作与表情，甚至是人物间的对话，但就是不能走进人物内心。因此，外聚焦视角也常常被用来设置悬念。

第三节　东野圭吾推理小说接受美学视角探析

一、独特的诡计设计
（一）突破传统套路设定谜题

研究表明，对人类个体而言"喜新厌旧"是心理的一种正常欲求。没有读者会永远喜欢墨守成规的文章，特别是对某些看了开头就能猜中结尾的故事。东野圭吾便是一个擅长打破规则的人，推翻了悬疑小说中常规的凶手设定，大改以往发现尸体的静态过程，在故事的开端便将罪犯的身份或罪犯的犯罪过程原原本本地呈现给读者，推翻读者对故事情节的默认思路，带来了一种全新模式。

《红手指》作品一开始明确告诉读者，直已是杀死小女孩的犯罪凶手，初看似乎作品的谜底已被知晓，实质是作者故意为之，剩下的部分文本没有照读者的预期进行，而再度转换读者的主体意识，八重子和昭夫把直巳犯的错嫁祸给年迈痴呆的母亲，伪装痴呆的母亲将手指染成红色来证明自己的清白，其解谜与反解谜的叙事手段突破传统小说的套路。

在东野圭吾文本里出现的由语言符号所构成的信息中，存在着特殊的一部分，有的是读者过去从未阅读过的，有的是读者之前的定向期望受挫，通过这些方式就让作者与读者之间出现了审美距离。除此之外，东野圭吾的推理小说与传统推理小说最大的区别在于他不需要读者猜测犯罪的凶手，因为不论读者对推理小说有着多丰富的经验，东野推理作品中的谜题与原有视界都有着很大的视觉差距。

事实上，读者每次阅读都存在一种矛盾的心态，一方面他们会不由自主地拒绝新作品，另一方面又希望有新的东西出现，可以开阔自己的视野，于是他们只能在这种矛盾中来回转换。因此，文学作品的创新之路也并不是一帆风顺，每一次创新也都是在经历各种挫折后才逐渐被读者接受、认可、推广的。读者通过接触新事物，不断开阔自己的新视野，又形成自己新的"期待"，这种"期待"则进一步推动读者作出选择，最终能够接受新事物，能够保持对东野圭吾作品的持续阅读。

（二）颠覆传统本格经典元素

"本格"一词属于日本文学界创造的词汇，对应在西方是"古典派"。日语中"本格"这个词是"真正"的意思，从字面上分析，本格有着正统、纯正的意味。20世纪20年代，日本侦探小说家甲贺三郎把"纯粹侦探小说"定义为"本格"（意为正宗），最初流行于欧美的侦探小说，如爱伦坡、阿加莎·克里斯蒂等传统推理作家的作品，悉数可归入本格之列。在甲贺三郎的认知世界里，只有具有一定水准的高逻辑性和知性的作品才可称之为本格，此评论为日本推理界所沿用。本格推理小说是将谋杀艺术同逻辑推理、科学解释紧密结合的艺术作品，它要求文本必须有侦探、罪犯、离奇身亡的人，最重要的标志是引入由传统推理作家开创的一系列经典元素，其中包括时刻表诡计、童谣、无头尸、暴风雪山庄模式等。

东野圭吾的推理小说运用了很多童谣杀人诡计的套路，在一些传统推理小说中一旦有利用童谣杀人套路的情节，就不会使用像"为了让故事显得更热闹"等语言，不过这些话在东野圭吾的小说里很常见。小说中的童谣杀人其实没有遵循传统本格的推理原则，不过这种风格能体现出日本小说独有的诡异氛围。按正常的逻辑，凶手归案以后，整个犯罪的事件也就接近尾声，但是东野圭吾的作品里并没有按照正常的童谣杀人来设计。《名侦探守则》的某个章节，故事情节是在一座岛上发生了很多的杀人事件，死者的尸体上都穿着结婚的礼服，手中还拿着三三九度杯，这是每个杀人事件唯一具有联系的线索，对应了童谣当中的一句话："一个小孩童独自生活，结婚之后谁也不剩。"读者在阅读传统的推理小说时，一般读到童谣杀人，就能提前想到是凶手在搞鬼，不过东野的童谣杀人往往在最后会留下些许特别的东西，即便凶手归案，但是童谣照样应验，犯罪其实没有被阻止。这样的情节设计经过消解的处理手法，暗喻了小说当中的隐性线索，给读者一种回味无穷的阅读体验。

二、个性化的空间形式

(一) 或封闭或开放的地理空间

与传统的推理作家相比,东野圭吾的推理小说在设定事件发生地点时,已不会再采用传统的封闭模式,即事件发生地与外界没有任何联系的空间内。

东野圭吾的推理小说能够与读者保持审美距离,除了突破犯罪动机、诡计设计等方面外,最主要的还是他能从推理的空间角度展开创新。传统的推理小说通过为读者建构精神上的世界,帮助他们暂时逃避现实中的困难与烦恼,将犯罪的地点、破案的过程及人物的活动都限制在一个狭小的空间里面。

与传统推理小说相比,东野圭吾推理作品大多将事件发生的场景设定在普通居民住宅区,《流星之绊》《圣女的救济》和《只差一个谎言》等作品中事件发生地都在受害者家中。普通居民住宅的空间相对封闭有限,但并不是真正意义上的封闭空间,它与外在线索存在地理上的连接。普通民居住宅发生杀人事件,一般都会有警察介入调查案情,警察会根据受害者的亲属、社会人际关系锁定犯罪嫌疑人,实际与外在空间达到真正意义的交集,即破案过程是杀人空间与外在空间产生互动和联系的过程,这样的空间创作模式既有利于读者获得封闭空间的直观认识,又起到打破地理空间限制的作用。

东野圭吾会借助普通的民居,设计到推理的主线中,一般这样的处理是在之前没有过的,设计效果也令人期待。在《圣女的救济》中,真柴绫音的行凶地点选择了家里,这个"封闭空间"在故事开始部分便出现了,这其实就是一个"杀人空间",并且在警方调查前都是以"封闭"的状态出现。之后,在警方分析和侦查真柴绫音的人际网络后,封闭的杀人空间和开放的空间便联系了起来,成为一个整体。到最后,警方破案,封闭的杀人空间被打破,从而达到开放的空间。这样的空间写作手法其实是写作技巧的创新和突破,东野圭吾的设计为读者创建了一个熟悉且陌生的空间形式。

(二) 凝固的时间与并置的空间

很多推理小说的作者在设计时间线时往往会将其扭曲,使用多重视野的叙述形式,淘汰了直叙的时间顺序,不过,东野圭吾的推理小说在叙述故事时空间形式是主导,会对时间参照进行一定弱化,强化了空间叙述的作用。东野圭吾在推理小说当中对故事场景和事件发生地的设计不是静态的,他将这些因素和叙述文本的环境结合,重新编排小说结构,让空间替换时间,让两者互相呼应,在故事情节中合理发展。从时间的意义分析,凝固的时间其实是一种静态或者转瞬即逝的感觉,我们可以将其理解为空间。

读者在鉴赏一本小说时,往往会注意到每个场景存在的意义,并且还会联想出各个场景之间的关系,这样才能理解故事的主要结构,在具有整体参照系的基础上解读相应参照物的含义。东野圭吾的推理小说具有浓厚的后现代主义文学打破规范、解构一切的特点,他利用凝固时间、并置空间的手段来表现空间,进而推动叙事进程,瓦解读者头脑中传统推理式的时空空间,使之与读者保持审美距离。

第六章　大江健三郎文学及其文学表现

第一节　大江健三郎文学创作的互文性特征

第一,"引用"的相对自主性。在小说中,"引用"能够形成一条延伸线索,具有独立性的同时,又能与主线呼应。大江健三郎运用引用作为独立因素,他将某一作家的引用作为自己文章发展的路线,从整体上又与小说情节形成了重要的互文关系。读者在阅读过程中,通过对这种互文性的理解,可以很好地解读整部作品。与此同时,这些引用与小说文本又常常存在很大的差异,大江健三郎深刻地意识到,在保证差异性的情况下,还要进行巧妙的结合,来增加小说内在互文性的张力,拓展文本,深化其内涵。大江健三郎的这种巧妙应用深刻地体现了互文性特征,为他自己的小说创作奠定了基础。

第二,"选择性引用"所产生的某些互文性关系。在大江健三郎的许多小说标题中,"引用"可以体现引用文本与小说文本的互文性关系。在应用"引用"的过程中,合理提取其中的某些语句,而这种应用方式,也会与小说文本产生互文关系。在引用的过程中,大江健三郎会有选择地引用与自己小说文本思想相关的语句以满足文本主旨意图。

当选择引用的内容与文本主旨产生冲突时,他不会选择引用这些内容。而这种有选择性的应用引用语句,体现了互文特征,并且从另一个角度而言,表明了他小说中独特的价值观念。对于引用的选择和取舍,能够看出时代的特点和文化背景以及自身的独特个性。

第三,文本与引用间的互动联系。大江健三郎在创作时,通过建立文本与引用之间的互动联系产生了更多的写作灵感。

第二节　大江健三郎文学的叙事艺术

一、叙事第一人称

叙述人称是作家进行创作时必然要考虑的问题，它和叙事效果息息相关，与视角的结合构成了作者观察世界的立场和出发点，叙事人称的不同必然会带来叙事话语的差异。第一人称叙述者是小说世界的一个活生生的人物，第一人称叙述者的叙事动机根植于"我"的现实经验和情感需要，是切身的、强烈的。

大江健三郎的第一人称叙事小说具有压倒性地位，其在很大程度上与第一人称的这种表达效果有关。大江健三郎借助叙述者"我"在不同小说中的多种身份，以个人化的视角切入历史和现实，展现着他对生活和人性的理解、对历史的反思和对社会的批判。第一人称叙事使他的小说创作富于变化，呈现出多彩的艺术魅力。如作为叙述者的"我"时而以主观性、个性化的口气叙述，如《十七岁》《摆脱危机者的调查书》等；时而采用非人格化叙述方式，客观、冷静地对事件进行展示性描绘，如《万延元年的足球队》等。

（一）主体性建构

人的主体性是指人作为活动主体的能动性、创造性、自主性。人的主体性是与人的解放、人的觉醒相联系的。大江健三郎借助第一人称叙事，尝试从形式和内容两个层面上凸显个体的价值，追求人的主体性确立。第一人称叙事是大江健三郎创作初期表达个人与传统、个人与社会矛盾的最佳表现途径。

叙述人的主体性决定作者的写作行为将以何种角度向人、向生活、向经验的切入，决定作者对叙事方式的选择（语式、语态等），也决定文本的组织结构方式，并最终制约意识形态的传达。

在大江健三郎第一人称叙事小说中，无论是讲述"我"自己的故事，还是他人的故事，由于叙述者的年龄、身份等个体差异，几乎每部作品都会因处理素材的不同呈现出不同的风貌。第一人称叙述者"我"作为小说中的一个角色，均被打上了时代的烙印。大江健三郎所宣扬的民主主义思想、人文主义精神以及他审视历史的所见所思，借助第一人称叙事独特的艺术效果得以隐喻式再现。

《死者的奢华》主人公"我"这样自述："我是一个勤奋的学生，对我而言，没有怀有希望、绝望的余暇。""我"是一个对现实感到徒劳的颓废青年，知道由于办公室的失误，能否领取报酬都成了问题，由于对生活的深深徒劳感而缺乏主动打开局面的勇气。大江健三郎早期的第一人称叙事小说，就是试图通过对闭塞现状的描绘，来唤醒时代青年直面现实，进而摆脱精神枷锁，获得自我的全面解放。在《奇妙的工作》《死者的奢华》这两篇作品中，可以看到大江健三郎着重描写以叙述者"我"为代表的日本青年消极、否定一面的同时，也在一定程度上通过对叙述者"我"进行批判的形式引导青年对现实的关注。

大江健三郎接受了萨特的主体性思想，借助叙述者兼主人公"我"，通过对徒劳感、时代闭塞现状的言说义不容辞地肩负起历史反思和现实开拓的时代责任。大江健三郎小说的特质是通过文学来凸现现代人的生存危机意识，他探索的是人在闭塞的社会现实中"求生存的肯定的一面"。大江健三郎早期小说借助叙述者"我"，探寻了人的主体性在日本现代社会中的发展历程。

（二）不稳定叙事

在作品创作中，第一人称属于限制视角的一种，在这样的限制下，无法从全知视角的角度叙述事情，大江健三郎使用的"我"很明显超出了第一人称的权限范围，这使他的作品视角有了明显的越界。视角的越界带来的结果是第一人称的叙述不再有可靠性，小说叙事更模糊，故事像蒙上了一层轻纱，尤其是如果作者使用有色眼镜来观察、描述事情，叙述就更加不确定了，这使讲述的历史没有那么确定。

在《摆脱危机者的调查书》中，大江健三郎采用了一个双重叙事结构来表现现实的不确定性。小说由"我"（代笔作家）来记述另一个"我"（森父）讲述的故事。代笔作家"我"在记述时，把自己人生的体验如看到残疾儿子出生时的感受也写进作品中。叙述者森父在叙述中又成了代笔作家笔下的人物。每一个叙述者都具有多重身份，其既是叙述者，又是作品中的被描写对象。与

第六章 大江健三郎文学及其文学表现

此同时，代笔作家的记述结果又成了现实的小说文本《摆脱危机者的调查书》。作为代笔作家，"我"很难做到客观如实地记述。"我"记述的森父和森的冒险经历，也由于森父讲述的主观性和语言自身的主观性而变得不可信。

在此，"我"（代笔作家）对所记述故事的看法与讲述者"我"（森父）的讲述产生了分歧，在建构这一故事的同时，又对故事的真实性进行了某种程度的解构。代笔作家对森父的讲述、对故事记述中语言的功能产生了怀疑，同时也是对由语言构成的记述文本的真实性的怀疑。森父的讲述和代笔作家对讲述事件的质疑贯穿了小说全篇，两者互相制衡，形成一种张力，从而使小说具有了复调意味。代笔作家"我"的记述引导着故事的进程。由于"我"是森父冒险经历的倾听者和记述者，很自然就引出森父的故事。

大江健三郎利用双重第一人格称结构成功地让"我"这个小说人物进入小说中其他人物的精神世界中，能够更好地描述小说人物的内心情感波动。除此之外，"我"的加入，使小说叙述的视角在代笔作家和讲述者间不断切换，使叙述更加丰富，有效避免了平铺直叙。

在《给令人怀念的岁月的信》中，作者以一种没有顾忌的形式闯入了小说文本当中，还借用文中人物对小说的批评表现自我对小说创作的反思，大江健三郎将写作手法主动暴露在小说中，他使用的是元小说技法，这种小说技法需要在小说写作当中把自己的故事解构，将自己的写作行为、叙事行为暴露出来。大江健三郎在这部小说中，主动公开"我"的身份，并主动谈论小说的创作，使叙述方式、行为成为讨论的中心话题，这使这本小说在故事叙述中还有故事，在叙述中又添加了叙述，这和传统形式的私小说之间形成了明显反差。可以说，元小说技巧从一个全新的视角开始，构建真实和虚构，为小说的创作提供了一种新的创作可能。

大江健三郎进行的视角跨界或他在小说中使用的两个叙述者、元小说技法等方法都是为了突破以往叙事形成的客观及稳定的方式，让叙事从客观走向相对，大江健三郎从多个视角展开第一人称的叙事能更加全面地反映出事物的本质，这种叙事方法也使第一人称叙事更加模糊和不确定。

选择第一人称展开叙述是在意识层面作出的美学选择。大江健三郎在小说中使用的"我"就是小说的叙述主角,也可以说是小说的当事人,还可以是事件的旁观者,他能参与到小说故事情节建构中,大江健三郎使用多个视角的第一人称展开故事的叙事方式让人物的细微表现更加丰富,叙述中的"我"和被述当中的"我"有一定距离,距离的存在让真实和虚构有效整合,而且第一人称叙述的不稳定性使现实的展示有了更多含义,充分调动了读者的注意,让读者能够参与到文本阅读和审美创造中,激发了作者的想象,使得作者能够在想象空间中自由翱翔,大江健三郎使用的特殊第一人称叙述方法使他的小说别具一格、新颖独特。

二、叙事特点

(一)复调叙事

复调有着众多的各自独立而不相融合的声音和意识,由具有充分价值的不同声音组成。复调不仅体现在作者与主人公的关系上,还体现在小说结构上。对大江健三郎而言,复调是其建构小说结构、表现小说主题的重要策略之一。在《新人啊,醒来吧》中,布莱克的诗、义幺的话语和"我"的随笔使小说具多声部性,现实与想象、美与丑、抽象与具体三个层次的对位以及作者与主人公的对话性三个方面使这部小说在创作方法上充分体现了复调小说的特点。正是因为小说的复调特征,研究这部作品对把握大江健三郎整体的创作方法具有重要意义。复调已成为大江健三郎小说特别是其 20 世纪 80 年代之后小说的主要特征之一。

1. 时间

《同时代的游戏》是大江健三郎的形式实验小说,在这部小说中,"我"以叙述者的方式给妹妹写了很多的书信,在书信中勾勒了一个故乡——四国山村"村庄=国家=小宇宙"的历史故事、神话故事,这部作品中既有历史,也有私人的讲述,二者的交叉使时间和空间转换频繁,读者理解起来有难度,因此这篇文章在发表后,很多评论家认为它不合格,大江健三郎在后来的《我这个小说家的创作方法》中对这部小说的遭遇依然耿耿于怀,他认为这部作品承载了他的独特匠心,其实,这部作品充分地体现了大江健三郎小说创作方法的开拓，充满了前卫精神。

《同时代的游戏》涉及很多的时间，可以把它理解为和时间相关的小说，这本书的核心是主人公的故乡——四国山村"村庄＝国家＝小宇宙"中故事发生的时间，除了核心时间外，还要注意到叙述者讲述村庄历史时使用的时间，讲述过去事情时使用的时间及主人公讲述和她妹妹经历中的时间。但是，这部小说中的时间和现实小说中的时间不同，现实小说的时间不可逆，是按照时间的发展讲述故事，但是，这里的时间是交错、交叉的，存在矛盾，但又浑然一体。

在小说中使用复数时间使小说的结构发生了许多变化，尤其是小说的时间流程，复数时间让小说看起来好像时间停滞了，使故事的讲述看起来不是很完整，小说当中充斥着很多的细节片段。

2. 独白与复调

在《同时代的游戏》这部小说的开头部分，大江健三郎使用翻译式的文体交代了叙述者想要记述村庄历史、村庄神话的原因和动机。一般情况下，书写历史是为了为具体的时代立传，这样的历史比较严肃、庄重，要负责任。但是，叙述者在和妹妹的私人信件往来中讲述历史时，历史的严肃和庄重消失了，这部小说向读者表明历史的讲述也可以有其他可能，不一定要像传统的历史那样正统。

《同时代的游戏》中，"我"叙述着他的内心世界，他的内心和其他人不同，他在小的时候由于闯入过原始森林被人嘲讽是"天狗相公"，他从小生活在森林之外。在这部小说当中"我"的叙述都是独白，叙述方式的时间和故事发生的时间之间有间隔，当作者叙述历史和神话的时候时间会出现较大跳跃。虽然在小说中经常出现叙述者对妹妹的呼唤，这看起来像是现在时的描写，但是实际记述的内容却是对以往的回忆及自己对历史和神话的具体看法。作者使用的"妹妹啊"这种叙事话语使小说的时间来回摇摆，有效地减少了个人独白带来的叙述寂寞感，也使整部小说的基调充满怀旧色彩。

《同时代的游戏》这部小说作者借助"妹妹啊"这种叙事话语讲述了内心的独白，但是作者在独白当中还使用了复调叙述结构，这使叙事不再单一，而是交错、复杂的，每一处重要的地方都有独白。假如说大江健三郎使用的"妹妹啊"的讲述方式是隐性的，那么作者想要在明面上表现出的历史叙述、神话发展就都需要读者在隐性叙事的基础上展开合理的想象。

《同时代的游戏》这部小说非常明显的特点是使用私人化的手段叙述历史。在第一封信当中，"我"将自己的牙疼、对墨西哥民众版画家波萨达描写灾难版画的认识等感受当成了自己书写历史与神话的推动力，"我"叙述的私人性使历史的时间和秩序被打乱。在第五封信中，大江健三郎使用私人化的描述方法描绘了一个家庭的动荡不安，将家庭的发展和历史、神话结合，使历史被解构。大江健三郎的创作笔法使时间不再维持原有的秩序，使历史表现得更加多元，传统书写历史的模式受到了消解，历史发展中的人物和事件表现出了更多的偶然性、随机性，历史发展在他的笔下不再是一种必然。

在"我"漫长的独白中，我们可以看到，六封信并不是都采用了倾诉的形式。如第三封信的第一小节和第二小节基本采用了对话体，在一问一答中将"黑暗之神"龟井铭助的历史以讨论的形式讲述出来，给读者一种剧本的效果。除此之外，小说中重复性叙述、意象的反复描写等也打破了传统小说以情节为结构中心的单线叙事的纯粹时间性而构成一种空间关系。六封信主要按两条线索组织情节：一个是故乡的神话，另一个是故乡的历史。总体而言，第一、三、五封信侧重于描写历史，第二、四、六封信侧重于描写神话。然而，综观六封信，我们会发现很多情况下一个章节里的神话和历史是互相交叉的。如第三封信主要内容是"我"给小剧团导演讲述的关于"村庄＝国家＝小宇宙"这一共同体"自由时代"的历史，但在这一章中也提到了"破坏人"创建"村庄＝国家＝小宇宙"的神话。即使是历史，也是多义的存在。"我"叙述的历史，夹杂了很多自己的推想、看法。在此，历史和神话一样具有了多义性、主观性。

加贺乙彦认为，《同时代的游戏》在叙事方法上有把历史神话化的趋势，神话叙事最早出现在古代，并随着历史的发展不断发展，历史被不断地神话化，从最早的幕府时代发展到现代几乎每个时代的内容都可以转化成神话的形式。一般情况下，神话从现实生活中取材，但是大江健三郎完全将叙事颠覆了，不再是神话取决于生活，而是神话创造生活。这对现实世界来讲是一个巨大挑战，需要耗费心机完成这个游戏，所以说这本小说被叫作《同时代的游戏》。

通常情况下，历史存在因果关系，逻辑关系有时间及空间的限制，存在于现实世界中，但是神话没有因果关系、逻辑关系，是人在幻想当中构造出来的、具有偶然性的世界。在《同时代的游戏》中，神话世界和现实世界相互交叉，紧紧地缠绕在一起，共同构成了小说的叙事结构。加贺乙彦提出的将历史神话化的方法指的就是模糊故事的发展时间、空间，让故事以零散粉碎的形式被叙述出来，使历史呈现出多元性，带有作者主观性的特征。从表面上看起来零碎的情节很难做到有机统一，但是六封信还存在结构上的复调性，从不同的角度论证及服务于"我们土地的神话和历史"小说主题，这使破碎的情节内部形成了一个连接链条，使整个小说成为一个完整的整体。

（二）重复叙事

大江健三郎在创作过程中，非常注重小说叙述方面的重复性。他的创作包含词语、语句、篇章的重复，也包括故事情节、故事主题、故事人物、创作技巧方面的重复，可以说，大江健三郎的小说在每个层面都展现出了重复叙事策略，他的重复不仅涉及作家自己的文本，他还涉及其他作家的文本及社会语境。重复叙事策略是大江健三郎创作时使用的一种基本方法，这种方法的使用能够加深读者对文本的阅读，也能够升华小说的主题，除此之外，还使小说主题更加连贯。这为接下来星座小说的创作提供了基础，在小说《给令人怀念的岁月的信》中，大江健三郎使用了重复叙事策略，目的是为了创新小说的写作形式，探索新的写作方法。

1. 引用策略与格调

引用是大江健三郎使用的重复策略当中最重要的一部分，在小说《给令人怀念的岁月的信》中，大江健三郎加入了自己的生活经历，以自己的生活为小说创作素材，这部小说也成为私小说的代表作。大江健三郎在《为了新的文学》当中，从四个角度剖析自己阅读《神曲》的体验，他想将《神曲》当中的单词、语句、篇章、片段、故事给他带来的感动应用到小说创作中。

大江健三郎使用了大量的文本，这从侧面证明了他写作的包容性，他对文本的引用并不是单纯地将文本拼接，而是把引用来的文本应用在一个新的语境中，赋予引用文本新的意义。重复策略的使用使整个小说的信息量增加了很多，为小说的叙事打造了更多的空间，小说主题得到了明显的升华，小说也表现出了更多的社会意义、哲学意义。

大江健三郎之所以会将写作转变成这种风格，是因为他受到了结构主义的影响。20 世纪 70 年代，大江健三郎受朋友山口昌男创作的《文化与两义性》这部作品的影响，开始学习语言学理论、诗学理论及文化人类学理论，在学习之后，他在自己的创作中使用了这些理论，尤其是他对文本的应用充分体现了结构主义的影响。

大江健三郎对语言本质的认识非常充分，他认为，语言由文本构成，因此写作中不可避免会应用文本，新的文本是对旧文本的转变和吸收。大江健三郎的文本和其他作者的文本之间有着密不可分的关系，他在认识到这种关系后，积极地引入其他文本，并在形式试验中积极运用，文本的应用让他的小说有了非常强烈的对话性，对话性不仅体现在他人文本和自我文本的对话，还体现在自己之前的作品和现在作品的对话当中。

作家创作的文体彰显的是作家的创作风格及作家的人格，人们思想当中"文如其人"的观念非常深，大江健三郎广泛应用别人的文本，尤其是引用别人的诗歌、随笔，涉及多种题材、多个国家、多个时代的文本，这种应用淡化了他原来的创作风格，但是也增加了他的小说容量，容量的增加具体体现在生活、情感和文化方面，为他的创作打造了更大的想象空间。

"文如其人"的观念过分主张个人文体创作具有的个人特性，过度排斥外来因素的影响，大江健三郎有意地引用其他人的创作其实是对这种传统创作观念的摒弃，他认为，虽然创作应该讲究个性，但是创作更应该注重包容性、发展性，在传统观点中，人们认为过多的引用会造成自己本体的不协调，不符合美学创作观念，因为他人的文学创作很难和作者的创作风格相统一。大江健三郎引用策略的应用让自己的创作风格更加多样，有了非常明显的多声性，与其说引用造成了大江健三郎自身风格的淡化，不如说大江健三郎通过文本之间的对话形成了一种崭新的引用文体，不是淡化原有的风格，是创新出一种新的风格。

引用大量他人的文本使小说的容量明显增加，他的小说更像是一本百科全书。这部百科全书包含不同国家、不同历史时期、不同题材的文本，大江健三郎利用这种独特的叙事方式表达自己的情感世界，让自己的小说叙事包含了更多现代知识，也通过小说这种题材表达了私人见解，大江健三郎使用的重复叙述策略使他的文本更加多样、风格更加丰富。

2. 重复叙事与星座小说的可能性

大江健三郎获诺贝尔文学奖之后的三部作品《燃烧的绿树》《空翻》《被偷换的孩子》存在着相同点和不同点，这些相同点和不同点与大江健三郎自己的语言"包含着差异的重复"相对应。重复是指各个作品具有相同点，但是又不是完全的重复，各个作品具有其独特的一面，也存在着"差异"。从大江健三郎后期的三部作品《燃烧的绿树》《空翻》《被偷换的孩子》的分析我们可以看出，大江健三郎是把个人灵魂救赎这样一个主题，通过包含差异的重复策略在不同的文本间架起了一座桥梁。

大江健三郎把一个多义的主题，通过丰富的想象力不断地变形，不断重复讲述。大江健三郎创作的小说具有连贯性，小说并不是孤立的个体，文本之间存在着潜在的关联，读者如果将其定位连接在一起的话，这些文本就形成犹如星座一样的布局。

大江健三郎每一部作品之间或多或少在小说主题或创作方法上都会构成与其他作品之间的重复关系，大江健三郎的重复叙事，是变化中的重复，是包含差异的重复，是创新式的重复。在《给令人怀念的岁月的信》中，重复形成了大江健三郎小说的叙事格调，使这部作品具有了百科全书式的风格。包含差异的重复叙事，使大江健三郎星座小说的构想成为可能。正是在重复中，大江健三郎不断拓展自己的艺术世界，体现了他对现实问题的深入思考，贯穿了他对现代思想、文艺思潮的理解以及对小说形式的执着追求。

第三节　大江健三郎早期存在主义文学表现

日本杰出的存在主义作家大江健三郎是继川端康成之后，日本第二位诺贝尔文学奖获得者。

一、早期存在主义文学的主题类型

（一）荒诞主题

创作伊始，大江健三郎就显露了他关注人生、关注社会的强烈使命感与责任感，同时具有一种强烈的荒诞意识。从语义学的角度看，"荒诞"是由音乐术语"不协调音"引申而来，意为不合理性、不协调、不可理喻、不合逻辑。而现代文学中所说的"荒诞"，是指它的哲学意义，是指一种事实状态，指人对这种事实状态的意识和感受。在大江健三郎表现"荒诞"的小说世界中，大致可以分为精神危机和人性的异化两种形态。

1. 精神危机

青年人的精神危机，即虚无意识。当时的大江健三郎作为一个有强烈民族情感的青年大学生，他清楚地看到了当时日本文化所面临的困境，他不甘于默默忍受残酷的现实，不断寻找一种新的思想，一种能够帮助他战胜精神危机，并能使他乃至国人重新振奋的思想。《恶心》给了他一个重要启示。《奇妙的工作》和《死者的奢华》是大江健三郎最初两部引起文坛关注的作品，从作品中我们可以清晰地辨认出《恶心》的影子。

长篇小说《恶心》是萨特的成名作，是一部典型的存在主义小说。这部思辨性小说不同于传统小说，它既没有我们所熟悉的小说叙述方式，也没有传统的"文学形象"，其主人公洛根丁与其说是一个文学形象，不如说是哲学家萨特的思想代言人。他采用了日记体形式，描写的主人公青年史学家洛根丁是个单身的知识分子，他在欧洲和东方旅行六年以后，返回法国，在布维尔小城定居了六年。他为了撰写一部关于法国革命同时代人德·洛勒旁爵的书，几乎每天都要到图书馆去进行研究工作，可是一直无法完成任务，最终放弃计划。《恶心》的内容由洛根丁在图书馆的见闻，他对人生的思虑以及他对周围事物的看法构成。小说通过洛根丁的复杂心理及丰富的感情变化阐明了"世界是荒诞的、人生是痛苦的"这一存在主义的论断。

从《恶心》中，我们能看到荒诞即不在于愚蠢，也不在于无意义或不合理，而是在于偶然性。萨特认为不仅自在存在是偶然的，自为存在也是偶然的，并且两者的相遇也是偶然的。在萨特的哲理体系中，自我存在就意味着沉入荒诞与虚无，现实世界就被视为充满了恶心与偶然性的世界。可见，萨特把世界归结为一个荒诞的世界，一个无用、令人绝望的世界，这个世界谈不上公正或合理，毫无喜怒哀乐可言，甚至连生与死、爱与恨都无所谓。

《死者的奢华》是大江健三郎在大学期间写的又一篇佳作，成为日本文学界最为推崇的"芥川龙之介文学奖"候选作品，获当年"东京大学新闻奖"。大江健三郎因此而获得了"学生作家""川端康成第二"的称号。小说的内容与《奇妙的工作》差不多，这两部作品故事情节并不复杂，但都会让人产生一种异样的感受——恶心，都会使人感到一切都是徒劳的。作者细腻地描写了杀狗剥皮和抓捞、拖搬一具具皮肤滑腻的尸体的细节和过程。不遗余力地渲染这种场景，就是迫使主人公及读者产生"恶心"的感觉。大江健三郎和萨特一样相信"恶心"能使人体验到自身的存在、体验到周围世界的荒诞。

2. 人性的异化

大江健三郎作为一个学生作家，校园生活的单一限制了他的生活体验和视野。为了弥补这一缺憾，他将视野转移到自己曾体验的经历中，转移到印象最深的自己童年和少年时代的生活。当大江健三郎以存在主义的理念重新加以审视，发现了那些生活经历恰好是表述存在主义理念的绝佳题材。于是，大江健三郎很快创作了《饲育》和《拔芽击仔》。

《饲育》和《拔芽击仔》表现的是艰苦时期人性的异化，作者用这些作品告诉人们，人类自身点燃的是威胁人类生存的真正凶手。摧残人的精神信念，扭曲正常人性，使人丧失人性，异化为非人，使人类赖以生存的生命要素，即爱、理解、关心、宽容等在困苦中消散。人类生存的新一轮危机——人性危机，正日渐突兀，从精神上恶化人类自身的生存环境。

大江健三郎文学中的"荒诞"意识是在萨特"荒诞"观念的启示下发生的，其中的借鉴和被借鉴关系，或者说师承，是相当明显的。但同时，大江健三郎对萨特荒诞意识的接受，是在既定的文化背景和社会背景下发生的，在价值趋向上有着迥异于萨特的特点。

大江健三郎笔下的荒诞与萨特的荒诞有着相当明显的差异。这种差异突出地表现在，大江健三郎式的荒诞是作为历史、民族的寓言的荒诞，在时空意识上有着相当明确的针对性。这是一种具体的历史荒诞，是对日本社会现实不合理现象的批判和否定。因此，这种荒诞并不具有确切的形而上性质。由此可见，大江健三郎对萨特荒诞意识接受的时候，非常自然地对荒诞意识进行了改造，将萨特笔下的人类抽象性，转化为日本社会现实的具体性。

（二）超越荒诞主题

大江健三郎选择接受萨特的存在主义，其主要目的是试图借助于萨特的存在主义哲学来解答日本文化问题，探索日本的出路。在大江健三郎的早期作品，如《奇妙的工作》《死者的奢华》《人羊》等小说中，主题表现的均是现实的悖谬、荒诞及国人的悲哀、无奈、徒劳，较多地表现了与西方存在主义相一致的悲观情绪。

大江健三郎本人的亲身经历，使其获得了直面残酷现实的勇气，文学观也变得积极起来，使他的创作主题从单纯描写日本人荒诞的生存状态，转向了探索人生的意义和价值以及人类的自救等问题，使他终于超越了萨特的存在主义，形成了大江健三郎式的存在主义，即面对荒诞的世界、不幸的人生，可以通过人类自身的积极努力，追求人生存的本质意义，人是可以超越荒诞的生存困境的。

大江健三郎成熟期的作品超越了初期作品，我们可以感觉到，大江健三郎在极力抗拒着表现荒诞情绪的欲望，奋力升华到超越荒诞的生存困境，他执着探索着实现人类自救的可能，他所理解的人生存的本质意义是要克服人生的各种障碍，直面现实人生，战胜痛苦和厄运。大江健三郎在超越萨特的同时也找到了最适于自己表达的主题：边缘主题——即残疾儿主题。

二、早期存在主义文学的审美价值

（一）特色的心理体验

存在主义者从对人的实际观察和体验中，提炼出来对人的本质的看法，无需加以阐释和转换，只要将它直接用于文学创作中就构成了存在主义的基本美学思想，即只要将人的变化不定的存在状况以及生存过程中所产生的种种摆脱不开的思想情绪，如焦虑、烦恼、失落、陌生感、荒诞、痛苦、恶心等揭示和表现出来就行了。

揭示人的内心的体验、感受、矛盾的心态和对自我的反思就构成了存在主义美学的核心思想或美学纲领。大江健三郎在日本文坛上素有"直觉型作家"的声名。大江健三郎在《我的文学之路》中曾言，当他用小说来刻画这个时代的人是如何生存时，人的内心痛苦是自己文学的出发点。由此可见，大江健三郎早期文学创作无疑受到了存在主义美学思想的影响，这就使得大江健三郎的文学创作重视主观真实甚于客观真实，重心理体验甚于外部作为，具有明显的"心理体验"特色。

大江健三郎的这种心理体验特色，具体表现是把日本第一人称的"私小说"和西方的意识流小说技巧相结合的心理描写。这种小说经过发展逐渐成为日本文坛的主流，至今仍是日本纯文学的主体。这种小说的主要特点是作家通过作品坦露真实的"我"，"我"是作品的艺术基础。

大江健三郎的小说无疑继承了日本传统的"私小说"艺术风格，采用了日本第一人称小说的写作技巧，拓宽了小说视野，紧密联系时代和社会，具有广泛的普遍性价值。大江健三郎的作品在日本文学中闪现着格外独特的光辉，具有世界性。大江健三郎的文学是在这种传统之外的场所培育起来的。

（二）怪诞风格体现

存在主义认为，现代社会在全面异化，"在这之中，人感到自己是分裂化的。他从自身中离异出来……分裂化的人找不到自我，恰如他也找不到他人一样"。他们感到世界不可知，人不可知，连自身也不可知。因而认为只有非理性才是对现实悲剧性的把握，认识和感受的基点，所以他们热衷地描写人类生存的病态和异化，这就是存在主义的"荒诞悲剧"。大江健三郎早期文学创作受到存在主义"荒诞悲剧"的影响，其创作具有怪诞风格。这种风格主要体现在以下三个方面。

1. 怪诞的人物

大江健三郎笔下的人物，从整体上看，是处于生存困境的人类形象；而从个体上看，则是突出暴露人性弱点的各种形象。无论整体还是个体形象，都蕴含着、表现出作者创作中的怪诞意识，这种意识一直渗透到人物的行为、习惯、性格、心理、经历、命运之中，使这些人物在不同程度上呈现出怪诞性的特征。从人物表现看，大致情形包括：①性格古怪，行为荒谬；②心理变态；③精神畸形儿。

从个体的生存境遇而言，其特点主要包括两个方面：从个体的社会地位而言，其社会地位是低下的，有的甚至在某种意义上而言毫无社会地位，即使有些许地位的人也常常是社会渺小人物；从个体的精神层面上看，面对纷乱无序的社会生活，他们的精神经常处于焦虑或虚无状态，在希望或幻灭中挣扎，要么走出幻灭，在希望中获得再生，要么失去希望，在幻灭中沉沦。

大江健三郎笔下的怪诞人物，是精神、信仰失落的一代人，他们焦灼困惑，孤独与失落、迷惘与痛苦缠绕着他们，他们不能做一些对自己、社会、人类有意义的事，从而也就无法实现人生价值。

怪诞人物是当代社会危机的产物，大江健三郎的怪诞人物形象以他们的苦难和挣扎，展现出现代人所面临的社会问题和文化困境的独特性、复杂性和深刻性，自有其不可低估的认识价值。但我们决不能依照他们的价值取向来解决问题、超越困境，否则只会加重社会危机和文化病症，使人类付出更为惨重的牺牲。

2. 怪诞的情节

情节是人物性格形成和发展的历史，怪诞的人物必然要求有与之相对应的怪诞情节。大江健三郎是位深谙日本古典文学传统的作家，他在作品中借玄虚和幽玄来表达自己对社会现实的关注，对人类生存状况的忧患。大江健三郎将小说背景置于虚构的森林、山村，这个森林、山村是作为主人公的归宿而设置的。密三郎夫妇与鹰四因对生活感到厌倦、惶惑、孤独，于是决定去寻找一块心灵的"绿洲"，在这块"绿洲"里，他们寻根访祖，想从祖先那里得到一贴仙丹妙药，来医治自己的"绝症"。这一切看似荒诞的情节却表达了严肃的思想内容，更加鲜明地表现了现代人的生存困境以及如何超越这一困境。

大江健三郎早期进行存在主义文学创作，把心理体验与怪诞风格熔为一炉，形成了独特的审美风格，即怪诞的心理体验。这是大江健三郎在审美上对萨特存在主义文学作品的一种超越。

结束语

随着时代的变迁，文化有了多层次、多角度的延展，文学作品的文化解读也发生了复杂的变化。"真正认识日本文化"是深入研究日本文学的永恒命题。了解文化背景和作者，是理解文学作品的初步和基本手段。研究者可以通过了解写作时的社会文化状况，探求作者的写作意图，通过对作者本人的了解，去分析作者的写作手法和文学理念，以进一步深入解读作品。文学作品写作的时代不同，作者经历的人生也是迥异的。日本文化的复杂性显而易见，其文学在世界文学史上有着不可估量的价值。从多角度深入地认识日本文化，对了解日本文学的多元化有着重要的作用。

参考文献

[1] 杨晓辉.日本文学的生态关照[M].上海：上海外语教育出版社，2017.

[2] 沙薇，张娅萍，张利.新编日本文化概论[M].北京：光明日报出版社，2015.

[3] 张铁红.日本文学知识在大学日语教学中的导入研究[J].福建茶叶，2020，42（4）：213-214.

[4] 寇淑婷.日本"文学"概念的古今流变——以铃木贞美《文学的概念》的研究为中心[J].贵州社会科学，2020（9）：37-43.

[5] 丁卓.日本当代科幻文学的近未来设定[J].华南师范大学学报（社会科学版），2020（4）：144-155.

[6] 邹燕.浅析日本茶道与日本语言文学的融合[J].福建茶叶，2019，41（5）：275.

[7] 王天慧.日本现代主义文学的承传与创新——以横光利一的创作为例[J].东北师范大学学报（哲学社会科学版），2019（3）：45-51.

[8] 王天慧.美感与形式的追求：论日本现代派文学[J].东岳论丛，2019，40（1）：96-101.

[9] 陈静.浅议日本文学发展过程中女性形象的变迁[J].芒种，2018（6）：19-20.

[10] 孙郁.现代文学研究的日本资源[J].社会科学辑刊，2016（4）：8-10.

[11] 宋波，邱雅芬.日本女性文学在中国的译介研究[J].南昌大学学报（人文社会科学版），2015（4）：154-160.

[12] 刘静.多元化经营理念下日本传统文学期刊的转型与出路[J].出版广角，

2015（13）：58-59.

[13] 刘伟. 中国现代文学对日本的影响问题研究［J］. 山东社会科学，2014（3）：86-92.

[14] 童岚. 日本文学中的"物哀"品格［J］. 芒种，2017（8）：28-29.

[15] 刘成才. 日本学者中国当代文学研究的方法论与批判性主体构建［J］. 内蒙古社会科学，2013，34（2）：113-118.

[16] 靳明全，周毅. 川本三郎的日本现当代文学缺失论［J］. 当代文坛，2013（4）：107-110.

[17] 宿久高，杨晓辉. 日本生态文学研究述略［J］. 外语研究，2012（4）：88-92.

[18] 刘建戈. 日本文学意味与电影艺术的融合［J］. 电影文学，2012（14）：53-54.

[19] 孙静华. 平安时代日本文学的特点［J］. 时代文学，2012（3）：154-155.

[20] 张谷. 日本近世通俗文学中的《庄子》解说——以《田舍庄子》为例［J］. 湖南科技大学学报（社会科学版），2012，15（4）：138-141.

[21] 张昕宇. 村上春树与日本文学［J］. 当代外国文学，2011，32（2）：128-135.

[22] 张雅君. 从樋口一叶的文学表现看近代日本女性的犹疑与摇摆［J］. 学术论坛，2011，34（3）：156-159，196.

[23] 李素. 试论日本唯美主义文学对中国的影响［J］. 兰州学刊，2011（7）：218-220.

[24] 杨晓文. 日本的世界华文文学研究［J］. 广东社会科学，2011（3）：191-197.

[25] 孙宁. 谈日本文学教学中存在的问题与思考［J］. 大舞台，2010（7）：181-182.

[26] 肖霞. 文学叙事：日本近代女性解放的理性诉求［J］. 山东外语教学，2010，31（2）：74-78.

[27] 张仁桐.从日本文学看日本文化的特质[J].大家,2010(21):21.

[28] 陈多友.论当代日本文学与研究[J].外语研究,2010(4):107-111.

[29] 申冬梅.东野圭吾推理小说的创作特点分析[J].出版广角,2019(18):91-93.

[30] 宋翔.东野圭吾与日本社会派推理小说[J].山花,2013(8):130-131.

[31] 马春花.东野圭吾小说的悲剧精神[J].芒种,2015(18):23-24.

[32] 罗琳.《嫌疑人X的献身》:推理的消解[J].电影艺术,2017(3):58-60.

[33] 张利.东野圭吾悬疑文学荧幕表达的叙事探究[J].电影文学,2020(4):88-90.

[34] 郭慧中.东野圭吾中年的"恋情"与"哀情"[J].上海戏剧,2017(5):28-29.

[35] 乔伟明.关于文学中的人性的思考——以《白夜行》为例[J].芒种,2018(14):51-52.

[36] 魏婕.从人性角度解析东野圭吾作品[J].芒种,2018(14):84-85.

[37] 郑迪方.以《解忧杂货店》为例论东野圭吾的温情写作手法[J].芒种,2017(10):82-83.

[38] 蒋米娜.从松本清张、东野圭吾作品看日本推理小说的特色[J].芒种,2016(12):83-86.

[39] 武凤娟.大江健三郎的森林意识探究[J].文艺争鸣,2019(6):187-190.

[40] 陈宝剑.从共生到再生——试论大江健三郎《个人的体验》中的文化蕴涵[J].牡丹江大学学报,2019,28(07):38-40,66.

[41] 何乃英.大江健三郎创作意识论[J].外国文学评论,1997(2):87-93.

[42] 胡志明.大江健三郎小说创作的互文性特征[J].国外文学,2011,31(3):59-66.

[43] 靳丛林，姜文莉.文学记忆与时代精神的碰撞——福克纳与大江健三郎互文性创作的比较研究［J］.东北师范大学学报（哲学社会科学版），2020（2）：69-76.

[44] 康洁.基于大江健三郎小说创作的互文性特征研究[J].北京印刷学院学报，2020，28（3）：63-65.

[45] 雷晓敏.论大江健三郎文学作品的人文学特点［J］.渭南师范学院学报，2019，34（8）：69-74.

[46] 李春杰.论大江健三郎笔下边缘人的自我解救[J].文艺争鸣，2014(12)：181-185.

[47] 李红.从人道主义到后人道主义：大江健三郎《万延元年的足球队》再审视［J］.当代外国文学，2013，34（3）：25-31.

[48] 逯莎，李文竹.女性主义视阈下大江健三郎小说中女性形象的变化［J］.文学教育（上），2019（10）：38-39.

[49] 任健，王丽华.大江健三郎的森林意识——以《万延元年的足球队》为中心［J］.北京第二外国语学院学报，2011，33（8）：41-48.

[50] 叶渭渠.大江健三郎文学的传统与现代［J］.日本学刊，2007（1）：92-99，159.

[51] 张国华.大江健三郎对萨特存在主义的接受与发展［J］.新疆师范大学学报（哲学社会科学版），2015，36（3）：134-138.

[52] 杨雪竹.《个人的体验》中的存在主义［D］.哈尔滨：哈尔滨理工大学，2015：10-42.

[53] 杨振喜.试论大江健三郎的早期存在主义文学［D］.长春：吉林大学，2004：12-35.

[54] 林啸轩.大江健三郎文学论［D］.济南：山东大学，2013：22-41.

[55] 冯立华.大江健三郎的文学世界［D］.长春：吉林大学，2018：21-26.

[56] 胡亮，朱海滨.日本文化遗产活用策略［J］.东北亚学刊，2021（1）：110-119，151.

[57] 胡亮.日本非物质文化遗产概念述评[J].自然与文化遗产研究，2020，5

（7）：84-89.

[58] 薛力.日本文化特征：保守中开放[J].世界知识，2019（21）：73.

[59] 赵静.从日本文化发展历程审视日本文化的独特特征[J].中国民族博览，2019（1）：7-8.

[60] 赵婷，陶信伟.日本文化遗产数字化保护经验与启示[J].文化艺术研究，2018，11（4）：19-27.

[61] 任忠英.文化遗产保护探析——以日本为例[J].渭南师范学院学报，2018，33（23）：69-74.

[62] 刘子琦.日本文化的特征之我见[J].商业故事，2015（21）：110-111.

[63] 高岚.浅析日本文化的特征[J].青年文学家，2014（30）：159，161.

[64] 徐咏阳，姚珊珊.论日本文化的特征及现代启示[J].改革与开放，2012（5）：40-41.